루쉰 읽는 밤

나를 읽는 시간

일러두기

- 책 속의 루쉰 저작은《루쉰 독본: 〈아Q정전〉부터 〈희망〉까지, 루쉰 소설·산문집》(루쉰 지음, 이욱연 옮김, 휴머니스트, 2020)에서 주로 인용했으며, 미주의 출처 옆에 연관 도서 표기(→)로《루쉰 독본》상의 글 제목을 밝혀놓았다. 또한 본문에 길게 인용했을 때는 글 제목을 끝에 달아 놓았다. 번역문은 모두 저자의 것이다.
- 외래어와 외국 인명은 국립국어원 한국어 어문 규범의 '외래어 표기법'에 따라 표기하되, 일부 인명은 관행을 따랐다.
- 단행본은《 》로, 글 제목과 노래·영화 제목 등은 〈 〉로 표기했다.

그냥 나이만 먹을까

두려울 때 읽는 루쉰의 말과 글

루쉰 읽는 밤 — 나를 읽는 시간

이욱연 지음

Humanist

들어가며

오늘,
다시 루쉰을 펼치는 이유

고전은 늘 살아 있다. 세상에 나왔을 때에 머물지 않고 시간을 넘어 지금 우리의 삶에 질문을 던지기 때문이다. 근대 중국을 살아간 루쉰의 글은 이런 의미에서 진정한 고전이다. 삶이 아프고 시대의 병이 깊을 때마다 사람들은 루쉰을 읽었다. 일제 강점기에도 그러했고 군부 독재 시대에도 그러했다. 루쉰의 글은 우리의 삶과 시대를 비판적으로 보는 안목을 길러준다. 우리 청년들이 통과 의례처럼 루쉰을 읽은 것도 그런 이유에서다.

루쉰은 사람들이 자기 글을 더는 읽지 않기를 바랐다. 하지만 루쉰의 바람과 달리, 우리는 루쉰에게 거듭 귀를 기울인다. 이 시대와 문명의 병이 깊어서다. 근대의 절정이자 황혼인 시대에 살고 있는 우리 모두가 다들 아프고 화가 나 있다. 청년은 청년대로 기성세대는 기성세대대로. 다들 힐링을 갈망하는 지금, 루쉰의 글은 다른 의미의 힐링을 준다. 우리가 루쉰의 글에서 얻을 수 있는 것은 달콤한 위로나 일시적인 위안이 아니라 이 세상과 나 자신에 대한 새로운 발견과 각성이다. 우리 시대와 나의 아픔이 어디서 시작되었는지, 나는 지금 어떻게 살고 있고, 어떻게 살고 싶은지 이 시대와 문명의 깊은 밤에 스스로와 우리 시대를 돌아보는 데 루쉰의 글만큼 예리하고 섬세한 것도 없으리라.

돌이켜 보면 학부 졸업논문을 비롯해 루쉰을 다룬 여러 논문을 썼고, 《아침꽃을 저녁에 줍다》라는 루쉰 산문집을 내고부터 소설과 산문 등 여러 루쉰 번역서를 냈다. 청년 시절부터 30년 넘게 루쉰을 읽으면서 루쉰의 말과 글이 나와 우리에게 주는 자극을 되새겨 온 셈이다. 이번 책도 그 연장선에서 조금 더 오늘의 우리 현실에 밀착해 루쉰을 새롭게 읽었다. 등급 사회, 정치 개혁, 청년과 기성세대의 갈등, 성평등, 사람 사이의 소통, 근대가 지닌 근본적인 문제 등 지금 우리가 직면한 여러 가지 문제를 루쉰의 글에 기대어 찬찬히 들여다보았다. 여기에 더해 희망과 절망, 기억과 망각처럼 인생에서 누구나 겪는 실존적인 문제에 루쉰이 건넨 이야기도 담았다. 루쉰으로 우리 사회를 읽으면서 우리 사회로 루쉰을 읽으며 썼다.

예전에 루쉰을 읽었던 사람도 처음 루쉰을 읽는 사람도 이 책을 통해 오늘의 눈으로 루쉰을 읽기를 바란다. 특히 이제는 기성세대가 되고 각계 지도층이 된 사람들이 젊었을 때 읽었던 루쉰을 다시 한번 만나는 계기가 되면 좋겠다. 청년 시절의 불꽃 같은 삶을 훈장 삼아서 지금은 권력의 자리에 안주하고 있는 것은 아닌지 루쉰의 글을 읽으면서 자신의 삶을 되돌아보았으면 한다. 청년 시절에 멋지고 자랑스러운 삶을 살았다면 이제는 멋지고 자랑스러운 어른으로 살기 위해서 그렇다.

바닥부터 고생고생하다가 이제 막 피라미드의 정점에 선 사람이나 꼭대기를 향해 부지런히 올라가고 있는 사람도 루쉰의 글을 읽으며 이 등급 사회에서 어떻게 새로운 세상을 만들지 고민하면 좋겠다. 또한 루쉰 하면 〈아Q정전〉만 떠올리는 사람도 루쉰의 다양한 글에서 그의 깊고 넓은 사고의 광맥을 발견할 수 있을 것이다. 이 시대를 사는 사람들이 세상의 지배적이고 관습적인 사고를 넘어 좀 더 깊이 생각하면서 진정한 자기됨을 가졌으면 하는 바람으로 루쉰을 권한다.

이 책의 씨앗은 2014년부터 서강대학교에서 열린 '루쉰과 현대'라는 강의다. 청년들과 함께 지금 여기의 문제를 화두 삼아 루쉰을 읽으며 토론하고 있다. 쉽지 않은 여정이지만 강의가 끝날 때쯤 루쉰과 함께 우리 시대와 삶을 깊이 있게 생각할 수 있었다는 소감을 들으며 큰 힘을 얻는다. 루쉰을 더 많은 사람과 함께 읽고 싶어서 작년 가을학기부터는 K-MOOC에 강의를 열었다. 한 학기 강의가 끝날 때마다 수강생의 관심과 평가, 선호도를 반영해 강의 주제를 다듬고 글을 고르는데, 각 장의 주제는 이런 과정을 거쳐서 뽑았다. 그런 점에서 이 책은 루쉰과 우리 사회에 관한 에세이이자 강의록이다. 루쉰의 글을 미처 읽지 못한 독자도 쉽게 읽을 수 있도록 글을 인용할 때마다 차근차근 세심하게 풀어서 설명했다. 그리고 책에서 인용한 루쉰의 글 전체를 읽어보고 싶은 독자를 위해 선집인《루쉰 독본》을 함께 냈다. 꼭 나란히 놓고 같이 읽기를 권한다.

이 책의 마무리 작업은 고향집에서 했다. 이제는 아버지도 어머니도 안 계셔서 텅 비어 있다. 오랜만에 돌아오니 조금 낯설다. 그래도 고향은 언제나 고향이다. 이곳에서 자존과 공존의 삶을 가르치셨던 부모님, 부모님처럼 막내를 걱정하고 돌봐주셨던 다섯 형과 세 누나에게 감사와 존경의 마음을 전한다. 아울러 서울에서 또 하나의 가족이 되어주신 장인어른과 장모님께도 존경과 감사의 인사를 드린다. 내 책의 공동 기획자이자 첫 독자이고 비판자이며 우유부단한 나를 대신해 최종 결정을 내리는 사람은 늘 아내 김혜영과 두 아들 이담, 이한이다. 이번에는 두 아들이 내게 좀 더 힘을 주었다. 어느새 그렇게 자란 것이리라.

무엇보다 이 책이 나오는 데 가장 크게 이바지한 이들은 '루쉰과 현대'를 수강한 서강의 멋진 학생들이다. 어려운 과목인데도 열심히 토론하고 까다로운 과제도 수행하느라 고생이 많았다. 거듭 감사와 사랑의 마음을 전한다. 그리고 다시 한번 학점이 짜서 미안하다! 청년부터 어르신까지 K-MOOC에서 '루쉰과 현대'를 수강해주신 분들께도 감사드린다. 그리고 늘 날카로운 조언과 여러 도움을 주는 김채린 동학에게도 감사를 전한다.

휴머니스트 출판사에는 미안한 마음이 더 크다. 꼭 필요한 책을 콕 찍어 내는 출판사라는 것에 기댄 내 제안을 흔쾌히 들어주었고, 멋진 작품으로 만들어주었다. 깊이 감사드린다.

역병이 창궐하는 2020년 봄,

인간 사이에 혐오가 아닌 사랑과 존중이 넘치길 염원하며

고향 옻돌에서 이욱연

차례

3부 루쉰은 누구인가

1부

루쉰에게 배우는 삶의 지혜

01

길이란
무엇인가?

청년 시절이 힘든 이유 중 하나는 앞에 놓인 길이 많아서다. 여러 갈래 길 중에서 어느 길을 선택하여 어떻게 가야 할까? 그 길의 끝에는 무엇이 있을까? 내가 가고 있는 이 길이 진정 나의 길일까? 청년에게는 이런 질문이 끝없이 이어진다. 이런 질문을 견디면서 자신만의 답을 찾는 이 시간이 힘겹다. 90년대를 풍미했던 가수 god의 노래 〈길〉에는 그런 불안이 절절하다. god의 다섯 멤버는 수많은 경쟁자를 물리치고 드디어 가수의 길에 들어섰다. 그런데 온종일 노래에 매달리던 연습생 시절, 그들은 지금 가고 있는 길이 진정 자신의 길인지, 내 꿈이 그 길 끝에서 과연 이루어질지, 도무지 그것을 알 수 없다는 불안에 빠지고 만다. 그 불안을 god 멤버가 돌아가면서 독백하듯이 노래한다.

내가 가는 이 길이 어디로 가는지
어디로 날 데려가는지 그곳은 어딘지
알 수 없지만, 알 수 없지만, 알 수 없지만
오늘도 난 걸어가고 있네.

사람들은 길이 다 정해져 있는지
아니면 자기가 자신의 길을 만들어 가는지
알 수 없지만, 알 수 없지만, 알 수 없지만
이렇게 또 걸어가고 있네.

나는 왜 이 길에 서 있나,
이게 정말 나의 길인가.
이 길의 끝에서 내 꿈은 이뤄질까.

'이게 내 길이겠지!' 하며 선택한다고 해서 불안과 막막함이 없을까? 내가 택한 이 길 끝에 무엇이 있는지, 그 길이 옳은 선택인지는 길을 다 가본 뒤에야 알 수 있는 법. 내가 선택한 길을 걸어가면서도 불쑥불쑥 회의와 불안이 솟구쳐 오를 수밖에 없다. 그래서 '길을 가는 과정을 그냥 즐기라는 말'은 어느 길을 갈지 방황하는 청년이나 길의 초입에 서서 머뭇거리는 이에게는 너무 막막한 조언이다. 내가 절실하게 원해서 온 인생을 걸고 택한 길이라고 해도 그 길이 곧 꽃길은 아니다. 까마득한 절벽이 가로막고 있고, 길에 온통 눈물과 절망이 가득할 수도 있다.

그런데 내가 택한 이 길에 지금은 눈물과 절망뿐이지만 내 선택을 믿고 계속 길을 가다 보면 언젠가는 희망이 있을까? 절망의 어둠이 걷힐까? 루쉰은 이 질문에 이렇게 답한다. 희망은 땅에 있는 길과 같아서 사람이 걸어가면 원래 길이 없는 곳에 길이 생기듯이 희망도 그렇게 생긴다고.

희망은 지상의 길과 같다

생각해보면 우리가 사는 땅에 원래부터 길이 있었던 것은 아니다. 지상에는 원래 길이 없었다. 그런데 많은 사람이 걸어가면서 그 발걸음을 따라 없던 곳에서 길이 생겨난 것이다. 루쉰은 이렇게 지상에 길이 나듯이 희망도 생긴다고 말한다. 희망도 원래부터 있는 것이 아니라 길처럼 그렇게 걸어가면 생긴다는 거다.

> 희망이란 원래 있다고도 할 수 없고 없다고도 할 수 없다. 그것은 지상의 길과 같다. 원래 지상에는 길이 없었다. 가는 사람이 많아지면 길이 되는 것이다. (〈고향〉)[1]

루쉰의 이 말은 희망이 원래부터 있다는 것도 아니고, 아예 없다는 것도 아니다. 희망을 향해 걸어가는 발걸음에 따라 희망이 있을 수도 있고, 없을 수도 있다는 것이다. 독특한 희망론이다. 여기서 루쉰이 말하는 길은 도시의 아스팔트 도로 같은 길이 아니다. 그런 길은 사람의 발이 아니라 포클레인 같은 기계로 낸 길이다. 그보다는 우거진 수풀 사이로 난 오솔길이나 산길, 아니면 눈이 내려 온통 새하얀 들판에 난 길, 사람이 걸어서 낸 길을 떠올리는 게 좋다. 눈이 수북이 쌓인 들판에 먼저 한 사람이 발자국을 남기면 그 발자국을 따라 다른 사람이 걷고, 그렇게 발자국에 발자국이 포개지면 눈 쌓인 들판에 길이 난다. 눈길만이 아니라 수풀이 우거진 곳이나 가시덤불투성이인 곳에 길이 나는 것도 그렇다.

> 길이란 무엇인가? 밟고 지나감으로써 생기는 것이 아닌가. 가시덤불을 헤치고 가는 것이 아닌가. 길은 옛날에도 있었고, 앞으로도 영원히 있을 것이다. (〈생명의 길〉)[2]

거친 수풀과 가시덤불을 헤치면서 걷다 보면 발에 상처가 나고 피가 날 수 있다. 지칠 수도 있다. 하지만 계속 걸어가는 그 발걸음 때문에 지상에는 길이 생긴다. 길은 이렇게 걸어야 비로소 지상의 길이 된다. 인생의 길도 그렇다. 내딛는 발걸음이 있는 이상 길은 앞으로도 영원히 있을 것이다.

길이란
걸어가면 생긴다

하지만 길은 한두 번 딛는 발걸음만으로는 만들어지지 않는다. 수없이 걸어야만 비로소 땅은 그곳을 길로 내어준다. 발걸음에 발걸음이 포개지고 쌓여야 길이 된다. 개인의 길도 그렇고 세상의 길도 그렇다. 나 한 사람의 발걸음만으로는 세상에 새로운 길이 나지 않는다. 나만이 아니라 여러 사람의 발걸음이 모여야 세상에 첫길이 난다. 혼자서는 세상에 길을 내지 못한다. 희망 또한 그렇다.

그런데 발걸음으로 낸 지상의 길에는 치명적인 약점이 있다. 발걸음이 그치면 그 길은 이내 사라지고 만다. 들판에 난 눈길에 발걸음이 사라지면 길은 눈에 금방 덮여서 사라진다. 발길이 끊긴 산길은 이내 풀에 뒤덮여 흔적조차 없어진다. 희망도 그런 지상의 길과 같다. 희망을 향해 걸어가는 발걸음이 끊어지면, 희망은 야속하게도 이내 사라져버린다. 계속 걸어가지 않으면 길도 사라지고 희망도 사라진다.

루쉰만 이런 생각을 한 게 아니다. 《장자(莊子)》 〈제물론(濟物論)〉에 이런 말이 있다. "도(道), 즉 길이란 걸어가서 생기는 것이다(道行之而成)." 있음과 없음에는 절대적인 기준이 없다는 말이다. 우리는 세상을 가능(可)과 불가능(不可), 있음(有)과 없음(無)으로 나누고 이 둘을 절대적으로 구분한다. 하지만 장자는 이것

희망이란 원래 있다고도 할 수 없고 없다고도 할 수 없다.

그것은 지상의 길과 같다. 원래 지상에는 길이 없었다.

가는 사람이 많아지면 길이 되는 것이다.

이 습관이나 편견일 뿐이라고 비판한다. 길이란 원래 있는 것이 아니라 사람들이 걸어가서 생긴 것이며, 원래 있는 것도 원래 없는 것도 아니다. 장자는 도든 희망이든 우리가 걷는 걸음, 즉 실천을 통해서 이루어지는 결과물이라고 말하는 것이다.

잘못 든 길이
새로운 지도를 만든다

장자와 루쉰의 생각에 기대자면, 희망은 당연히 있다면서 대책 없는 낙관론을 펴거나 희망은 원래 없으며 절망뿐이라고 말하는 사람은 신용할 필요가 없다. 둘 다 관념적인 생각이다. 희망은 그것을 향해 꾸준히 걸어가는 것, 희망을 위해 노력하고 실천하는 것에 달려 있을 뿐이다. 이 길이 내 길이라고 선택했다면 꾸준히 가야 한다. 앞이 사막이라면 그곳에 우물을 파고, 황무지라면 그곳에 밭을 갈고, 밀림이라면 그곳을 개척하겠다는 의지와 자신의 전부를 건 노력이 필요하다. 그러면 그 길에 희망이 있다.

> 그대들에게는 넘치는 활력이 있다. 밀림을 만나면 밀림을 개척하고, 광야를 만나면 광야를 개간하고, 사막을 만나면 사막에 우물을 파라. 이미 가시덤불로 막힌 낡은 길을 찾아 무엇할 것이며, 너절한 스승을 찾아 무엇 할 것인가! (〈지도자〉)[3]

길을 가다 보면 갈림길이 나타날 수 있고, 그 길이 사막이나 황무지에 놓여 있다면 지칠 수도 있다. 아무리 강철 같은 의지를 가지고 길을 가더라도 이 길은 내 길도 아니고 올바른 길도 아니라는 생각이 들 수 있다. 되돌아갈 수도, 나아갈 수도 없는 상황을 맞을지도 모른다. 루쉰은 인생이란 기나긴 길을 갈 때 우리가 흔하게 직면하는 난관 중 하나가 갈림길에 섰을 때라면서, 이때는 "먼저 갈림길 초입에 앉아 조금 쉬거나 한숨 잔다. 그런 뒤 갈 수 있어 보이는 길을 택해서 가라"고 말한다.

갈림길을 만나는 정도가 아니라 길을 잃었을 때, 덤불숲에 갇혔을 때 필요한 것은 역시 휴식이다. 철학자 프리드리히 니체(Friedrich Nietzsche)는 《아침놀》에서 피로에 지쳐 있을 때는 반성하는 것도 되돌아보는 것도 일기를 쓰는 것도 하지 말라고 말한다. 그저 충분히 쉬라는 것이다. 자존감을 잃고 자기혐오에 빠지지 않기 위해서라도 충분히 자고, 충분히 쉬는 것이 첫째다.[4] 자존감을 잃거나 자기혐오에 빠지는 것은 정말 자신이 능력이 없어서라기보다는 지쳐서일 경우가 많다. 자기 자신을 배려하고 존중하면서 휴식을 취하는 것이 먼저다. 그렇게 휴식을 취하고 나면 다시 새로운 활력이 생길 것이다. 그 활력 속에서 턱을 괴고 지금 가는 이 길이 맞는 길인지 다시 생각해볼 일이다. 이 길이 무슨 의미인지를 떠올리면 다시 길을 가는 의지가 생겨나지 않을까.

설령 이 길이 잘못된 길이라는 생각이 들더라도 주저앉을 이유는 없다. "잘못 든 길이 지도를 만든다."[5]고 하지 않던가? 잘못 든 길은 틀린 길이 아니라 인생에 또 다른 지도를 만드는 길일 수 있다. 인생에 단 하나의 바른길, 옳은 길이란 없다. 설령 잘못 든 길이어도 그 길을 꾸준히 걷다 보면, 그 길이 고난의 길일지언정 어느 순간 내 인생의 새로운 지도가 된다. 어둠이란 빛의 결핍일 뿐이다. 절대적이고 영원한 어둠은 없다. 빛은 결국 어둠 속에서 길을 만들며 걷는 발걸음이 있는 곳에 쏟아진다. 우리가 함께 걸어가는 이상 길이 있고 희망이 있다. 그러니 희망이란 참으로 지상의 길과 같다!

02

절망에 반항하면서 나의 길을 가는 법

정호승 시인은 〈희망의 그림자〉라는 시에서 "내 지금까지 결코 버리지 않은 게 하나 있다면 그것은 희망의 그림자다."라면서, 이렇게 말한다. "신은 인간의 모든 잘못을 다 용서해주지만 절망에 빠지는 것은 결코 용서해주지 않는다고."[6]

절망에 빠져서 희망을 버리는 사람은 신마저도 등을 돌린다는 것이다. 시인은 희망이 희미하고 어둑한 그림자로밖에 남아 있지 않아도 희망은 여전히 있다고 말한다. 그래서 희망을 포기하면 신도 용서하지 않는다고 말한다. 흐릿한 외등 불빛처럼 희망마저 침침해진 '막다른 골목길'에 절망하며 서 있는 '나'는, 희망이 그림자에게 건네는 말을 듣는다. 그런 뒤 '나'는 비로소 막다른 골목길을 나와서 걸어간다. 절망의 끝에서 이제 스스로가 길이 되길 작정하고 걸어가는 것이다. 시인은 "아무도 함께

가지 않아도 스스로 길이 되어 걸어간다."[7]고 말한다.

정호승의 시에서 희망은 삶과 하나다. 삶이 있으면 희망이 있다. 이 시처럼 루쉰도 희망은 존재와 하나라고 생각한다. 존재가 있으면 희망은 있다는 것이다.

> 아무리 생각해보아도 우리가 위안을 가질 수 있는 것은, 그래도 미래에 대한 희망 때문입니다. 희망이란 존재와 한 몸으로, 존재가 있으면 희망이 있고, 희망이 있으면 빛이 있습니다. (〈강연 기록〉)[8]

루쉰 말대로 우리가 팍팍한 삶에서 그래도 위안을 가질 수 있는 것은 미래에 대한 희망 때문이다. 미래는 지금보다 좀 더 나을 것이라는 희망이 현재의 고단한 삶을 견디게 한다. 절망 없는 삶도 없고 희망 없는 삶도 없는 것이다.

하지만 희망이 아무리 우리 존재와 한 몸이라고 하더라도 살다 보면 어떨 때는 자주, 어떨 때는 가끔, 희망이 우리를 배반하면서 절망을 주곤 한다. 절망의 어두운 그림자가 불쑥 나타나 우리를 가로막기도 하고 깜깜한 절망이 엄습하기도 한다. 때로는 희망이란 참으로 무정하고 야속해서, 우리가 열정과 노력, 시간을 모두 바쳐도 매정하게 뿌리치고 돌아서기도 한다. 그래서 루쉰이 〈희망(希望)〉이라는 글에서 인용한 헝가리 시인 페퇴피 샨도르(Petőfi Sándor)는 희망을 탕녀에 비유했다.

희망이란 무엇이더냐? 탕녀로다.

그녀는 아무에게나 웃음을 팔고 모든 것을 바친다.

그대가 고귀한 보물,

그대의 청춘을 바쳤을 때

그녀는 그대를 버린다.[9]

루쉰도 인생에서 깊은 절망과 비관에 빠진 적이 있다. 1920년대 중반이었다. 그의 절망은 외부의 현실과 개인의 삶 모두에서 왔다. 무엇보다 현실이 어두웠다. 중국은 여전히 제국주의의 압박을 받고 있었고, 통일되지 못한 채 군사력을 쥔 군인 세력이 자기 지역을 각각 통치하는 군벌 시대(軍閥時代)가 이어졌다. 베이징을 통치한 군벌 세력은 독재 정부였는데, 학생들을 폭압적으로 탄압하고 반정부 시위자들을 사살했다. 루쉰은 숨 막히는 절망감을 느꼈다. 그는 1924년에 쓴 한 편지에서 "어둠과 공허만이 존재한다."[10]고 비관했다.

더구나 1923년 여름부터 바로 아래 친동생과의 불화가 시작된다. 동생 저우쭤런(周作人)은 한동안 일본 유학도 같이하고 책과 잡지도 같이 냈다. 루쉰에겐 문학 동지이자 자신의 분신과도 같은 존재였다. 아버지가 일찍 세상을 떠난 뒤로 장남으로서 아버지 노릇을 하며 그를 돌보았다. 고향 집을 정리하여 어머니와 처까지 베이징으로 이사한 뒤로 삼 형제를 포함하여 온 가족이 모여 살았고, 루쉰은 가장 노릇을 했다. 동생과 불화가 생기면서 루쉰은 어머니, 처와 함께 따로 집을 얻어 나간다. 인생에서 가장 가슴 아픈 상처 가운데 하나는 부모나 형제와 결별하는 것, 그것도 영영 결별하는 것이다. 루쉰은 동생과 영영 결별한다. 자신의 집을 동생에게 주고 새집을 얻어 나오느라 빚도 낸다. 마음도 아팠고 지병인 폐결핵도 재발했다. 그야말로 희망을 위해 청춘을 바쳤지만, 희망이 탕녀처럼 그를 버린 것 같은 절망에 휩싸였다.

절망에 반항하라

물론 루쉰은 원래 희망보다는 절망을 향해 서 있던 사람이긴 하다. 하지만 이 시기는 그의 인생에서 가장 절망적이고 위험한 시기였다. 루쉰은 1925년 자기가 가르치던 학생이었고 나중에 두 번째 부인이 되는 쉬광핑(許廣平)에게 보낸 편지에서 극단적으로 비관적인 생각을 토로한다.

> 나는 고통과 인생은 늘 연결되어 있다고 생각합니다. 그런 고통이 잠시 사라질 때가 있다면 그것은 오직 깊이 잠들었을 때뿐입니다. (〈먼 곳에서 온 편지〉)[11]

이 당시 그가 느꼈던 슬픔과 고통의 깊이를 짐작하게 한다.

루쉰은 자기 작품이 너무 어둡다고 평가하면서, 현실에 어둠과 공허만 존재한다고 비관했다. 이 시기에 희망과 절망에 관한 생각을 담은 글이 많은 것은 이런 배경 때문이다.

그런데 루쉰은 외부의 현실과 그의 삶에서 오는 깊은 절망 앞에서도 자신의 삶을 포기하지 않는다. 그렇다고 공허하게 희망을 이야기하면서 희망을 환각제 삼아 절망적인 현실을 회피하지도 않는다. 루쉰이 절망에 대처하는 방법은 절망에 저항하는 것이었다. 그는 현실에 어둠과 공허만 있더라도 그 어둠과 공허를 향해 '절망적인 항전(絶望的抗戰)'을 한다고 말한다. 다른 글에서는 절망적인 항전과 비슷하게 '절망에 반항한다(反抗絶望)'고 말한다. 절망에 반항하는 것은 절망을 아예 없는 것처럼 부정하거나 회피하는 것이 아니다. 반대로 절망에 굴복하여 희망을 포기하거나 더 극단적으로는 삶을 포기하는 것도 아니다. 루쉰이 말하는 절망에 반항하는 일은, 절망적 현실을 그대로 인정하는 것을 전제로 그것에 정면으로 맞서는 것이다.

그런데 어떻게 절망 속에서 자신의 삶을 포기하지 않으면서도 절망에 굴복하지 않고 반항하는 것이 가능할까? 우선 루쉰이 절망을 대하는 자세가 '절망을 부정하는 것'이 아니라 '절망에 반항하는 것'이라는 점을 눈여겨보자. 희망과 절망을 이분법적으로 사고하면 절망에 반항한다는 것을 이해하기가 쉽지 않다. 절망 아니면 희망이라고 생각하기 때문이다. 하지만 루쉰은 절망 자체를 부정하지도 않고 희망을 무조건 긍정하지도 않는다. 그렇다면 절망을 인정하면서도 반항한다는 것은 무슨 뜻인가? 루쉰은 그것을 이렇게 풀이한다.

> '행인(過客)'의 뜻은 편지에서 지적한 바와 같다. 즉, 앞길에 무덤이 있다는 것을 분명히 알면서도 기어이 가는 것, 바로 절망에 대한 반항이다. 절망하지만 반항하는 것은 어려운 일이며, 희망으로 인해 전투를 벌이는 사람보다 훨씬 용감하고 비장하다고 본다. (〈자오치원에게〉)[12]

앞길에 무덤이 놓여 있는 상황은 절망적이다. 그런데 그걸 알면서도 기어이 가는 것이 '절망에 반항하는' 것이라고 말한다. 내가 가는 앞길에 꽃이 피어 있고 희망이 있는 길이라고 하더라도 그곳까지 가는 게 힘들 수 있다. 그런데 앞길에 꽃이 아니라 무덤이 기다리고 있다면 그리로 가는 동안 마음이 얼마나 힘들고 막막할 것인가. 앞이 무덤인데도 불구하고 기어이 나아가는 일은 비장하다. 보통은 희망이 있어야 앞으로 걸어간다. 그런데 앞이 무덤인데도 기어이 가는 마음은 무엇일까? 절망이 예정된 그 길을 과연 가야 할까? 절망에 반항하면서 그 길을 기어이 가야 할 이유는 무엇일까?

저는 계속 저기로 가야 한다는 것만 압니다

루쉰이 절망에 반항하는 것의 의미를 설명하면서 언급한 〈행인(過客)〉은 시극 형태로 된 길지 않은 글이다. 이 글을 따라가면서 앞이 무덤인 줄 분명히 알면서도 기어이 걸어가는 마음을 헤아려보자.

해 질 녘 할아버지와 여자아이가 사는 외딴 오두막집이 있다. 노인은 일흔 살 정도, 소녀는 열 살 정도다. 한 행인이 집 쪽으로 걸어온다. 서른에서 마흔 살쯤으로 보이는 중년이다. 헝클어진 머리에 덥수룩한 수염, 해진 옷차림에 다 뜯어진 신발을 신고 지팡이를 짚고 있다. 몹시 지쳐 보이고 눈빛은 침울하다. 그래도 의지는 굳세 보이는 표정이다.

행인은 물 한 잔 얻어 마시자고 한다. 노인이 물을 건네주고 나서 묻는다.

"성씨가 어떻게 되오?"

행인은 자기도 이름을 모른다고 대답한다.

"이름이요? 저도 모릅니다. 제가 기억할 수 있는 때부터 혼자였으니까요. 제 이름이 무엇이었는지도 모릅니다. 전 그저 걷기만 합니다."

자기 이름도 모르고 언제부터 걷고 있는지도 모른 채, 혼자서 그저 걸어왔다는 것이다.

그러자 노인이 이번에는 "어디서 오는 길이오?"라고 묻는다. 역시 행인은 "저도 모릅니다. 제가 기억할 수 있는 때부터 이렇게 걷고 있었으니까요."라고 대답한다. 이번에는 노인이 "그럼, 어디로 가는지 물어봐도 되겠소?"라고 묻는다. 역시 모른다고 대답한다. 그러면서 그는 지금 여기까지 걸어왔다는 것, 그리고 지금 여기 있다는 것만을 기억하며 자신은 계속 앞으로 걸어가야 한다고 말한다.

> "저는 그저 먼 길을 왔다는 것과 지금 여기에 왔다는 것만 기억할 뿐입니다. 저는 계속 저곳으로 가야 합니다. (서쪽을 가리키며) 앞쪽 말입니다." (〈행인〉)[13]

노인은 행인에게 세 가지를 물었다. '당신은 누구인가? 어디서 왔는가? 어디로 가는가?' 이 세 가지 물음은 삶에서 가장 중요한 질문이다. '나는 누구인가? 나는 어디서 왔는가? 나는 어디로 가는가?' 어쩌면 우리 삶이란 이런 근본적인 질문에 답하는 과정일지도 모른다. 그런데 행인은 이런 질문에 한결같이 모른다고 대답한다. 자신이 기억하는 것은 오직 걷는 것뿐이라고 말한다. 그는 혼자서 계속 걷고 있었다는 것만 기억하는 사람이다. 그에게는 원래 정체성과 관련된 '본질적인 나'보다 '지금 걷고 있는 나', '지금 여기의 나', '실존적인 나'가 더 중요하다. 오직 '지금 걷고 있고, 앞으로도 걸어가야 하는 나'가 중요하다.

살아가면서 정체성을 지키는 것은 중요하다. 정체성에서 벗어난다는 것은 본질을 잃어버리는 일이기 때문이다. 하지만 때로는 정체성이 나의 발목을 잡을 수도 있다. '나는 원래 이런 사람이야'라는 생각에 집착하면 인생에 새로운 길을 내는 것이 어려울 수 있다. 그래서 니체는 《차라투스트라는 이렇게 말했다》에서 '초인(Übermensch)'에는 '넘어섬(über)'이란 뜻이 들어 있다고 말하면서, '정체성을 극복하는 것만을 유일한 정체성으로 삼으라'고 강조한다. 자기를 극복하는 과정 자체가 사람을 위대하게 만든다는 것이다. 니체는 현재에 만족하여 주저앉지 말고 보다 높은 곳을 향해 나아가라면서, "어디에서 왔는가가 아니라 어디로 가고 있는가 하는 것이"[14] 중요하다고 말한다.

앞이 무덤일지 꽃밭일지는 가보지 않으면 모른다

〈행인〉의 주인공은 오직 지금의 나에게, 무엇보다 앞으로의 나에게 충실한 사람이다. 니체가 말했듯이 자신이 어디서 왔는지보다는 어디로 가는지를 중요하게 생각하는 사람이다. 과거와 다른 삶을 결단할 때는 과거 자신의 정체성보다 지금 추구해야 할 높은 곳을 생각하는 것이 좋다. 행인은 처음 자신의 정체성에 따라 살지 않고, 지금 현재 놓인 삶에 충실하면서 정체성을 새롭게 구성해가는 사람이다. 그래서 그는 걸을 수밖에 없다.

그런데 그가 지친 몸을 이끌고 계속 걸어가려고 하는 '저곳', 서쪽에 있는 '저곳'은 어떤 곳일까? '저곳'에는 무엇이 있기에 그토록 가려는 것일까? 행인은 저 앞이 어떤 곳인지 묻는다. 노인이 대답한다.

"앞은 무덤이지."

그러자 여자아이가 얼른 말을 받는다.

"아니에요. 거긴 들백합꽃과 들장미꽃이 가득 있습니다."

앞쪽이 무덤이라는 노인의 말과 꽃밭이라는 소녀의 말 가운데 무엇이 진실일까? 둘 다 진실일 수 있다. 오랜 세월을 살았고 죽음을 앞둔 노인의 눈에는 앞쪽이 무덤으로 보이고, 아직 희망에 가득 찬 소녀의 눈에는 꽃밭으로 보일 수 있다. 노인과 소녀의 차이가 아니더라도 사람에 따라서, 때와 장소에 따라서 다르게 보일 수 있다. 인생의 어느 순간에는 무덤으로 여겨지던 곳이 다른 순간에는 꽃밭으로 여겨질 수 있다.

행인 역시 앞이 무덤이라는 것을 안다. 자기도 놀러 갔는데, 들백합과 들장미가 많지만 그곳은 결국 무덤이라고 말한다. 그는 저 앞이 무덤이라는 것을 알면서도 그곳을 향해 걸어간다. 그러면서 행인은 노인에게 무덤 너머에는 무엇이 있느냐고 묻는다. 노인은 자신이 걸어왔던 남쪽과 북쪽, 동쪽만 잘 안다고 말한다. 무덤 너머는 아무도 모르는 것이다.

인생 앞쪽이 무덤인지 꽃밭인지는 누구도 단정할 수 없다. 더구나 무덤 너머에 무엇이 있을지는 더더욱 단정할 수 없다. 루쉰의 지론에 따르면, 원래 무덤이거나 원래 꽃밭인 곳은 없다. 그곳을 향해 걸어가는 사람의 발걸음에 따라 무덤이 될 수도 있고 꽃밭이 될 수도 있다. 그곳이 무덤일지 꽃밭일지는 우리가 걷는 걸음에 달렸다. 더구나 다들 앞에 무덤이 있다고 말하지만 그 사람들이 무덤 너머에 무엇이 있는지 잘 알고 있다고 볼 수도 없다. 그래서 행인은 끝까지 걸어가 보기로 한다.

하지만 노인이 말린다. 끝까지 간다는 보장도 없고, 지친 것 같으니 그만 돌아가는 게 나을 것 같다고 말한다. 그러자 행인은 이렇게 말한다.

> "다 간다는 보장도 없다고요? …… (생각에 잠겼다가 놀란 듯이) 그건 안 됩니다! 저는 가야 합니다. 돌아가라고요? 그곳은 위선적이지 않은 곳이 없고, 지주가 없는 곳이 없고, 추방과 감옥이 없는 곳이 없고, 가식적인 웃음이 없는 곳이 없고, 거짓 눈물이 없는 곳이 없습니다. 저는 그런 것들을 증오합니다. 저는 돌아가지 않을 겁니다." (〈행인〉)[15]

그가 돌아가지 않으려는 이유를, 기어이 걸어가려는 이유를 짐작할 수 있다. 그가 떠나온 곳은 위선과 지주, 추방과 감옥, 가식적인 웃음과 거짓 눈물이 가득하다. 모두 그가 싫어하고 증오하는 것이다. 그는 다시는 그곳으로 돌아가지 않겠다고 한다.

그러니 오직 앞으로 걸을 수밖에 없다. 그가 싫어하고 증오하는 세계와 결별하기 위해서 걷는다. 앞에 무덤이 놓여 있다는 것을 잘 알지만 그는 증오하는 곳을 더 이상 견뎌 낼 수 없고, 그곳으로 다시 돌아갈 수 없어서 앞으로 걸어간다. 그는 희망 때문에 걷는 것이 아니다. 앞에 절망이 놓여 있더라도 증오하는 것과 타협할 수 없어서 앞으로 걸어간다.

살다 보면 그저 걸을 수밖에 없는 경우가 생긴다. 더 이상 견딜 수 없어서 그곳을 뛰쳐나와서 걷는다. 물론 그 선택이 꽃길을 보장하는 것은 아니다. 고난의 가시밭길이 기다리기도 한다. 그래서 그곳이 숨 막히고 지옥 같은 증오의 시간과 공간이었더라도 차라리 되돌아가고 싶은 마음이 들 수도 있다.

그게 누구나 지니기 마련인 여린 마음이다. 하지만 행인은 그런 마음과 다르게 이렇게 말한다.

"저는 그저 가는 수밖에 없습니다."

루쉰의 풀이처럼 행인의 발걸음은 비장하다. 앞이 무덤인 줄 알지만, 그렇다고 뒤로 돌아갈 수는 없다. 그래서 그는 피가 나는 발을 끌면서 기어이 앞으로 걸어간다. 절망에 반항할 수밖에 없어서 걸어간다. 그것 말고는 다른 선택의 여지가 없는 것이다.

앞길에 무덤이 있다는 것을 분명히 알면서도 기어이 가는 것,

바로 절망에 대한 반항이다.

절망하지만 반항하는 것은 어려운 일이며,

희망으로 인해 전투를 벌이는 사람보다

훨씬 용감하고 비장하다고 본다.

내 안에서 부르는 소리를 따라가라

더구나 그는 아직도 그를 부르는 소리를 듣고 있다. 노인이 자기처럼 좀 쉬는 게 어떠냐고 권하자 행인이 말한다.

"저 앞에서 나는 소리가 저더러 걸으라고 합니다."

그런데 뜻밖에도 노인은 그 소리를 안다고 말한다.

> **행인** 아신다고요? 저 소리를 아신다고요?
>
> **노인** 그렇소. 저 소리가 전에 나도 불렀소.
>
> **행인** 그때도 지금 저를 부르는 저 소리였습니까?
>
> **노인** 그건 난 모르오. 그 소리가 몇 번 불렀는데 내가 상대를 하지 않으니까 더는 부르지 않았고, 그러다 보니 나도 잊어버렸소. (〈행인〉)[16]

그 소리는 행인에게만 들리는 소리가 아니었다. 노인도 그 소리를 들은 적이 있었다. 다만 노인은 소리가 자신을 불러도 상대하지 않았다. 그러자 소리도 노인을 더 이상 부르지 않았다. 노인은 이제 소리를 잊었다. 하지만 행인은 그 소리를 지금도 듣고 있고, 소리가 부르기에 발에 피가 나고 옷이 해지고 몸은 지쳤어도 기어이 가야 한다고 말한다. 행인은 말한다.

“저는 쉴 수 없습니다. 제 발이 터진 게 안타깝습니다만.”

그런 뒤 다시 길을 떠난다. 소녀가 보내는 동정과 보살핌, 노인이 권하는 휴식마저 거부한다. 소녀가 보내는 동정에 걸음을 멈출까 봐 두려워서 거절한다. 그러고는 “저는 그래도 가는 것이 낫겠어요.”라면서 다시 길을 나선다.

그를 계속 걸어가게 하는 소리, 앞에서 그를 부르는 소리는 무엇일까? 저마다 소리는 다를 수 있다. 어떤 사람에게 이 소리는 신(神)의 부름일 수 있다. 그럴 때 행인은 앞에 무덤이 있는 줄 알면서도 차마 뒤로 돌아갈 수 없어서 상처투성이 발을 이끌고 고난의 길을 가는 성자(聖者)일 것이다. 그 소리를 역사나 시대의 소명이라고 생각할 수도 있다. 정의, 평화, 민주와 같이 자신이 갈망하고 소중하게 생각하는 이상(理想)의 부름이라고 해석할 수도 있다. 개인에 따라서는 이를 사회가 인정하는 성공이나 취업, 권력 같은 세속적인 부름으로 해석할 수도 있을 것이다.

그런데 그 어느 것이든 소리는 바깥에서 나를 부르는 것이다. 소리가 신의 부름이든 역사의 부름이든 세속의 부름이든 결국은 나의 밖에서 온 소리다. 물론 밖에서 오는 소리에 응하는 것도 중요하다. 하지만 아무리 소중한 소리일망정 그것이 밖에서만 올 뿐, 내 안에서 나오는 소리가 아니라면 그것은 진정 나의 것이 아니다. 그 소리가 아무리 위대하고 성스럽다고 하더라도 그것은 밖에서 오는 소리일 뿐이다. 소리가 내 안에서 나오지 않고 밖에서 오는 소리가 나의 내면과 호응하지 않는다면, 이

길 끝에 무덤이 있어도 나는 기어이 그 길을 가겠다는 절망에 대한 반항은 가능하지 않다. 노인의 쉬라는 권유, 소녀의 동정과 자비에 기대 걸음을 멈추고 쉴 수도 있다. 그렇게 쉬고 나면 행인은 아마도 노인처럼 소리를 잊고, 소리도 행인을 더 이상 부르지 않을 것이다.

소리가 자신의 내면에서 나올뿐더러 자신의 존재 그 자체일 때, 소리에 내 인생이 걸려 있을 때 앞에 무덤이 있더라도 기어이 걸을 수 있다. 나는 나만의 삶을 살고, 나만의 길을 갈 수밖에 없다. 그러지 않으면 내가 없기 때문이다. 발걸음 그 자체가 나 자신이다. 그래서 절망적인 현실 속에서도 절망에 반항하는 것이다. 행인에게 그 부름은 내면에서 기원하는 소리이고 그 내면의 부름에 응함으로써 비로소 자신다운 삶을 살아나갈 수 있다.

행인은 과거를 거부하고 자신만의 새로운 길을 선택한 가운데 그 소리를 들었다. 소리를 듣는 것이 먼저였고 그래서 과거를 거부하고 새로운 길을 선택했을 수도 있다. 중요한 것은 순서가 아니다. 과거를 거부하는 새로운 선택이 그를 진정 자신의 길을 가게 했고, 진정한 그를 되찾게 했다는 사실이다.

행인은 그런 거부와 선택의 결과로 고난의 길을 걷는다. 그 길을 피투성이 발로 걸어간다고 해도 끝은 무덤일 수 있다. 하지만 가지 않으면 자기 자신이 없기에, 그 길이 나를 나로 만들어주기에 갈 수밖에 없다. 그 길에서 성공과 실패, 희망과 절망을 따지는 것은 의미가 없다. 오직 그렇게 길을 걷는 그 순간만큼은 온전히 그 자신일 수 있기 때문이다. 자기 존재감을 확인하는 벅찬 순간이기 때문이다.

당신에게도 행인을 부르는 소리처럼 당신을 부르는 소리가 있는가? 마음속 저 깊은 곳에서 부르는 소리가 들리는가? 들리거든 그에 응답하라. 당신을 부르는 그 소리가 부르는 것을 멈추기 전에.

나다움이 있는가?

한때 제주도에 가서 살고 싶었다. 스페인에도 가서 산티아고 순례길을 걸으며 이국적인 정취를 느껴보고 싶었다. 하지만 그런 생각도 태풍처럼 훌쩍 지나갔다. 지금은 태풍이 지나간 뒤의 고요다.

그때는 왜 그렇게 마음속에서 제주도와 스페인을 향한 태풍이 일었을까? 그리고 왜 한순간에 잦아들었을까? 제주도와 스페인으로 치닫던 욕망은 어디서 왔던 것일까? 그 욕망이 내게 진정 절실한 것이었는지, 왜 제주도와 스페인이었는지를 생각한다. 서울살이와 아파트살이가 지겨워서 그랬을 수 있다. 그런데 왜 하필 제주도였을까? 스페인도 그렇다. 왜 유럽의 다른 곳이 아니고 하필 스페인을 향한 태풍이 일어난 것일까? 텔레비전에서 낭만을 넘어 환상에 가까운 수준으로 제주도의 생활과 스페인의 경치를 그리지 않았다면, 서울에 있는 집을 팔고 제주도로 이사 간 친구와 스페인 여행을 다녀와서 검게 그을린 동료를 만나지 않았다면 내가 제주도와 스페인을 그토록 욕망했었을까?

프랑스의 정신분석학자 자크 라캉(Jacques Lacan)이라면 아니라고 답할 것이다. 너의 욕망은 순수하게 너 자신의 것이 아니라고, 제주도에 살고 스페인에 다녀왔다는 것을 다른 사람에게 인정받고 싶고 평가받고 싶고 자랑하고 싶어서 그런 것이라고 말할 것이다. 나의 욕망에는 이미 다른 사람을 모방하고 싶은 욕망이 개입되어 있고, 나만의 순수한 욕망은 없다고 말할 것이다. 라캉은 우리의 욕망이 기본적으로 모방 욕망이라고 본다. 우리는 타인의 인정과 평가를 바라므로 우리의 욕망이 나만의 것으로 보이지만 실은 타인의 욕망이라는 것이다.

나의 욕망은 타인과의 관계 속에서 싹튼다는 게 라캉의 생각이다. 구조 속에서 맺어지는 상호 관계를 통해 주체가 구성된다고 생각하는 구조주의적(structuralist) 시각에서 나온 생각이다. 구조주의자는 구조나 시스템이 먼저 있고 개인은 그 속에서 자신이 맺는 관계에 따라 구성된다고 본다. 이런 차원에서 보면 내 욕망은 결국 구조 속에서 타자와 맺는 관계를 바탕으로 잉태된다.

우리가 나만의 욕망을 찾기 어려운 것은 무리 지어 사는 우리의 욕망이 지닌 구조적인 한계 때문이다. 그래서 우리는 다른 사람을 따라가면서 먹고 입고 여행한다. 텔레비전에 나온 맛집을 찾아다니고, 스타가 여행한 곳을 쫓아다니며 인증사진을 찍는다. 다른 사람에게 인정받고 싶고 평가받고 싶고 남의 부러움을 받고 싶은 차원에서 나온 욕망이다. 결국 내 욕망은 내 것인 동시에 내 것이 아니다. 이렇게 밖에서 오는 욕망을 걷어내고 나면 나만의 욕망이 과연 얼마나 남아 있을지 자신이 없을 수밖에 없다.

나의 욕망은 타자의 욕망이다

내 안에서 일어났던 욕망처럼, 늘 다른 사람에게 인정받고 평가받기 위한 삶을, 다른 사람의 욕망을 추종하는 삶을 두고 루쉰이라면 무엇이라 말할까? 루쉰은 이렇게 말할 것이다. 너는 너다움이 없다고, 자기됨이 없다고! 그래서 너는 자유인이 아니라고 말할 것이다. 루쉰은 욕망이든 사상이나 행동이든 나다움이 있어야 한다고 강조하기 때문이다.

> 한 개인의 사상과 행동은 반드시 자기를 중심으로 삼고 자기를 끝으로 삼아야 한다. 즉 '나다움〔我性〕'을 확립하여 절대적인 자유인이 되어야 한다. (〈문화 편향 발전론〉)[17]

내 사상과 행동이 반드시 나 자신에게서 출발해야 한다는 것이다. 다른 사람의 사상이나 행동을 따라서 생각하고 행동하지 말라는 것이다. 그래야 나다움이, 즉 '아성(我性)'이 있다는 것이다. 그리고 나다움이 있어야 진정한 자유인이라는 것이다. 루쉰은 이런 요구를 압축하여 이렇게 말한다. "사람은 각자 자기됨이 있어야 한다(人各有己)!"

> 소리가 자기 자신의 마음에서 나오고 각자가 자기 자신에게로 돌아갈 때 사람들은 자기됨을 지니기 시작할 것이고, 사람들이 자기됨을 갖게 될 때 사회의 큰 각성이 가까워진다. (〈악의 소리를 타파하라〉)[18]

루쉰은 나다움이나 자기됨을 지닌 진정한 자유인이 되려면 소리가 자기 마음에서 나오고 각자가 자기 자신에게 돌아가야 한다고 말한다. 루쉰은 왜 소리에 주목하는가? 자신만의 목소리가 있는지 없는지가 자신만의 생각이 있는지 없는지를 말해준다고 보기 때문이다. 자신만의 생각이 없이 다른 사람의 생각을 따라서 생각하고 행동하는 사람은 다른 사람의 목소리를 낼 뿐, 자신만의 목소리가 없다는 것이다.

결국 자신만의 목소리가 없는 사람은 자신만의 생각이 없는 사람이다. 나다움이, 자기됨이 없는 사람이다. 그저 다른 사람을 모방하고 흉내 낼 뿐이다. 루쉰은 그렇게 다른 사람을 모방하고 흉내 내면서 내는 소리를 '악의 소리(惡聲)'라고 말한다. 루쉰은 그런 악의 소리를 타파하라고 외친다.

> 만약 사람들이 떼를 지어 모여서 많은 입으로 똑같이 울어댄다면, 그리고 그 울음소리도 자신의 마음을 헤아리지 않고 단지 다른 사람들을 따라서 기계처럼 낸다면 바람에 흔들리는 나뭇잎 소리와 새소리가 시끄러워 견딜 수 없다고 하더라도 그와 같지는 않을 것이다. 이렇게 되면 슬픔은 배가될 것이며 적막 또한 더욱 심해질 것이다. (〈악의 소리를 타파하라〉)[19]

사람들이 떼를 지어서 입은 여럿이지만 똑같이 울고 똑같은 소리를 낸다. 그 소리에는 나다움이 없다. 진정한 나만의 소리가 아니다. 다른 사람을 따라서 기계적으로 내는 소리다. 나다움이 없는 악의 소리는 새 떼가 내는 소리보다 더 시끄럽다. 루쉰은 시끄러움 속에서 오히려 슬픔과 적막을 느낀다고 말한다.

나만의 생각이 없으면
나만의 소리도 없다

왜 그렇게 슬프고 적막할까? 악의 소리는 여러 사람이 내지만 내용은 똑같기 때문이다. 진정한 나만의 생각이 있어야 나의 소리가 있고, 그래야 나다움이 있다는 것이 루쉰의 생각이다.

나다움, 나의 자기됨에 대한 이런 생각은 오직 나만을 생각하면서, 내 잇속만 챙기면서 이기적으로 살라는 뜻이 아니다. 다른 사람과 소통을 끊고 고립 속에서 칩거하며 살라는 것도 아니다. 루쉰이 자기됨이나 나다움을 강조하는 것은 다수의 생각과 욕망, 다수의 소리에 아무 생각 없이 휩쓸리거나 기계적으로 추종하지 말고, 자기 안에서 우러나오는 자신만의 생각과 욕망, 자신의 소리를 찾으라는 것이다. 많은 사람이 그렇게 생각하고 욕망하고 행동한다고 해서 그것이 옳은 것인지, 그것이 정말 내가 원하는 것인지, 그것이 진정 내 생각인지 자기 자신에게 먼저 물으라는 것이다. 그런 나다움을 찾아야 진정한 자유인이라는 것이다.

많은 사람이 비슷하게 욕망하고 생각하고 행동하게 된 것은 근대 이후부터다. 대중매체가 발달하고 학교교육이 발달하면서 사람들은 서로 비슷해졌다. 같은 매체를 접하고 같은 교과서로 같은 내용을 배우면서 사람들은 바둑돌처럼 서로 같아졌다. 여기에 뉴미디어와 SNS가 발달하면서 이런 경향은 더 심해졌다. 같은 레시피에 따라 음식을 만들고, 같은 맛집을 가고, 같은 곳을 여행하고, 같은 노래와 같은 영화를 즐기는 일이 더욱 쉬워지고 많아졌다. 많은 사람이 좇는 욕망과 생각, 행동에서 낙오될까 봐 모방하고 추종하면서 산다.

어디 취향이나 취미만 그런가? 정말 무서운 것은 사람들의 생각과 목소리가 비슷해지면서 한두 가지 생각과 목소리가 세상을 지배한다는 데 있다. SNS가 발달하면서 생각과 목소리가 같은 사람끼리 예전보다 더 쉽게 무리를 짓는다. 대중사회를 넘어 '떼중사회'가 되고 있다. 하지만 그렇게 떼를 이룬 사람들의 생각이 진정 나의 생각이고, 그들의 목소리가 진정 나의 목소리인지 곰곰이 생각해볼 일이다. 혹시 자신만의 생각을 정지한 채, 자신만의 목소리를 잃은 채, 루쉰이 말한 것처럼 나다움을 잃은 채 악의 소리를 기계적으로 추종하고 있는 것은 아닌지 되돌아볼 일이다.

나다움이나 자기됨을 생각할 때 우리에게 먼저 떠오르는 것은 외모나 패션에서 나다움을 찾는 일이다. 패션을 추구하는 것은 자기만의 취향과 개성을 가장 직접적이고 선명하게 보여주는 방법이다. 이것도 멋진 일이다. 그런데 루쉰은 외모에서 나다움을 찾는 것보다 생각과 사상, 목소리에서 나다움을 찾으라고 말한다. 그것이 진정으로 나다움을 찾고 자유인이 되는 조건이라는 것이다.

가수 싸이는 〈강남 스타일〉에서 근육보다 사상이 울퉁불퉁한 사람이 멋있다고 말한다.

"근육보다 사상이 울퉁불퉁한 사나이, 그런 사나이, 아름다워, 사랑스러워!"

나만의 울퉁불퉁한 근육을 만들기 위해 바쁜 세상이다. 하지만 사상이 울퉁불퉁한 사람은 또 얼마나 멋진가? 나만의 목소리가 있는 사람, 나만의 사상을 가진 사람, 울퉁불퉁한 사상을 지닌 사람이 진정한 나다움을 지닌 사람이 아니겠는가?

노력하기 전에 필요한 것

> 밥, 이성, 나라, 민족, 인류……, 무엇을 사랑하든 독사처럼 칭칭 감겨들고, 원귀처럼 달라붙으며, 낮과 밤 쉼 없이 매달리는 자라야 희망이 있다. 지쳤을 때는 잠시 쉬어도 좋다. 그러나 쉰 다음에는 또다시 계속해야 한다. 한 번, 두 번, 세 번, 몇 번이라도 계속해야 한다. (《잡감》)[20]

루쉰이 청년에게 당부하는 말이다. 비유가 처절하다. 독사처럼 감겨들고 원한에 찬 귀신처럼 매달리라고 한다. 끈질겨야 한다는 것이다. 그래야 자신이 원하는 걸 이룰 수 있단다. 그래야 희망이 있단다. 그런데 정말 독사처럼, 원귀처럼 매달릴 수 있을까?

루쉰이 하고 싶은 말은 아무리 불가능해 보이는 일이라도 열정을 가지고 끈질기게 노력하라는 것이다. 루쉰의 당부를 사자성어로 압축하면 '우공이산(愚公移山)' 정신을 가지라는 것이다.

끈기만 있으면 되는가

옛날에 우공(愚公), 그러니까 어리석은 노인이라고 불리는 사람이 있었다. 그가 사는 마을 앞에 두 산봉우리가 있어서 길을 막았다. 어리석은 노인이 산을 돌아가야 해서 불편하니까 산을 파겠다며 삽을 들고 나섰다. 이름이 지수(智叟)인 노인, 그러니까 머리 좋은 노인이 가당치 않다며 비웃었다. 그러자 우공이 말했다. 내가 죽으면 아들이 있고, 아들이 죽으면 손자가 있고, 대대손손 산을 파면 결국 없어질 거라고. 산은 더 이상 높아지지 않으니까 먼 훗날 언젠가는 산을 파서 없앨 수 있다는 것이다. 그러면서 쉬지 않고 산을 팠다. 산신령이 옥황상제에게 이 일을 전했다. 옥황상제가 감동했다. 그래서 두 산을 들어서 다른 곳으로 옮겨주었고, 마을 사람들은 더 이상 먼 길을 돌아서 다니지 않았다.

우공이산은 중국인이 가장 좋아하고 가장 많이 인용하는 사자성어 가운데 하나다. 마오쩌둥(毛澤東)도 〈우공이산〉이라는 제목으로 우공의 정신을 찬양하는 글을 썼다. 어떤 어려움이 있어도 목표를 포기하지 말고 끈질기게 노력하는 사람의 상징인 우공은 중국인이 생각하는 가장 이상적인 삶의 태도를 보여주는 인물이다. 머리 좋은 노인처럼 지레 안 된다고 포기하는 것이 아니라 어리석은 노인처럼 고지식할 정도로 끈질기게 노력해야 자기가 소망하는 것을 이룰 수 있다는 것이다. 루쉰이 당부하는 것도 같은 맥락이다.

물론 끈질김과 노력은 중요하다. 하지만 끈질김과 노력 이전에 필요한 게 있다. 끈질기게 노력할 만한 대상을 찾는 것이다. 동네에 있는 산을 파는 일은 오직 끈질긴 삽질만으로 가능하다. 하지만 인생에 놓인 산을 파는 일은 끈질긴 삽질만으로는 불가능하다. 끈질긴 삽질 이전에 삽질할 대상을 잘 골라야 한다. 열정과 노력을 쏟을 대상을 먼저 찾아야 한다. 열정과 끈기를 발휘하기 전에 나를 잘 알아야 한다. 나를 알고 나서, 노력과 열정을 쏟을 나만의 대상을 찾고 나서 루쉰 말대로 될 때까지 독사처럼 감겨들고 한이 맺힌 귀신처럼 달라붙어야 한다.

축구 스타 메시가 죽어라 노력하면 스티브 잡스가 될 수 있을까? 반대로 스티브 잡스가 죽어라 노력하면 메시가 될 수 있을까? 메시가 아무리 노력한다 해도 스티브 잡스가 될 수는 없다. 반대도 마찬가지다. 하지만 '노력하면 되지, 안 되는 게 어딨어?'라고 생각하는 사람은 메시도 노력하면 스티브 잡스가 될 수 있다고 말할 것이다. 우공처럼 끈질기게 노력하면 하늘이 도와서 뜻을 이룰 수 있다고 생각한다. 성공의 비결도 노력이고, 실패의 원인도 노력이라고 생각한다. 마오쩌둥만이 아니라 동아시아인은 대개 그렇게 생각한다.

'노오력'이 부족하기 때문이라고?

왜 동아시아인은 노력을 만능의 신으로 생각하면서 우공의 충실한 신도가 되었을까? 그 뿌리는 깊다. 일찍이 맹자(孟子)는 이렇게 말했다. "사람은 누구나 성인인 요임금과 순임금이 될 수 있다(人皆可以爲堯舜)"고.[21] 맹자는 기본적으로 사람은 누구나 선한 존재이고 무한한 가능성을 지니고 있다고 본다. 그래서 누구나 변할 수 있고 발전할 수 있다고 생각한다. 노력만 하면 심지어 성인인 요임금과 순임금이 될 수도 있다고 생각한다. 맹자의 생각을 지금 우리도 가지고 있다. 노력하면 누구나 성인이 될 수 있고, 무엇이든 이룰 수 있다는 것이다.

인간은 변할 수 있고 무한한 가능성을 지닌 존재라고 보는 맹자의 생각은 농경문화를 바탕으로 한 집단주의 사회의 인간관을 상징한다. 장사나 사냥은 혼자 할 수 있어도, 농사는 혼자 짓지 못한다. 사람이 힘을 모아야 한다. 도시의 상업을 배경으로 하는 고대 그리스 문화나 유목 생활을 하는 서아시아의 이슬람 문화와 달리, 농사를 짓는 동아시아 문화는 자연스럽게 집단주의 문화를 낳았다. 이런 집단주의 문화에서 개인은 전체나 집단과 분리될 수 없고 집단 안에서 존재의 의미를 찾는다. 나는 고정되어 있지 않고 내가 속한 집단과 전체 속에서 규정된다. 나는 어느 집단에 속하고 어떤 환경에 놓이느냐에 따라 달라질 수 있다. 그래서 동아시아의 부모는 자식이 어떤 집단에 속하는지를 중요하게 생각한다. 집단의 영향으로 자식이 변할 수 있기 때문이다. 그렇기에 노력을 강조한다. 노력을 통해 변하는 것을 최고로 친다.

문화심리학 연구에서 진행한 실험 중에 흥미로운 것이 있다. 아이가 성적표를 받아왔다. 영어가 40점, 수학이 80점이었다. 부모는 성적표를 보고 아이에게 무슨 말을 할까? "영어를 좀 더 잘해야겠네."라고 말할 수 있다. 아니면 "수학에 집중해."라고 말할 수도 있다. 한국이나 중국 같은 동아시아의 학부모라면 둘 중에 뭐라고 할까? 동아시아의 학부모는 대부분 영어를 열심히 하라고, 그렇게 영어를 못해서 어쩔 것이냐고 말한다. 반면에 기독교적이고 개인주의적인 문화를 바탕으로 한 서구의 학부모는 수학에 집중하라고 말한다. 잘 나오지 못한 영어 성적보다 잘 나온 수학 성적을 눈여겨보는 것이다. 동아시아의 학부모는 아이의 단점에 주목하고, 서구의 학부모는 아이의 장점에 주목한다는 실험 결과다.

이 차이는 어디서 오는가? 동아시아의 집단주의 사회에서는 맹자처럼 사람은 무한한 가능성을 지닌 존재이고 변할 수 있다고 생각한다. 그래서 단점을 충분히 보완할 수 있다고 여긴다.

단점만 보완하면 완벽한 인간이 될 수 있다고 여기는 것이다. 아이의 단점과 부족한 것에 부모 눈이 먼저 가는 이유가 여기에 있다. 그래서 칭찬보다는 잔소리를 더 많이 하고 늘 자식을 나무란다. 단점을 보완하기 위해서 노력하라고 재촉한다. 할 수 있으니까, 변할 수 있으니까 노력하라고 말한다.

그런데 기독교를 배경으로 한 개인주의 문화에서는 다르다. 사람은 저마다 고유한 능력과 소질을 지니고 있다고 생각한다. 하느님이 그렇게 소명을 주셨다는 것이다. 누구나 고유한 소명을 타고났기 때문에 개인은 자신만의 능력을 지니고 있다. 사람이 지닌 고유함은 쉽게 변하지 않는다. 사람은 저마다 고유한 소명을 지니고 있고 변하기가 쉽지 않은데, 노력하면 변할 수 있다고 말하는 것은 소용없는 일이다. 노력을 통해 단점을 만회하기보다는 장점을 잘 키우는 것이 더 나은 선택이다. 서구 사회에서 부모가 자녀의 단점을 지적하기보다 장점을 칭찬하는 일이 많은 것은 이런 이유에서다.

모든 것은 나를 아는 데서 시작한다

우리는 누군가 자신만의 길을 찾으려고 할 때 흔히 즐기는 일을 찾으라고 조언한다. 공자(孔子)가 말한 것으로 유명한 "아는 사람은 좋아하는 사람만 못하고, 좋아하는 사람은 즐기는 사람만 못하다(知之者不如好之者, 好之者不如樂之者)."는 말을 진리로 생각한다. 물론 일을 즐겨야 그 일을 오래 할 수 있다. 하지만 어떤 일을 즐기고 좋아하더라도 잘하지 못하는 경우가 많다. 물론 즐기면서도 누구보다 잘할 수 있는 일을 찾으면 좋다. 하지만 그럴 수 없다면 자신이 잘할 수 있는 일을 찾아야 한다.

왜 그런가? 그래야 성취감을 느끼고 자존감을 갖는다. 성취감과 자존감이 있어야 그 일이 즐거운 일이 되고, 즐기는 일이 되기 때문이다. 반대로 아무리 자기가 즐기는 일이라고 해도 잘해내지 못하고 만족할 만한 결과를 얻지 못하면 성취감도 떨어지고 자존감도 사라진다. 결국 일마저 즐겁지 않다. 야구를 미치게 좋아하고 야구 하는 것을 즐길 수도 있다. 하지만 야구 하는 것을 즐긴다고 해서 누구나 선동렬이나 류현진처럼 공을 던질 수는 없다.

루쉰이 강조한 대로 인생에서 노력과 열정은 중요하다. 노력과 열정이 없으면 꿈을 결코 이룰 수 없다. 꿈을 위해서 어리석다는 말을 들을 정도로 집요하게 파고들고 매달릴 필요가 있다. 하지만 노력과 열정이 헛되지 않으려면 그것을 쏟을 방향과 대상을 잘 찾아야 한다. 나의 길을 찾는 데 노력과 열정이 꼭 필요하지만, 이와 더불어 나를 아는 것도 중요하다.

사람마다 고유한 소질은 분명 있다. 물론 소질을 찾는 게 쉽지는 않다. 루쉰도 그러했다. 루쉰은 사실 문학에 소질이 있었다. 하지만 문학의 길로 바로 걸어가지 못했다. 장남인 루쉰은 아버지가 죽은 뒤 관료가 되려고 과거를 보았다. 그런가 하면 유학해서 의사가 되려고도 했다. 가정환경 때문에, 시대 분위기 때문에 그러했다. 하지만 루쉰은 결국 의학 공부를 때려치우고 문학 하는 사람이 되었다. 결국 자기 내면에 있던 고유한 소질을 택한 것이다. 그의 나이 스물다섯 살 때였다. 루쉰은 결국 문학을 택하여 세계적인 문학인이 되었다. 많은 사람이 가는 길, 유행이 된 길을 그저 가는 것이 아니라 결국 나에게로 돌아가 나의 길을 찾아서 갈 때 인생이 열린다. 인생이 비로소 폼 난다. 루쉰의 선택이 그 증거다.

원숭이가 사람이 되지 못한 까닭

영화 〈혹성탈출〉에서는 인간과 침팬지가 싸운다. 정확히는 인간보다 나은 침팬지와 침팬지보다 못한 인간이 싸운다. 그만큼 인간과 침팬지는 가깝다. 둘 사이의 유전자 차이가 고작 1.2퍼센트라고 한다. 이런 이유로 침팬지는 인간을 대신하여 곧잘 실험 대상이 되는 곤욕을 치른다. 침팬지를 대상으로 한 실험 중에 유명한 '화난 원숭이' 실험이 있다. 조직에서 혁신이 왜 어려운지를 말해주는 사례로 자주 언급된다. 물론 실험이 실제로 행해진 적은 없다는 주장도 있다. 그게 사실이든 아니든 '화난 원숭이' 실험은 인간 행동의 원리를 설명하는 전설적인 실험이 되었다.

실험 내용은 이렇다. 굶어서 배가 고픈 원숭이 네 마리가 있다. 이들을 우리에 넣고 장대 끝에 바나나 꾸러미를 걸어둔다.

배고픈 원숭이는 당연히 장대를 타고 오른다. 이때 사람이 장대를 타고 오르는 원숭이에게 물을 뿌린다. 원숭이는 천성이 물을 싫어한다. 그래서 원숭이들은 바나나를 포기하고 그냥 내려온다. 아무리 배가 고파도 다시는 장대에 올라가려고 하지 않는다.

이튿날 우리에 있는 원숭이 네 마리 가운데 두 마리를 빼고, 다른 굶주린 원숭이 두 마리를 새로 넣는다. 새로 들어온 두 원숭이는 우리에 들어오자마자 바나나를 먹으려고 장대에 올라가려 한다. 그러자 전날 들어왔던 두 원숭이가 장대에 오르려는 원숭이를 할퀴고 때리면서 올라가지 못하게 막는다. 왜 그럴까? 장대를 타고 올라가다가 물세례를 받은 경험이 있어서다. 장대를 타고 올라가면 무슨 일이 일어나는지를 알기 때문이다. 군집생활을 하는 동물에게서 흔히 볼 수 있는 장면이다. 경험을 상호 전수하는 것으로, 일종의 동료애다.

이 실험에서 중요한 것은 셋째 날이다. 이제 첫날 들어온 원숭이 두 마리마저 빼낸다. 그리고 새로운 원숭이 두 마리를 굶긴 채 우리에 넣는다. 우리에 있는 원숭이는 모두 장대에 올라가다가 물세례를 받아본 적이 없다. 새로 들어온 배고픈 원숭이는 당연히 장대에 올라가려 한다. 이 모습을 본 둘째 날 들어온 원숭이는 어떻게 반응할까? 때리면서 올라가지 못하게 막는다. 물론 이렇게 말리고 때리는 원숭이는 바나나를 먹으려고 장대를 올라가다가 물세례를 받아본 적이 없다. 그런데도 말린다. 자신이 직접 겪어보지도 않았으면서 다른 원숭이가 올라가는 것을 막는 것이다. 셋째 날만 그런 게 아니다. 계속 새로운 원숭이를 넣어도 사정은 마찬가지였다.

경험은 정말 지혜의 보고인가

이 실험은 사회나 기업에서 다른 사람의 말이나 사례만 듣고서 도전이나 혁신을 포기해버리는 사례로 많이 인용된다. 하지만 반대로 생각해볼 수도 있다. 원숭이가 말을 할 수 있다면 앞서 우리에 들어가 있던 원숭이는 뒤에 들어온 원숭이에게 이렇게 말했을 것이다. 우리 덕에 너희는 물세례를 맞지 않았다고. 앞에서 쓰디쓴 경험을 한 원숭이가 그 경험을 전해준 덕분에, 뒤에 들어간 원숭이는 같은 고생을 하지 않을 수 있었다고. 경험의 전승이 주는 혜택이라는 차원에서 보자면 맞는 이야기다.

루쉰은 〈경험(經驗)〉이라는 제목의 글에서 경험의 혜택을 지적한다. 그는 "예로부터 전해오는 경험 중에서는 아주 소중한 것이 많다. 이런 경험은 많은 희생을 치르고 얻은 것이어서 후세 사람들에게 큰 혜택을 물려준다."고 말한다. 루쉰은 중국 전통 약재를 집대성하여 분류한 《본초강목(本草綱目)》도 많은 사람이 겪은 경험을 바탕으로 한 것이라고 지적한다. 지식의 시대에 독버섯이나 독풀을 감별하기는 쉽다. 성분분석만 하면 된다. 하지만 경험의 시대에는 독풀인 줄 모르고 먹은 사람이 많이 죽었을 것이다. 수많은 사람의 경험과 희생이 쌓여 그것이 독풀인 줄 알게 된다. 그런 경험은 최고의 한의학 서적이 탄생하는 토대였다.

> 옛날 사람들은 병에 걸렸을 때, 처음에는 이것도 먹어보고 저것도 먹어보고 그랬을 것이고, 독이 든 걸 먹은 사람은 죽고, 병과 아무 상관도 없는 걸 먹은 사람은 효과가 없었으며, 다행히 병에 딱 들어맞는 걸 먹은 사람은 나았을 것이다. 그리하여 어떤 병에는 무엇이 약이로구나 하는 걸 알았을 것이다. 이것이 쌓이고 쌓여 초보적인 기록으로 남았고, 후에는 점차 《본초강목》 같은 방대한 책을 이루게 된 것이다. 이 책에는 중국뿐만 아니라 아랍인과 인도인의 경험까지 들어 있으니, 그전에 치른 희생이 얼마나 컸을지는 짐작하고도 남음이 있다. (〈경험〉)[22]

루쉰은 비슷한 이유로 우리가 게를 먹을 때도 용감한 선구자에게 감사해야 한다고 말한다. 딱딱한 게 껍데기 속에 그렇게 부드러운 속살이 있을 줄 누가 짐작이나 했겠는가? 하지만 어느 용감하고 도전적인 사람이 있어 날카로운 집게발, 딱딱한 껍데기에 손을 다치면서도 껍데기 속에 하얗고 부드러운 속살이 있다는 것을 알아냈고, 그 덕에 우리는 맛있는 게살을 먹는 복을 누리는 것이다.

물론 반대 경우도 있다. 게의 집게발에 손을 다치거나 심지어 잘린 사람도 있었을 것이다. 그런 사람의 말을 따르고 그의 경험을 믿은 사람은 게의 집게발에 손을 다치는 일은 없었을 테지만, 모두 그랬다면 우리는 지금까지도 게살의 맛을 누리지 못했을 것이다. 배고픈 원숭이 실험에 참여한 원숭이가 그러했다. 그들은 앞선 이의 고생 덕분에, 앞 세대의 희생 덕분에 편안한 삶을 얻었다. 다만 안전하지만 배고프고 태평하지만 빈곤한 삶이었다. 인간의 뇌는 변화보다 안정을 선호한다. 인지과학자의 말에 따르면 그것이 우리 뇌의 속성이다. 기존의 관습에 따라 대대로 내려오는 경험을 그대로 믿고 행동하면 편하다. 개인이든 조직이든 마찬가지다. 원숭이 실험에서 보듯이, 위험을 회피하면서 안정을 찾으려는 것이 원숭이의 본능이자 인간의 본능이다.

하지만 어느 날 바나나를 먹으러 장대를 오르다가 물세례를 맞은 일이 있었다고 해서, 그것이 그다음 날도, 그다음의 다음 날도 계속되리라는 법은 없다. 독버섯의 성분은 옛날이나 지금은 물론이고 앞으로도 변하지 않는다. 하지만 인간의 삶이란 독버섯의 성분같이 고정된 것이 아니다. 그때는 옳은 것이 지금은 틀리기도 한다. 인간의 삶에서는 상황이 중요하다. 인간의 삶은 어제와 오늘이 다르고 오늘과 내일이 다르다. 경험이 덫이 될 수 있고 관행이 감옥이 될 수 있다. 이것이 공동체에 오랫동안 전승되어 온 관행을 넘어 새로운 도전이 필요한 이유다.

원숭이에서 인간으로
넘어가는 단 한 걸음

실험에 동원된 원숭이 사회에서는 자신의 앞길을 간 세대를 회의하고 관행에 의문을 던지는 원숭이가 없었다. 내가 한번 해보겠다고 나서는 원숭이가 있기는 했지만 그를 응원하는 원숭이가 없었다. 경험의 관습, 생각의 습관에 젖어 사는 인간 사회의 전형이다. 물론 생활에서든 생각에서든 기존의 경험과 습관에 따르면 편하다. 적어도 큰 실패는 하지 않으면서 현상을 유지할 수는 있다. 하지만 발전도 혁신도 없다.

중국에 이런 일화가 있다. 한 농부가 밭에 나갔더니 토끼 한 마리가 잘린 나무의 그루터기에 머리를 부딪쳐서 죽었다. 농부에겐 더없이 수지맞는 일이었다. 그래서 그는 아예 밭일을 그만두고 나무 그루터기만 바라보았다. 그런데 토끼는 다시 나타나지 않았다. 수주대토(守株待兎)라는 고사성어다. 과거의 성공에 안주했다가 낭패를 본 것이다. 과거에 유용했던 경험과 생각이 지금도 유용하리라는 법은 없다. 경험과 관행을 의심해야 할 이유다. 그래야 성공의 함정에 빠지지 않는다.

물론 모든 사람이 기존 경험과 관행을 의심하고 새롭게 도전하는 것은 아니다. 그러지 못하는 사람이 더 많은 게 현실이다. 하지만 나 자신은 그러지 못하더라도 주위에 기존 경험과 관행을 의심하면서 새로운 도전과 모험을 하는 사람이 있다면 존중하고 응원해야 한다. 루쉰은 우리가 원숭이가 아니라 인간이기 때문에 그래야 한다고 본다. 루쉰은 우화 같은 비유를 통해 그렇게 말한다. 그리고 여러 차례 이런 질문을 던진다. "인간은 어차피 원숭이에서 진화했는데, 지금 어떤 원숭이는 사람이 되어 있고, 어떤 원숭이는 여전히 원숭이로 남아서 동물원에서 인간의 구경감이 되어 있을까?" 그리고 이렇게 답한다.

> 내 생각에 인간과 원숭이의 조상이 하나라는 학설은 조금도 의심할 바가 없다. 그런데 왜 옛날 원숭이들이 다들 사람이 되려고 하지 않는 채, 지금까지 원숭이 후손으로 남아 사람들의 구경거리가 되었는지 모르겠다. 일어서서 사람의 말을 배우려 한 원숭이가 하나도 없었던가? 아니면 몇 마리 있기는 있었으나 원숭이 사회에서 그들을 이단이라고 공격하면서 물어 죽여 끝내 진화하지 못한 것일까? (〈수감록 41〉)[23]

두 원숭이 그룹이 있다고 생각해보자. 원숭이 사회에 이단 원숭이가 나타난다. 이제 더 이상 기어 다니지 말고 걸어 다니자고 주장한다. 사람의 말도 배우자고 한다. 그러자 대다수 원숭이가 말한다.

"우리 원숭이는 조상 대대로 기어 다녔어. 원숭이는 기어 다녀야 원숭이지, 왜 서서 다녀? 그리고 원숭이가 왜 사람 말을 따라서 해."

그런 뒤 걸어 다니자고 주장하는 원숭이를 이단으로 몰아 물어 죽인다.

그런데 다른 원숭이 사회에서는 이단 원숭이가 나타나자 다른 반응을 보인다. 그곳의 원숭이는 두 발로 걸어 다니는 원숭이, 사람 말을 따라 하는 원숭이를 보고 이렇게 생각한다.

'그거 괜찮은데? 꼭 네 발로 다닐 필요는 없지. 두 발로 걸어 다니면 두 손도 자유롭고 말이야. 우리도 한번 따라 해볼까?'

이렇게 하여 많은 원숭이가 이단 원숭이를 따라 한다.

두 그룹 원숭이 가운데 어떤 그룹 원숭이가 나중에 사람이 되었을까? 루쉰은 걸어 다니자고 주장한 원숭이를 이단으로 몰아 물어 죽인 사회의 원숭이는 지금도 동물원의 원숭이로 남아 있고, 걸어 다니자는 원숭이를 존중하고 변화를 택한 사회의 원숭이는 인간이 되었다고 말한다.

물론 이단자라고 해서 무조건 존중할 일은 아니다. 어떤 의미에서 이단자인지를 봐야 한다. 이단자 중에는 우리를 전진으로 이끄는 자도 있고, 후퇴로 이끄는 자도 있다. 이기적인 자도 있을 수 있다. 우리가 존중해야 하는 이단자는 낡은 사유와 행동에 충격을 주면서 우리를 전진하게 만드는 사람이다.

왜 옛날 원숭이들이 다들 사람이 되려고 하지 않는 채,

지금까지 원숭이 후손으로 남아

사람들의 구경거리가 되었는지 모르겠다.

일어서서 사람의 말을 배우려 한 원숭이가 하나도 없었던가?

아니면 몇 마리 있기는 있었으나 원숭이 사회에서 그들을 이단이라고

공격하면서 물어 죽여 끝내 진화하지 못한 것일까?

이단자를 존중하지 않으면 변화도 없다

루쉰이 말하려는 것은 분명하다. 기존의 관행과 경험을 의심하면서 그것에 도전하는 이단자와 선구자를 보호하고 응원하라는 것이다. 그런 이단자와 선구자를 기존 관행과 사고의 틀로 재단하여 이난으로 몰아 물어뜯고 죽인다면 발전은 없다는 것이다.

> 대다수 원숭이가 "우리는 조상 대대로 기어 다녔어. 일어서면 안 돼!"라고 말하면서 이 원숭이를 물어 죽였을 것이다. 그들은 옛것을 고수하기 위해 일어서려고도 하지 않았고, 말을 배우려고도 하지 않았다. 그러나 인류는 그러지 않았다. 일어섰으며 말도 했다. 결국 인류가 승리한 것이다.
>
> 그러나 이걸로 인류의 진보가 다 완성된 것은 아니다. 여정은 지금도 계속되고 있다. 그러므로 혁명이란 결단코 희한한 것이 못 된다. 오늘날까지 멸망하지 않고 굳게 버티며 살아가고 있는 민족은 모두가 혁명의 노력을 끊임없이 계속하고 있다. 물론 대부분 소규모 혁명에 지나지 않아도 말이다. (〈혁명시대의 문학〉)[24]

원숭이와 인간 사이의 유전자가 1.2퍼센트밖에 차이 나지 않는 데도 불구하고 어째서 누구는 인간이 되고 누구는 여전히 원숭이인가? 루쉰이 보기에 관건은 기존 관행과 인식, 습관적 사고와 행동에 도전하는 인물을 배척할 것인지 아니면 포용하고 응원할 것인지에 달려 있다.

개별 조직도 그렇고 우리 사회도 그렇다. 내가 속한 조직에는, 더 나아가 지금 우리 사회에는 네 발로 다니기를 거부하고 두 발로 서서 다니겠다는 선구자가 있는가? 그런 사람을 잘 알아보고 그들을 응원하는 조직과 사회라야 희망이 있다. 기어 다니던 원숭이에서 걸어 다니는 인간으로 진화해온 인간의 자존심을 지키기 위해서 우리는 그런 사람을 존중할 일이다.

루쉰은 〈문화 편향 발전론(文化偏至論)〉 등의 글에서 '독이개인(獨異個人)', 그러니까 다른 사람과 다른 소수의 개인을 존중하라고 말한다. 다수의 사고와 행동을 무조건 추종하는 것이 아니라 남과 다른 독특한 소수를 소중하게 여기라는 것이다. 다수의 논리로 소수를 억압하지 말아야 변화와 발전이 있다는 것이다. 기존의 관습과 사고, 관행에 따라 살면 편하다. 하지만 변화와 발전을 위해서는 습관적인 생각과 행동에 질문을 던지는 도전적인 사람이 많아지고, 그런 사람을 소중하게 생각하고 응원하는 사람이 많아져야 과거와는 다른 세상이 열린다.

06

기억과 망각 사용법

시골 아이에게 연날리기는 최고의 놀이다. 우리나라나 중국이나 마찬가지다. 그런데 루쉰은 아니었다. 연 날리는 것을 싫어했고, 그런 건 못난 아이나 하는 놀이라고 생각했다. 하지만 루쉰의 동생은 연날리기를 무척 좋아했다. 루쉰은 그런 동생이 천박하다고 여겼다. 그러던 어느 날 동생이 골방에 틀어박혀서 나비연을 만드는 것을 발견하고는 화가 났다. 동생이 못난 애처럼 한심한 짓을 하고 있다고 생각한 것이다. 그래서 동생이 만들고 있던 연을 망가뜨린다.

그런 뒤 12년이 흘렀다. 루쉰도 동생도 수염이 난 성인이 되었다. 루쉰은 우연히 외국 책을 보다가 장난감이 어린이에게 얼마나 중요한지를 깨닫는다. 그래서 자신이 연을 부순 일에 대해 동생에게 용서를 빈다. 동생이 "난 조금도 형 원망 안 해."라고 말해주기를 기대하면서. 루쉰은 그동안 마음이 무거웠고, 그때는 자신이 어려서 어리석었다고 동생에게 말한다. 그런데 동생이 놀란 듯이 웃으면서 말한다.

"그런 일이 있었어요?"

동생은 완전히 잊었고 아무것도 기억하지 못하고 있었다. 동생의 반응에 루쉰은 이렇게 생각한다.

> 완전히 잊어먹었으니 아무런 원한도 없었다. 그런데 무슨 용서를 이야기할 것인가? 원한도 없는데 용서한다는 것은 거짓말이다. 내가 무엇을 더 바랄 수 있겠는가? 내 마음은 어쩔 수 없이 무거워졌다. (〈연〉)[25]

연을 망가뜨린 일을 가해자인 형은 기억했고 피해자인 동생은 망각했다. 일반적으로는 피해자가 기억하고 가해자가 망각한다. 그런데 이 경우에는 반대였다. 가해자인 형은 그 일을 기억하고 있어서 늘 마음 한구석이 무거웠다. 그래서 용서를 구했다. 문제는 동생의 망각이다. 동생이 그것을 기억하고 있어야 용서를 받을 수 있을 텐데, 피해자인 동생이 망각한 이상 용서를 받을 방법이 없는 것이다. 그 일을 망각하지 않는 이상, 루쉰은 영원히 기억하면서 고통받을 것이다. 왜 그런가? 동생의 망각과 상관없이 그가 동생에게 잘못한 것은 분명한 사실이니까. 자신이 과거에 저지른 잘못을 기억하는 한, 그는 영원히 죄의식

속에서 고통받을 수밖에 없다. 그렇게 고통을 주면서 그 기억은 루쉰에게 계속 남을 것이다.

기억은
고통이다

우리의 기억은 고통과 밀접하게 연결되어 있다. 자신을 지키기 위해서다. 자신에게 고통을 준 상황을 잘 기억할수록 또다시 일어날지도 모르는 위기에 제대로 대처할 수 있고, 안전하게 자기를 지킬 수 있다. 실패하고 상처 입는 일을 반복하지 않을 수 있다. 물론 기억하기보다 망각하기가 더 쉽다. 하지만 망각은 그 사람을 과거와 같은 위기에 다시 직면하게 할 수 있다. 이처럼 기억은 자기보존 본능과 연결되어 있다. 문제는 이것이 지나칠 때다. 지나치면 역효과를 가져온다. 자기를 보호하고 삶을 지키기 위한 기억이 오히려 삶을 파괴하는 결과를 낳을 수 있다. 고통을 기억하는 일이 지닌 양면성이다.

동생에게 한 잘못을 기억하는 한, 루쉰은 또다시 같은 잘못을 저질러서 고통받지는 않을 것이다. 기억의 좋은 점이다. 루쉰은 기억의 이런 기능을 중요하게 생각한다. 그래서 이렇게 말한다. 망각하면 고통에서 벗어나서 편할 수는 있겠지만, 그래도 우리에게 망각이 아니라 기억이 필요한 이유는 또다시 오류를 범하지 않기 위해서라고.

> 사람들은 망각이 있기에 자기가 겪은 고통에서 점차 해탈할 수도 있지만, 망각 때문에 왕왕 앞사람들이 범한 오류를 다시 범하게 됩니다. 학대받은 며느리가 시어머니가 되면 언제 그랬느냐는 듯이 며느리를 학대합니다. 지금 학생들을 증오하는 관리들은 모두 학생 시절에 관리를 욕한 사람입니다. 지금 자녀를 억압하는 자 가운데 혹자는 10년 전만 하더라도 가정 혁명을 주장한 사람이었습니다.
>
> 이것은 나이나 지위 때문이기도 하겠지만, 기억력이 나쁜 것도 큰 원인입니다. 그 구제책은 각자가 노트를 한 권씩 사서 자신의 지금 사상과 행동을 모조리 적어두었다가 나이와 지위가 변한 다음에 참고하는 것입니다. 가령 아이가 공원에 가자고 졸라서 귀찮을 때 그것을 꺼내 펼쳐봅니다. 거기에 "나는 중앙공원에 가고 싶다."라는 구절이 적혀 있는 것을 보면 곧 화가 누그러질 것입니다. 다른 일도 이와 마찬가지입니다.
>
> (〈노라는 집을 나간 뒤 어떻게 되었는가〉)[26]

루쉰의 지적처럼 기억하면 잘못을 되풀이하지 않을 수 있다. 과거 노동자였던 사장이 그 시절을 기억한다면 그는 분명 좋은 사장이 될 것이다. 아이였을 때 어떤 마음이었는지를 잘 기억하는 부모라면 아이에게 좋은 부모가 될 것이다. 기억을 통해서 우리를 보존할 수 있을 뿐만 아니라 더욱 고상한 인간으로 발전시키고, 좀 더 좋은 세상을 만들 수 있다. 기억은 고통과 악의 재발과 악순환을 막기 위해서도 필요하다.

그런데 고통을 동반하는 기억이 지나칠 경우가 문제다. 지나쳐버리면 기억이 자신을 보존하고 보호하는 것이 아니라 오히려 망가뜨릴 수 있다. 우리가 기억에만 의지하면 안 되는 이유다. 루쉰이 동생의 연을 망가뜨린 기억으로 영원히 고통받는다면 그의 삶도 일부분 망가질 것이다.

그렇다고 망각을 통해 고통스러운 기억에서 벗어나는 것이 능사일까? 루쉰의 소설 〈아Q정전(阿Q正傳)〉에 나오는 주인공 아Q를 보면 전혀 그렇지 않다.[27] 아Q는 망각의 달인이다. 자신이 다른 사람에게 받은 치욕과 고통을 금방 잊는다. 아Q에게는 기억이 의미가 없다. 그래서 늘 즐겁고 늘 승리한 기분으로 만족한다. 그런데 여기에는 치명적인 대가가 따른다. 늘 패배하고 늘 다른 사람에게 맞는 것이다. 자신이 당한 패배를, 자기가 억울하게 맞은 것을 기억하지 못해서 그렇다. 패배와 고통을 기억해야 같은 경험을 되풀이하지 않는다. 그런데 아Q는 패배와 고통을 곧바로 망각한다. 억울하게 맞은 것을 쉽게 망각한 대가로 그는 늘 노예처럼 산다. 망각이 지닌 부정적인 측면을 상징적으로 보여준다.

망각을 위한
기념

결국 기억과 망각을 적절히 사용하는 지혜가 필요하다. 살아가면서 기억과 망각을 적절히 사용하는 사람이 인생을 잘 산다. 망각 없이 고통의 기억 속에서 헤어나지 못하는 것과 망각을 통해 고통의 기억을 빨리 잊는 것 모두 삶을 파괴한다. 반대로 아무리 좋은 일이라도 좋은 순간에 대한 과잉 기억에 빠지는 것 역시 삶을 파괴할 수 있다. 삶을 잘 보존할 뿐만 아니라 발전시키는 데 중요한 것 중 하나가 기억과 망각을 잘 조화시키는 것이다. 망각을 위한 기억, 기억을 위한 망각이 필요한 이유다.

루쉰은 시위에 나섰다가 정부군의 발포로 살해당한 학생을 추모하는 글을 쓰면서 '망각을 위한 기념'이라는 제목을 붙였다. 1926년 3월 18일, 정부가 일본 제국주의에 타협하는 정부에 항의하는 학생에게 무차별 총격을 가해 끔찍하게 살해한 사건이 일어났다. 현장에서 죽은 학생만 47명이었다. 루쉰이 가르치던 학생도 그날 살해당했다. 루쉰은 분노와 추모의 마음을 담아 글을 쓰면서 '망각을 위한 기념'이라는 역설적인 제목을 단 것이다. 기념을 통한 망각을 이야기하는 것은 망각을 갈구할 만큼 고통이 크다는 것을 역설적으로 드러낸다. 기억이 삶을 보존하고 지탱시킬 수 없을 정도로 고통스럽다는 것을 말하고 있다.

하지만 고통스러운 기억에 붙잡혀 있다면, 끔찍한 비극에서, 트라우마에서 헤어나오지 못한다면 역시 삶이 무너질 수 있다. 기억과 망각이 지닌 이런 역설 속에 우리 삶이 있다.

우리는 종종 망각에 너그럽지 않다. 누군가는 '망각을 위한 기념'이라는 제목을 보며 영원히 기억해야 할 일 앞에서 죽은 학생의 피가 채 식지도 않은 마당에 '망각'을 이야기한다고 비판할 수 있다. 끔찍한 비극과 참혹한 트라우마를 겪은 뒤에도 나날이 일상을 영위하는 일이 더없이 비루하고 슬프고 한심하게 느껴지기도 한다. 그래도 삶은 계속되어야 한다면 망각을 위한 기억 또한 인간 삶에서 어쩔 수 없는 일이기도 하다.

루쉰의 소설 가운데 유일하게 남녀의 애정을 다룬 소설이 있다. 〈애도(傷逝)〉라는, 수기 형식의 짧은 소설이다.[28] 청년 한 쌍이 동거를 시작한다. 새로운 사상을 접한 뒤 새로운 세상을 염원하는 계몽된 학생이다. 책을 읽고 토론도 하면서 뜻이 맞고 마음이 맞고 사랑을 느껴서 주위의 차가운 시선을 무릅쓰고 당시로는 흔하지 않던 동거 커플이 된다. 여성은 당연히 집에서 가출한다. 소꿉장난하듯이 행복하게 산다.

변화는 있다. 과거에는 둘 다 학생이었지만, 이제 여자는 가사를 책임지는 전업주부가 되었고 남자는 돈벌이를 책임지는 가장이 되었다. 여자는 요리에 재주가 없었지만 정성을 다해 요리하고, 집안일로 종일 얼굴이 땀투성이가 되고, 밥을 하느라 손이 거칠어진다. 여자의 모습을 보고 남자가 충고한다. "난 안

먹어도 그만이니까 제발 그렇게 고생하지 말라고." 이 말에 그녀는 "나를 힐끔 쳐다볼 뿐 아무 말이 없"는 채 조금 슬픈 표정을 짓는다. 남자는 가끔 군불 때는 것이나 밥하는 것을 도와준다. 두 사람은 더 이상 책을 읽고 토론하지 않는다.

그러던 중 남자가 직장에서 해고된다. 두 사람은 이 위기를 헤쳐갈 수 있다고 다짐하면서 용기를 내자고 한다. 살림살이는 궁핍해진다. 이런 가운데 남자는 두 사람이 함께 보낸 지난날을 회상하면서 이런 생각을 한다. 지난 반년 동안 오직 맹목적인 사랑만 생각했고, 먹고사는 것 같은 생활을 소홀히 했다고. 결국 남자는 이별이 새로운 희망이라고, 새로운 길을 개척해야 두 사람이 함께 파멸하는 것을 피할 수 있다고 생각한다. 마침내 남자가 여자에게 말한다.

"나는 당신을 더 이상 사랑하지 않아."

남자는 사랑이 식은 것은 진실이고 진실을 묻어둔 채 허위 속에서 살 수는 없으니 헤어지는 것이 더 낫다고 생각한다. 허위 대신 진실을 택한 대가는 컸다. 그녀에게 진실을 말하고 며칠 뒤, 남자가 밖에 나갔다가 집에 돌아와 보니 여자가 보이지 않는다. 집주인이 여자의 아버지가 와서 그녀를 데려갔다고 알려준다. 아버지에 이끌려 집으로 되돌아간 여자는 어떻게 되었을까? 나중에 남자는 여자가 죽었다는 말을 전해 듣는다.

살아남은 자는
무엇을 할 것인가

소설 속 모든 내용은 남자의 회상이다. 여자가 죽은 것을 안 뒤 그녀를 따라 죽을 생각까지 하다가 "허위와 망각을 길잡이로 삼아 새로운 길을 가겠다."고 다짐하면서 쓴 수기다. 남자가 두 사람이 만나고 동거하고 여자가 죽기까지의 과정을 쓴 기억의 글쓰기다. 소설의 도입부에서 남자는 여자를 위해 그리고 자기 자신을 위해 후회와 슬픔을 쓴다고 말한다. 남자가 오직 자신의 기억에 따라 쓴 내용을 두고 여자의 죽음에 큰 책임이 있는 남자가 자기를 변호하려고 쓴 위선적인 글이라고 비판적으로 읽을 수도 있다. 여성주의적 입장에서 충분히 읽어낼 만한 부분이고 가장 일반적인 해석이기도 하다.

하지만 남자가 생존자 죄책감(survivor guilt)에 빠져 있다고 본다면 다른 해석도 가능하다. 남자는 생을 포기할 생각도 해보지만 결국 죽지 못하고 새로운 삶을 택한다. 우리의 삶이 때로 비루한 것은 삶이 진실만으로 꾸려지지 않기 때문이다. 삶을 지탱하기 위해서는 때론 허위와 거짓이 필요하다. 남자는 그녀를 더 이상 사랑하지 않는다는 진실을 택했지만, 그 대가로 여자는 죽었고 남자의 삶 역시 무너졌다. 남자는 절망과 고통이라는 폐허 속에서 죽어가기보다 꾸역꾸역 다시 살아가기로 결심한다. 남자는 다시 살기로 한 선택이, 그러니까 새로운 삶의 길이 허위라는 것을 안다. 그래서 그는 허위와 망각을 길잡이로 삼아 살겠다고 말한다. 그 선택의 출발점이 기억과 망각이 교차하는 글쓰기였다. 망각을 위한 기억의 글쓰기라고 할 수 있다.

절망과 슬픔, 끔찍한 상처가 부정할 수 없는 현실로 확정되었을 때, 그것이 더 이상 부정할 수 없는 현실일 때, 우리에게 필요한 것은 말하기다. 덴마크의 소설가 이자크 디네센(Isak Dinesen)이 "모든 슬픔은 하나의 이야기로 만들거나 그것에 관해 이야기할 수 있다면 견딜 수 있다."고 말한 뜻이 여기에 있다. 자신의 절망과 고통, 상처 같은 트라우마를 누군가에게 말하다 보면 감정이 누그러지고 거기서 벗어나면서 치유가 시작될 수 있다. 소설에서 남자가 살기로 결심하고 나서 글을 쓰는 것도 같은 차원이다. 여자는 이미 죽어서 그가 아무리 잘못을 빈들, 아무리 참회한들 그를 용서할 수 없다. 어쩌면 여자는 죽음으로 그를 처벌했는지도 모른다. 처벌을 받은 남자는 여자에게 용서를 받는 식으로는 고통에서 벗어날 수는 없는 상황이다. 눈앞에 참혹하고 비루한 삶이 놓여 있지만 그래도 살아가야 할 때 그는 삶의 시작점에서 말하기의 일환으로 기억의 글쓰기를 선택한 것이다.

동생이 만들던 연을 망가뜨린 루쉰의 상황도 비슷하다. 동생이 그 사건을 망각한 이상 동생에게서 용서받을 방법은 없다. 물론 당사자가 기억하지 못하니까 더 이상 자책할 필요가 없고 죄책감을 덜었다고 즐거워할 수도 있다. 하지만 상대의 용서와 구제책은 각자가 노트를 한 권씩 사서 자신의 지금 사상과 행동을 모조리 적어두었다가 나이와 지위가 변한 다음에 참고하는 것입니다. 가령 아이가 공원에 가자고 졸라서 귀찮을 때 그것을 꺼내 펼쳐봅니다. 거기에 "나는 중앙공원에 가고 싶다."라는 구절이 적혀 있는 것을 보면 곧 화가 누그러질 것입니다. 다른 일도 이와 마찬가지입니다.

상관없이 잘못을 자책할 정도로, 자신을 용서하지 못할 정도로 높은 윤리적 감각을 지닌 사람이라면 어떻게 해야 할까? 영원히 고통을 짊어지고 살아야 할까? 과거의 잘못을 기억에서 완전히 지워버리는 것은 답이 아니다. 그런 일이 있었는지조차 깨끗이 망각하는 것은 과거의 잘못을 되풀이할 수 있기 때문이다. 과거의 잘못을 되풀이하지 않도록 기억을 보존하면서도 기억으로 인한 고통으로 삶이 망가지지 않을 방법이 필요하다.

능동적으로 망각하는 기술이 필요하다

여기서 망각의 긍정적이고 능동적인 능력을 떠올려볼 수 있다. 니체는 "망각이란 천박한 사람들이 믿고 있듯이 그렇게 단순한 타성력이 아니"라고 하면서 "망각이 없다면 행복도, 명랑함도, 희망도, 자부심도, 현재도 있을 수 없다."[29]고 말한다. 우리는 보통 기억력을 능력의 상징으로 여긴다. 반면에 망각, 즉 무언가를 잊는 것을 부정적으로 생각한다. 무언가를 망각한다는 것은 공포스러운 일이기도 하다. 우리가 기억을 중요하게 생각하는 것은 기억이 진리와 연결되어 있고, 특정한 정체성과 연결되어 있기 때문이다. 이런 의미의 기억은 플라톤적 의미의 기억이다.

플라톤(Plato)에게 기억은 망각의 강을 넘어 본질의 세계인 이데아(idea)로 귀환하는 작업이다. 망각된 이데아를 기억하는 것은 진리를 드러내는 일이다. 현상 너머에 있는 궁극적 본질을 떠올리는 것이 바로 기억이라는 것이다. 그리스어로 진리는 '알레테이아(aletheia)'라고 한다. 알레테이아는 망각의 강 레테(Lethe)에서 파생했다. 기억은 곧 진리이며, 기억의 반대인 망각은 진리를 잊는 것이라는 의미이다. 이렇게 기억이 진리와 연결되어 있기 때문에 플라톤은 망각이 공포스럽고 치명적인 문제라고 생각했다. 이런 플라톤적 전통 때문에 서양철학에서는 기억을 중요하게 생각한다.

그런데 니체는 정반대로 망각이 인간에게 매우 중요하며 필요하다고 말한다. 그는 망각을 부정하는 사람을 천박하다고 말하면서 망각이 없으면 기쁨도 행복도 없다고 말한다. 망각하는 데서 오는 기쁨은 아Q의 망각과는 차원이 다르다. 과거의 잘못을 되풀이하는 것이 아니라 새로운 시작의 출발점이기 때문이다. 그래서 니체는 망각을 긍정한다. 망각은 잊음으로써 새로운 것을 만들어내기에 긍정적이다. 망각은 불행하고 고통스러운 기억을 삭제하거나 회피하여 또다시 같은 위험에 자신을 노출시키고 잘못을 범한다는 것을 뜻하지 않는다. 자신이 변했다는 것을 알고 새로운 조건 속에서 기억하는 것을 가리킨다.

니체가 말하는 망각은 어렸을 적에 물에 빠진 경험이 있는 어린이가 성인이 되어 자신이 컸다는 것을 알고는 물에 대한 공포에서 벗어나는 일과 같다. 그렇다고 해서 물에 빠졌다는 사실 자체가 기억에서 사라지는 것은 아니다. 다만 고통스러운 기억에 사로잡히지 않고 자신이 같은 위험에 빠지도록 내버려두지 않겠다는 것이다. 망각은 자신을 새롭게 빚는 일종의 조형술이다. 엄밀히 말하면 순수한 망각이 아니라 기억과 망각이 서로 교차하는 가운데서 이루어지는 새로운 자기 만들기다.

저마다 삶에는 트라우마가 있다. 하지만 원래 그렇다고 트라우마를 그냥 내버려두어서는 안 된다. 중요한 것은 트라우마 이후다. 루쉰이 전하는 삶의 지혜는 치유를 위해서 지금 이곳의 삶을 응시하면서 말하라는 것, 글을 쓰라는 것이다. 새로운 삶의 시작점으로서, 새롭게 자신을 만드는 차원으로서 능동적인 망각이 필요하다는 것, 이것이 루쉰이 전하는 삶의 지혜다. 루쉰은 위험과 잘못에 다시 빠지지 않기 위한 기억과 새로운 출발을 위한 능동적 망각을 동전의 양면처럼 간직하면서 살라고 조언한다.

07

꽃을 위해 기꺼이 스러지는 들풀로 살자

직업인으로서 선생의 윤리적 감각은 무엇보다 존재의 시간성을 자각하는 일이다. 과거에서 와서 현재를 사는 사람이 현재에서 출발하여 미래를 살 학생을 가르친다는 자각. 선생이란 사람이 지녀야 할 첫 번째 윤리적 감각이다. 자신이 살아온 과거에 학생을 가두지 않는 것, 자신이 살지 않을 수도 있는 미래 속으로 학생을 잘 보내는 것이 선생의 임무다. 그래서 선생은 과도기적이고 다리 같은 존재다. 자신은 과거의 모범이자 기준일 수는 있어도 미래의 모범이나 기준이 될 수 없다는 것을 자각하고, 다음 세대를 미래 속으로 잘 넘겨주는 다리 역할에서 정체성을 자각하는 데서 선생의 윤리는 출발한다.

어디 선생만 그럴까. 부모도 그렇고, 기성세대도 그렇다. 좋은 선생, 훌륭한 부모, 존경스러운 기성세대는 본래 그러해야 할 것이다. 자신을 일종의 다리로 만드는 것에서, 과거와 미래를 잘 이어주고 젊은 세대를 미래 속으로 잘 넘겨주는 역할에서 자신의 존재 의미를 자각해야 좋은 선생, 훌륭한 부모, 존경스러운 기성세대일 것이다.

니체는 여기서 한 걸음 더 나아가 선생과 부모, 기성세대만이 아니라 인간 모두가 그렇게 살라고 말한다. 그는《차라투스트라는 이렇게 말했다》에서 "사람은 목적이 아니라 일종의 교량"[30]이며, "사람에게 있어 위대한 것은 그가 하나의 교량이라는 것, 목적이 아니라는 것"[31]이라고 말한다. 자신을 과정이자 다리로 위치 짓는 사람들, 끝내 몰락할 운명을 받아들이고 미래를 살 사람을 이쪽에서 저쪽으로 넘겨주는 사람들은 진정 위대하다. 자기 자신이 다른 사람의 목표가 되기 위해 안달하는 삶이 아니라 새로운 세대를 위한 다리로 희생하는 삶이, 새로운 세상을 열어줄 하나의 과정이 되는 삶이 소중하다.

이런 자각은 자신을 끊임없이 한 세대에서 다른 세대로 이어지는 인간 삶의 연속선 위에 놓인 하나의 점으로 인식할 때 가능하다. 루쉰이 〈우리는 지금 어떻게 아버지 노릇을 할 것인가(我們現在怎樣做父親)〉라는 글에서 인간이란 "생명이라는 교량의 한 단계일 뿐"[32]이라고 말한 뜻이 여기에 있다. 과거 세대나 지금 세대를 위해서 사는 것이 아니라 미래 세대를 위해 살면서 좀 더 해방된 세상으로 그들을 넘겨주는 다리가 되라는 것이다.

자신도 예외가 아니라는 자각

과거에서 와서 현재를 사는 사람에게는 어쩔 수 없이 과거의 흔적이 몸에 새겨진다. 과거의 흔적은 보석처럼 빛날 수도, 먼지나 때처럼 흐릿하고 탁할 수도 있다. 병들고 타락한 세상을 통과해온 사람이라면 정도의 차이만 있을 뿐 누군들 병들고 타락하지 않을 방법이 있을까. 물론 세상에는 과거에서 왔지만 자신에게는 과거의 때가 전혀 묻어 있지 않다고 자부하는 위선자가 널려 있기 마련이다.

루쉰은 이런 면에서 정직하고 겸허하다. 그는 과거를 지나왔기에 자신에게는 낡은 시대의 어둠이 켜켜이 쌓여 있음을 인정한다. 루쉰은 자신을 미래 세대를 위한 모범이나 푯대라고 생각하지 않는다. 그런 역할에서 자신을 배제하는 데 그치는 것이 아니라 자신은 어두운 과거의 마지막 인물이 되어 어둠과 함께 기꺼이 사라질 것이라고 생각한다. 낡은 세상의 마지막 존재로서 낡은 세상을 끝내기 위해 희생하고 과거와 함께 사라질 인물이라고 자신을 규정하는 것이다. 미래 세대에게 새로운 세상을 물려주기 위해 병들고 타락한 세상을 자신의 삶과 더불어 끝내려고 분투하는 루쉰의 삶이 여기서 기원한다.

루쉰의 소설 〈광인일기(狂人日記)〉에서 주인공 광인(狂人)은 홀로 각성한 사람이고 계몽가다.[33] 다른 사람들은 옛날부터 다들 그래왔으니까 당연하다고 여기면서 식인(食人)을 한다. 하지만 주인공인 광인은 다르다. "옛날부터 그래왔다고 해서 그게 옳단 말이야?"라고 질문을 던지면서 사람들에게 이제 식인을 그만두라고 말한다. 옛날부터 식인을 해왔다고 해서 그것을 그대로 추종하지 말라고, 관습에 빠져서 살지 말고 새로운 삶을 살라고 주위 사람에게 권한다. 여기서 광인은 유일하게 식인이 나쁘다는 것을 아는 사람이다. 광인은 지금 식인을 하지 않는 유일한 사람이다.

그런데 알고 보니 자기도 사람 고기를 먹은 적이 있었다. 병들고 타락한 세상에 사는 사람이라면 누구나 얼마간 병들고 타락한다는 사실을 미처 깨닫지 못한 것이다. 그럴 수밖에 없다. 세상이 온통 식인 사회이고 다들 식인을 했는데, 그곳에서 누가 예외일 것인가. 광인 역시 과거에서 온 사람, 어둠의 시대 속에 뒤섞여 산 사람이다. 식인 시대의 흔적이 그의 몸과 마음에 귀신처럼 서려 있을 수밖에 없다.

그런데 이제 어쩌나? 홀로 각성한 그는 사람들에게 그렇게 살면 안 된다고 외쳐 왔다. 그런데 알고 보니 그도 다른 사람처럼 식인을 했다. 곤혹스럽고, 창피하고, 난감한 상황이다. 스스로에 대한 수치심에, 스스로를 용서할 수 없어서 생을 포기해버릴 수도 있다.

반대의 선택도 가능하다. 세상은 원래 그렇다면서 그냥 사는 것이다. 고의로 그런 것이 아니라고, 자신도 사람 고기인 줄 모르고 먹었다고, 누가 몰래 반찬에 사람 고기를 넣은 것이라고, 그러니 억울하다고 자신을 변호할 수 있다. 정치인이나 권력자라면 태반은 이럴 것이다. 물론 정말 자신도 모르게 식인을 했다면 그를 고의로 식인을 한 사람과 똑같이 취급하는 것은 잘못이다. 경중에 따라 비난과 처벌을 달리해야 한다. 그렇지 않고 다 같이 나쁜 놈이고 '세상에 깨끗한 사람 없다'는 차원에서 다루면 최악의 상황을 맞는다. 일부러 나쁜 짓을 한 사람만 구제해주는 결과가 되기 때문이다.

그런데 자신도 식인을 한 경험이 있다는 것을 안 뒤, 광인의 선택은 독특하다. 광인은 애초에 "4000년 식인의 역사를 지닌 곳"이라면서 자기가 속한 역사가 식인의 역사라고 비판한다. 그런데 자기도 식인을 했다는 것을 알고 난 뒤에는 "4000년 동안 식인을 한 나"라고 바꾸어 말한다. 물론 이상한 표현이다. 상식적으로 내가 4000년 동안 식인을 했을 리는 없기 때문이다. 그래서 이 구절은 이렇게 해석해야 옳다. 처음에 주인공은 4000년 동안 식인을 해온 역사는 자신과 상관없다고 생각했다. 그건 식인하는 인간의 역사였다. 그런데 이제 식인의 역사에서 자신도 예외가 아니라는 것, 자신도 마찬가지로 식인을 했다는 것을 발견했다. 식인의 역사와 자신이 하나임을 깨달은 것이다.

그들은 의연히 세월과 함께 사라지고 점차 스러져야 한다.
기껏해야 다리에 들어간 나무 하나나 돌 하나에 지나지 않으며
무슨 앞길의 목표나 본보기일 수는 없다.

"나는 낡은 진영에서 왔다"

이제 광인은 어떤 길을 선택해야 할까? 그는 알고 보니 자신도 식인을 했다는 수치심 때문에 삶을 포기하지 않는다. 그렇다고 나만 아니라 다들 식인을 하지 않느냐고 합리화하지도 않는다. 오랜 관행이었다는 변명도 하지 않는다. 광인은 자신도 식인을 했다는 것, 자신도 식인하는 세상에서 예외가 아니라는 죄책감과 죄의식을 바탕으로 다른 선택을 한다. 그 선택이 "아이들을 구하라!"라는 외침이다. "식인을 해보지 않은 아이가 혹시 아직도 있을까? 아이들을 구하라……."[34]

식인 사회에서는 아이들도 이미 식인을 했고 식인 이데올로기에 중독되어 있을 수 있다. 하지만 '아직' 식인을 하지 않았거나 식인 이데올로기에 물들지 않은 아이들이 '혹시' 있다면 그들을 구하는 것, 그들에게는 식인 사회를 물려주지 않는 것, 그것이 식인 경험을 지닌 세대의 임무라고 광인은 외친다. 자신도 이미 타락한 역사, 어둠의 역사의 일원이었다는 죄의식과 자책감을 바탕으로 식인을 아직 하지 않은 아이를, 식인의 역사로 상징되는 어둠의 역사, 타락한 역사에 물들지 않은 아이를 구하라고 외치는 것이다. 이 외침은 자신이 과거 시대의 마지막 인물이 되어 어두운 과거를 마감하고 새로운 세대를 새로운 세상으로 넘겨주는 다리가 되겠다는 결심에서 나왔다. 식인의 역사를 끊고 새 역사를 열기 위한 광인의 제안이자 선택이다.

이런 선택을 한 광인은 루쉰을 닮았다. 루쉰은 깨끗한 사람을, 새 시대를 열 새 사람을 자처하지 않았다. 루쉰은 자신이 구시대의 유물이라고 자각했고, 구시대의 때가 묻어 있다는 죄책감과 죄의식을 바탕으로 어둡고 낡은 시대의 문을 닫는 사람이 되는 것에서 자신의 정체성을 찾았다. 물론 루쉰은 7년 동안 일본에서 유학했고, 일본어·독일어·영어를 배웠으며, 생물학·화학·의학 같은 새로운 학문을 배운 사람이었다. 당시로 보면 새 사상을 지닌 새로운 시대의 새 인물이었다. 그런데도 루쉰은 자신을 '새로운' 인물이 아니라 '옛날' 사람, 낡은 인물로 간주했다.

루쉰은 자주 "나는 낡은 진영에서 왔다."고 말했다. 그런가 하면 자기는 아편을 피우면서도 다른 사람에게 아편을 끊으라고 권하는 사람이나 비교적 새로운 사상을 지닌 몰락한 집안 출신에 비유하기도 했다. 그는 낡은 시대의 지식을 습득한 사람으로서 낡은 지식 체계에서 벗어나지 못해 고통스럽다며 이렇게 말한다.

> 다른 사람은 놔두고 나 자신만 하더라도 수많은 낡은 책을 본 것은 분명하며, 가르치기 위해서 지금도 여전히 보고 있다. …… 나는 옛날 오래된 망령을 업고 거기서 헤어나지 못하여 고통을 느끼며 항상 그것이 무거운 짐이 되어 숨이 막힌다.
> (〈《무덤》 뒤에 쓰다〉)[35]

루쉰 생각에 낡은 시대는 반드시 바뀌어야 한다. 그런데 자신은 자기가 지금 부정하는 낡은 시대에서 나고 자랐다. 그래서 낡은 시대와의 연결을 끊으려 해도 끊을 수가 없다. 병들고 타락한 시대 속에서 나고 자라서 그 독과 어둠이 자신의 몸에 깊이 서려 있다. 루쉰의 독특한 죄의식과 죄책감이 여기서 기원한다.

이런 죄의식이 〈광인일기〉에서는 자신도 다른 사람과 마찬가지로 식인을 한 적이 있다는 자성으로 이어진 것이다. 자신은 새 인물이 아니다. 하지만 그렇다고 여전히 낡은 세계 속에서 사는 인물도 아니다. 루쉰의 생각을 풀자면 이렇다. 루쉰 자신은 다른 사람과 마찬가지로 아편을 피우고 있지만, 아편이 어떤 독을 지니고 있고 왜 나쁜지를 잘 알고, 새로운 세상을 살아야 할 새로운 세대는 아편을 더 이상 피우지 말아야 한다는 것을 잘 안다. 그래서 새로운 세대는 아편 없는 세상에서 살게 해야 하고, 그런 세상을 물려주기 위해서는 기성세대가 아편을 없애는 희생을 해야 한다고 생각하는 것이다.

새로운 시대를 열고
사라지는 중간물이 되어

루쉰을 연구하는 사람들은 이런 생각을 루쉰의 '중간물 의식'이라고 말한다. 중간물 의식이란 말은 낯설다. 그것은 두 개의 시간, 두 개의 세상을 의식하면서 낡은 시간과 낡은 세상을 끝내고 새로운 시간과 새로운 세상을 열기 위해 희생하는 일종의 다리 역할에서 자신의 의미를 찾는 일이다. 여기서 중간물이란 구세대가 단순히 두 개의 시간과 공간의 중간에 놓인 존재라는 의미가 아니다. 어두운 과거를 차단하고, 새로운 미래를 열기 위해서 자신이 중간에서 다리가 되어 희생하겠다는 것이다. 과거를 짊어지고 불구덩이에 들어가 희생하고, 이를 통해 새로운 세상을 여는 다리가 되겠다는 자기 희생론이다.

루쉰은 세상이 발전하는 과정에서 새로운 것과 낡은 것 사이에 중간물이 존재할 수박에 없다면서, 중간물의 의미와 역할을 이야기한다. 길더라도 중요한 문장이기에 인용해보겠다.

> 모든 사물은 변화의 과정에서 중간물이 얼마간 있기 마련이다. 동물과 식물, 무척추동물과 척추동물 사이에는 모두 중간물이 있으며, 진화의 고리에서 모두가 중간물이라고 말할 수도 있다. 혹은 이렇게 말할 수도 있다. 진화의 고리에서 모든 것은 다 중간물이라고. 처음 문장을 개혁할 때는 이도 저도 아닌 작가들이 있게 된다. 그것은 당연하고, 그럴 수밖에 없으며, 또 그럴 필요도 있다. 그들의 임무는 얼마간 각성한 뒤에 새로운 소리를 외치는 것이다.
>
> 그들은 낡은 진영에서 왔기 때문에 그곳 사정에 비교적 밝아 돌아서서 치면 쉽게 적들에게 치명적인 타격을 줄 수 있다.

> 그러나 그들은 의연히 세월과 함께 사라지고 점차 스러져야 한다. 기껏해야 다리에 들어간 나무 하나나 돌 하나에 지나지 않으며 무슨 앞길의 목표나 본보기일 수는 없다. 하지만 그들의 뒤를 이어 일어나는 자는 그들과 달라야 한다. 타고난 성인이 아닌 이상 오랫동안 쌓인 습성을 단번에 말끔히 씻어버리지는 못하겠지만 어쨌거나 새로운 기상이 있어야 한다. (〈《무덤》 뒤에 쓰다〉)[36]

모든 사물이 변화하고 진화하는 과정에는 중간물이 있기 마련이다. 이들은 낡은 진영 출신이고 구세대다. 각성하여 새로운 생각을 지닌 사람이지만, 낡은 시대 출신이라는 한계를 지니고 있다. 그래서 새로운 세상의 목표나 본보기가 될 수는 없다. 이들이 아무리 각성했다고 해도 오랫동안 자기 몸과 마음에 쌓인 낡은 습성과 사고를 단번에 씻을 수는 없다. 그래서 이들은 과거의 문을 닫는 마지막 세대는 될 수 있어도 새로운 시대를 여는 첫 번째 존재는 될 수 없다.

하지만 이들에게는 중요한 역할이 있다. 바로 다리로서 자신의 의미와 몫을 발견하는 것이다. 새로운 시대를 열면서 세월 속으로 의연하게 사라지는 데서 의미를 찾는 것이다. 이들은 낡은 시대와 낡은 세력 출신이어서 과거가 왜 나쁜지, 어째서 과거가 계속되어서는 안 되는지 잘 알고 있다. 그래서 그런 시대를 끝내고 새로운 세대를 위한 세상을 여는 다리 역할을 해줄 수 있다. 다리를 밟고 이곳에서 저곳으로 건너가듯이, 새로운 세대가 시대를 건너가기 위해 희생하는 다리 역할에서 자신의 정체성을 찾아야 한다. 그것이 바로 루쉰이 말하는 중간물 의식이다.

청년과 기성세대가 잘 만나기 위해서는

이렇게 중간물 의식을 지닌 존재가 되기 쉬울까? 결코 쉽지 않다. 여기에는 몇 가지 전제가 필요하다. 먼저, 역사는 발전한다고 생각해야 한다. 현재는 과거보다, 미래는 현재보다 더 나아야 하며, 역사는 발전한다는 생각을 가져야만 과도기적 존재로서 중간물이란 개념이 성립할 수 있다. 지금과 다른 새로운 역사를 만들고, 지금보다 더 새로운 시대를 만들어야 한다는 생각을 가져야 이를 위해 희생하는 다리 역할을 할 수 있다.

또한 자신이 나고 자란 시대와 사회에 문제가 있으며 반드시 그런 시대와 세상은 끝나야 한다고 여기는 비판 의식이 있어야 한다. 미래 세대를 위해 자신이 나고 자란 시대의 가치와 제도를 반드시 개혁해야 한다는 비판 의식이 없다면, 지금과는 다른 새로운 시대와 역사를 상상하면서 자기 자신을 희생하기란 애초에 불가능하다.

그다음으로, 자신이 지금 비판하는 시대의 영향이 자기 안에 깊게 남아 있다는 것을 인정해야 한다. 오랫동안 낡은 시대를 살아오면서 자기도 모르는 사이에 시대에 깊게 물들었고, 자신도 깨끗한 사람이 아니라는 것을 인정해야 한다. 이를 인정하는 것은 고통스럽고 비극적인 일이다. 자신의 어둠을 정직하게 응시해야 하기 때문이다. 낡은 시대와 사회를 부정하고 비판하는 일은 곧 자신을 부정하고 비판하는 것이기에 어렵고 고통스럽다. 내 몸 깊이 스며든 낡은 시대를 응시하고 그것을 비판하는 반성은 나 역시 낡은 시대의 산물이라는 죄의식과 짝을 이루기 때문이다.

진보를 자처하는 사람 중에는 간혹 자신은 과거를 살았지만 자신만큼은 깨끗하다고 자처하는 사람이 있다. 자신이 미래의 깃발이자 목표라고 생각하는 것이다. 이런 사람은 권력을 추구하는 정치가는 될 수 있어도 루쉰이 말하는 중간물은 될 수 없다. 그에게는 루쉰에게서 발견되는 죄책감과 죄의식이 없기 때문이다. 이런 사람은 역사적 중간물이 아니라 미래의 첫 번째 인물이 되겠다는 영웅주의에 들뜬 기회주의자일 따름이다. 새 시대의 첫 번째 인물이 되는 것은 물론 근사하다. 하지만 낡은 시대를 끝내는 마지막 인물이 되어 희생하는 것은 또 얼마나 멋진가.

무엇보다 과거에서 온 자신은 미래의 주역일 수 없으며 그저 미래 세대를 위한 다리 역할을 하겠다는 희생 의식이 필요하다.

자신을 밝은 미래의 첫 인물이 아니라 어두운 과거의 마지막 인물이라고 생각하는 겸손함이 필요하다. 인간은 어차피 시간 속에서 사는 존재라는 것을 생각하면서 과거와 미래를 '중계하는 존재'로 사는 것이 인간 본연의 삶이라고 생각할 필요가 있다. 자신을 임시적인 존재, 곧 사라질 존재라고 생각하는 것이다. 여기에는 자신은 과거와 미래를 잘 연결한 뒤 곧 사라질 것이라는 쓸쓸하고 비장한 마음이 함께한다. 루쉰이 쓴 비유에 따르면 이는 꽃을 위해 기꺼이 썩는 들풀의 정신이다.

"세상 모든 것은 중간물이다."

루쉰의 이 선언은 세상이 더욱 발전하고 진화하기 위해서는 모든 사람이 스스로 중간물임을 자각해야 한다는 외침이다. 미래를 위해 과거의 문을 닫고 스러져가는 어둠의 마지막 희생양이 되자는 요청이다. 루쉰 사상에서 발견할 수 있는 독특하고 소중한 삶의 지혜다. 우리 사회는 변화도 빠르고 세대 간 갈등도 심하다. 과거와 미래, 기성세대와 신세대, 낡은 세상과 새로운 세상 사이에서 미래의 세상과 세대를 위해 나는 어떤 다리가 될 것인가? 어둡고 낡은 시대와 세상을 끝내고 밝고 새로운 시대와 세상을 열기 위해, 미래 세대를 위해 기성세대인 우리는 어떤 중간물이 될 것인가? 우리 사회에서 기성세대는 산업화 세대든 민주화 세대든 죽을 고생을 하면서 힘든 시절을 살아왔다. 그럼에도 불구하고 기성세대가 미래 세대에게 욕을 먹는 이유 가운데 하나는 자신을 미래 세대의 깃발이자 목표 또는 따라야 할 모델로 생각하기 때문이다. 미래 세대가 밟고 건너갈 수 있는 다리가 되는 희생이 필요한 이유다. 끝으로 진화와 발전을 위해서 기성세대와 미래 세대가 어떻게 살아야 할지, 루쉰의 제안을 들어보자.

> 나는 종족의 지속, 즉 생명의 연속은 생물계의 일 중에서 크나큰 비중을 차지한다고 생각한다. 왜 지속해야 하는가? 당연히 진화하기 위해서다. 하지만 진화의 길에는 신진대사가 필요하다. 그렇기에 새로운 것은 기쁘게 앞으로 나아가야 한다. 그것은 바로 장년(壯年)이 되는 것이다. 낡은 것도 기쁘게 앞으로 나아가야 한다. 그것은 곧 죽는 것이다. 각자가 이렇게 나아가는 것이 바로 진화의 길이다.
>
> 나이 든 사람들은 길을 내어주면서 재촉하고 격려하여 청년들을 나아가게 한다. 길에 깊은 웅덩이가 있으면 자기가 죽어 메워서 그들을 가게 한다.
>
> 청년들은 깊은 웅덩이를 메워 자기가 갈 수 있도록 해준 나이 든 사람들에게 고마워하고, 나이 든 사람들은 자기가 메운 깊은 웅덩이를 지나 멀리, 멀리 나아가는 청년들에게 고마워한다.
>
> 이것을 깨닫는다면, 소년에서 장년으로, 노년으로, 죽음으로 기쁘게 나아갈 수 있다. 게다가 한 걸음 한 걸음, 조상을 뛰어넘는 새로운 인간이 많아질 것이다.

이것이 바로 생물계의 정도이다. 인류의 조상은 모두 이러했다. (〈수감록 49〉)[37]

08

아버지란 무엇인가?

영화 〈보헤미안 랩소디〉에서 록그룹 퀸(Queen)의 보컬 프레디 머큐리(Freddie Mercury)는 아프리카 어린이를 돕기 위한 라이브 에이드(Live Aid) 자선 공연을 앞두고 아버지와 포옹한 뒤 이렇게 말한다.

"선한 생각, 선한 말, 선한 행동(Good thoughts, good words, good deeds)."

원래 이 말은 아버지가 그에게 한 말이었다. 프레디의 아버지가 밤늦게까지 나다니는, 아버지 눈에는 그저 한심해 보이는 아들을 나무라면서 한 말이다. 원래는 조로아스터교의 기본적인 교리라고 한다. 종교의 교리답게 한없이 고상하다. 하지만 한창 청춘인 아들이 보기에는 더없이 고리타분한 훈계일 뿐이다. 그런데 이제 성년이 된 아들이 한때 더없이 고리타분하다고 느꼈던 말을 아버지에게 돌려준다. 그리고 그것을 실천하러 가면서 아버지와 아들은 화해한다.

이 화해에 이를 때까지 무슨 일이 있었을까? 아들은 방황과 영광, 배반을 겪은 뒤에야 인생을 알았다. 늙은 아버지는 아들의 삶을 있는 그대로 받아들이는 지혜를 얻었다. 그런 뒤 아버지와 아들은 다시 만나 화해했다. 화해를 통해 아버지는 아들을 다시 얻었고, 아들은 비로소 아버지의 아들이 되었다.

프레디의 아버지처럼 많은 아버지는 선한 생각과 행동, 선한 말을 하라는 훈계를 입에 달고 산다. 두 아들의 아버지인 나 역시 그렇다. 아버지는 본래 그런 사람이다. 한자에서 아버지 부(父) 자는 그 기원이 기역 자 모양으로 된 잣대, 즉 곱자다. 아버지는 모범이자 잣대라는 뜻이다. 아버지가 모범이자 잣대라는 것은 현실 속의 모든 아버지가 모범과 잣대라는 말이 아니다. 아버지는 마땅히 모범이자 잣대여야 한다는 당위적인 언급이다. 그래서 세상의 많은 아버지는 잣대처럼 딱딱하다. 잣대의 운명을 부여받고 세상을 살아야 하는 아버지 된 자의 천형이다. 프레디와 그의 아버지처럼 사이가 벌어지는 이유도 아버지 역할, 아버지 노릇을 잣대에서 찾으려고 집착하는 데 있는 것은 아닐까?

자식에게 잣대 역할을 하는 것 말고 다른 아버지 역할은 없을까? 루쉰은 이런 고민 속에서 "오늘 우리는 어떻게 아버지 역할을 해야 할까?"라는 질문을 던진다. 이런 제목으로 글을 쓸 당시, 그는 서른여덟 살이었다. 결혼은 했지만 자식은 없었다. 하지만 그는 사실상 아버지 역할을 진즉부터 하고 있었다. 열다섯 살에 아버지를 잃은 루쉰은 장남이었다. 그는 집안 대소사를 책임지는 가장 노릇을 했고 두 동생을 거두어 유학도 보냈다. 루쉰이 쓴 글의 제목은 '아버지 노릇'이었다. 하지만 이 글은 단지 아버지 역할에 관한 이야기만은 아니다. 아버지란 이름으로 상징되는 기성세대 역할에 관한 내용이다. 아버지란 무엇인가에 관한 질문이고, 기성세대란 무엇인가에 대한 물음이다.

만약 '부범학교'가 존재한다면

이 세상에서 부모 노릇처럼 어려운 일이 있을까. 그 어려운 선생 노릇보다도 더 어렵다. 하지만 부모 되기는 선생 되기보다 쉽다. 선생이 되려면 일정한 교육을 받고 자격증이 있어야 한다. 하지만 부모는 그런 준비도 자격증도 없이 부모가 된다. 춘원 이광수가 〈자녀중심론〉(1918)에서 말한 것처럼 공자도 아버지가 될 수 있지만, 도척(盜跖) 같은 흉악한 인간도 아버지가 될 수 있다. 루쉰은 이렇게 도척도 될 수 있는 아버지의 자격을 제한하자고 말한다. 선생이 되려면 선생을 양성하는 사범(師範)학교를 나와야 하듯이, 아버지도 아버지를 양성하는 '부범(父範)학교'를 나오도록 하자는 것이다. 남녀가 사랑한 결과로 아이를 낳고 저절로 아버지가 되는 것이 아니라 교육받은 뒤 일정 조건을 획득한 사람만 아버지가 될 자격을 주자는 제안이다.

루쉰이 이렇게 어찌 보면 황당한 제안을 하는 것은 그저 자식을 낳았다는 이유로 아버지 노릇을 하는 '자식의 아버지'는 많지만, 진정한 인간을 키우는 '인간의 아버지'는 적다고 생각해서다. 이처럼 그는 아버지의 유형을 자식의 아버지와 인간의 아버지로 나눈다. '자식의 아버지'는 그저 아버지 됨에만 만족하는 수준의 아버지다. 루쉰은 이런 '자식의 아버지'가 아니라 '인간의 아버지'가 필요하다고 말한다.

"중국에는 자식의 아버지는 너무 많다. 그러나 앞으로 진정 필요한 것은 '인간'의 아버지다."[38]

이 세상에 필요한 것은 인간의 아버지이니 이른바 부범학교에서 아버지를 교육시키고 양성해야 한다는 것이다.

루쉰의 제안처럼 부범학교가 생겼다면 이 세상에 아버지의 숫자는 크게 줄었을 것이다. 지금 아버지가 되어 있는 많은 남자 중에는 부범학교에서 낙제하여 졸업도 못하고, 아버지가 될 자격을 얻지 못했을 수도 있다. 나조차 자신이 없다. 분명 낙제했을 것이다. 하지만 세상에 아버지 숫자는 줄었을망정, 루쉰이 희망한 인간의 아버지는 많아졌을 것이다. 그리고 그만큼 세상 아이들은 더 행복해졌을 것이다.

그렇다면 어떻게 루쉰이 말한 '인간의 아버지'가 될까? 인간의 모범이 되기 위해서 어떤 아버지 역할을 해야 할까? 루쉰은 아버지와 자식 사이에 존재하는 은혜와 효도라는 주고받기의 관계에서 벗어나는 것에서 출발하자고 제안한다.

유교에서 부모와 자식 관계를 규정하는 원리는 무엇일까? 유교의 인간관계는 기본적으로 주고받는 관계를 전제로 한다. 공자는《예기(禮記)》에서 '예(禮)'란 오고 가는 것이라 말한다. 왔는데 가지 않으면 그것은 예가 아니라고 한다. 부모의 은혜와 자식의 효도를 매개로 맺어지는 부모와 자식 관계도 마찬가지다. 부모는 자식에게 은혜를 베풀고, 자식은 부모가 베푼 은혜를 잊지 않고 갚아야 한다.

'효(孝)'는 윗사람이 베푼 은혜를 보답해야 할 아랫사람의 윤리적 책무다. 많은 부모는 자식이 나중에 효를 통해 부모가 베푼 은혜를 되돌려주기를 기대한다. 명예든 권력이든 자식이 성공하여 보답해주길 바란다. 노후에 자신을 보살펴주길 바라고, 무엇보다 경제적으로 보상해주기를 바란다. 이쯤 되면 부모는 자식을 그냥 키운 것이 아니다. 적어도 유교적 전통 의식에 젖은 부모는 그렇게 생각한다.

"내가 너를 어떻게 키웠는데!"

이 한마디에 부모의 은혜와 자식의 효도로 맺어지는 부모와 자식 관계의 모든 것이 들어 있다.

"키워주신 은혜 잊지 않고 꼭 보답하겠습니다."

이렇게 말해야 비로소 자식이다. 적어도 유교적으로는 그렇다. 부모가 베푼 은혜와 자식이 은혜를 갚는 효도라는 이런 주고받기의 인간관계를 두고서, 유교는 인간이 인간인 이유이자 인간다움을 증명하는 이치라고 보았다. 예와 효는 유교 윤리의 극치인 인륜(人倫)이 기원하는 지점인 것이다.

사실 유교 창시자인 공자가 효를 강조한 것은 단순히 인간이 인간인 이유를 찾는 차원만은 아니었다. 효를 통해 먼저 가정을 바로 세우고, 이를 바탕으로 나라를 바로 세우려는 사회 개혁 프로그램의 차원이었다. 공자의 시대는 혼란의 시대였다. 주(周)나라가 무너지자 중국은 일대 혼란이었다. 공자는 이 혼란을 어떻게 수습할지 고민한다. 그는 가족제도를 기초로 운용되던 주나라 봉건제도가 무너진 것을 한탄했다. 주나라의 봉건제는 천자의 가족에게 일정 지역을 나누어주는 대신, 그들이 중앙정부에 세금과 군사력을 제공하도록 한 제도였다. 공자는 이렇게 운용되던 주나라를 이상적으로 생각했고, 그 질서를 회복하려고 했다.

어떻게 주나라 체제를 복원할 것인가? 공자는 이런 점에서 보면 복고주의자다. 복고를 통해 현실을 혁신하려고 한 것이다. 이것이 복고주의자 공자의 가장 큰 고민이었다. 공자는 가족주의 정신을 되살리는 데서 그 실마리를 찾았다. 사회질서를 다시 세우고, 국가를 재건하는 차원에서 효의 의미를 새롭게 발견한 것이다. 이렇게 공자에게 효는 단순한 가족애나 인륜의 차원을 넘는다. 공자가 이상적으로 생각한 사회 질서, 정치 질서를 세워서 국가를 재건하려는 기획의 일환이었다. 효는 부자간의 인륜 차원을 넘어서 사회 윤리였고 국가를 통치하기 위한 이데올로기였다.

은혜와 효를
사랑으로 대체하라

이렇게 효가 전통 시대의 사회적·정치적 이데올로기로서 작동했다면, 이제 시대가 바뀐 만큼 은혜와 효를 매개로 한 주고받기식 관계도 다시 생각해볼 필요가 있지 않을까? 부모와 자식이 다른 원리를 통해 새롭게 만날 필요가 있지 않을까? 루쉰은 이런 고민에서 은혜와 효로 맺어진 부모와 자식 관계를 다시 생각하자고, 은혜와 효를 사랑으로 대체하자고 제안한다.

부모와 자식이, 아버지와 아들이 은혜가 아니라 사랑으로 만나자는 루쉰의 논리는 어디서 기원하는가? 기원은 단순하다. 인간도 생물이라는 것이다. 조금 경박하게 풀자면, 인간이라고 폼 잡지 말고 어차피 생물인 이상 생물의 원리를 따라가자는 것이다. 그러면 오히려 부모와 자식이 더욱 살갑게 만날 수 있다는 것이다. 사실 인간을 너무 고상한 존재로 만들려고 갖가지 윤리와 도덕을 만들다 보니 그것에 우리 삶이 포획되어 삶이 재미없는 경우가 많다.

인간은 물론 신성하고 고상하며, 도덕적이고 이성적인 존재다. 하지만 그런 생각이 지나치고 극단에 이르면 생물인 인간의 본성이 지나치게 억압된다. 인간도 그저 생물이라는 생각이 때론 인간을 자유롭게 한다. 물의 흐름에 내맡기는 듯한 편안함을 우리 삶에 가져다준다. 루쉰은 이 차원에서 이렇게 말한다. 인간도 생물이다! 인간도 생물이니까 자연계의 이치에 따라 부모와 자식, 어른과 어린이를 연결하자! 루쉰은 자연계의 이치에 비추어 인간의 윤리를 비판하면서 우리 인간이 지닌 생물의 속성을 떠올리자고 하는 것이다. 루쉰은 이런 생각을 바탕으로 자연계에서는 은혜 대신에 사랑이 어른과 어린이를 연결한다고 말한다.

> 자연계의 질서에도 결함이 있기는 하지만 어른과 어린 사람들을 연결하는 방법에는 틀린 게 없다. 자연계는 '은혜'라는 말을 쓰지 않고 생물에게 한 가지 천성을 부여했는데, 그것은 바로 우리가 '사랑'이라 부르는 것이다. (《우리는 지금 어떻게 아버지 노릇을 할 것인가》)[39]

공자님 말씀을 모르는 동물도 제 자식은 끔찍이 사랑한다. 그처럼 인간도 은혜 관념이 아니라 천성인 사랑으로 자식을 대하자는 주장이다. 루쉰은 은혜에는 희생에 대한 보상을 기대하는 심리가 들어 있지만 동물이 자식을 사랑하는 것은 천성을 따라 그럴 뿐이라고 본다. 은혜와 보답이라는 관계가 아닌 "교환관계, 이해관계를 떠난", 천성에 따라 사랑하는 관계다. 사랑의 관계가 인간의 기본 윤리가 되어야 한다고 본다. 루쉰은 그래야 부모와 자식 사이에 갈등도 적고 부모라면 지니기 마련인 진정한 부모의 정에도 맞는다고 본다.

> 옛날처럼 '사랑'을 말살시키고 '은혜'만을 이야기하며 보상을 갈망하는 것은 부모와 자식 사이의 도덕을 망치는 것이자 현실에서 부모의 진정한 정에도 부합되지 않고 갈등의 씨만 뿌리는 것이다. (《우리는 지금 어떻게 아버지 노릇을 할 것인가》)[40]

부모와 자식이 은혜와 효의 관계로 만나는 것과 천성인 사랑으로 만나는 것 사이에는 중요한 차이가 하나 더 있다. 부모의 권리와 은혜보다 부모의 희생과 의무를 강조하는 점이다. 루쉰이 보기에 기존 부모와 자식 관계는 "'아버지가 나를 낳아주셨다'는 한 가지만으로 어린 사람들의 모든 것이 어른들 소유라고 생각"하는 것이다. 그리고 루쉰이 보기에 더욱 한심한 생각은 여기서 한 걸음 더 나아가 "보답을 바라면서 어린 사람들의 모든 것은 당연히 어른들을 위해 희생해야 한다고 여긴다."는 것이다.

루쉰은 원래 자식은 본인이 원해서 세상에 나온 것이 아니라 부모의 본능에 따라 태어났다는 것을 강조하면서, 부모가 권리를 주장하고 양육에 대한 보답을 바라는 것 자체가 잘못된 생각이라고 비판한다. 루쉰이 지적하듯이 부모에게 나 좀 세상에 나가게 해달라고 애원해서 태어난 자식은 하나도 없다.

영화 〈가버나움〉에서 주인공 자인은 레바논 빈민가에 사는 열두 살 소년이다. 그는 부모가 아이를 더 이상 낳지 않게 해달라면서, 자식을 키울 여력이 없어 돈을 받고 팔아버릴 정도이면서도 많은 아이를 낳고 또다시 임신한 엄마를 고소한다. 영화는 자신의 뜻과 상관없이 오직 부모의 뜻에 따라 이 세상에 나와 고생하는 아이의 분노를 담고 있다. 자인에게 그래도 부모가 낳아주어서 네가 이 세상에 왔으니 부모에게 고마워해야 하고 은혜에 보답해야 한다고 이야기할 수 있을까? 그에게 자식의 도리를 말하기 전에 그의 부모에게 부모의 도리를 먼저 물어야 옳다.

루쉰은 부모가 자식을 낳은 것은 본성인 성욕의 결과니까 여기에는 은혜가 작동하지 않는다고 주장한다. 부모와 자식 사이에 은혜란 없다! 인간도 생물이라는 전제에서 생명을 유지하려고 음식을 먹듯이, 종을 유지하려고 자식을 낳는다고 말한다.

맹자도 "식색성야(食色性也)"[41]라고 말한다. 식욕과 성욕을 인간의 원초적인 두 가지 본능이라고 본 것이다. 루쉰은 이런 생물적 본능 차원의 성을 부모와 자식 사이로까지 확장시킨 것이다. 자식을 낳는 것이 본능의 연장이라면 특별히 은혜를 강조할 명분이 없다. 루쉰은 자연의 이치라는 차원에서 부모와 자식 관계를 생각해보자고 제안한다. 이 차원에서 보면 인간은 자연의 이치를 거슬러왔다. "우리는 자고이래로 하늘의 이치를 거슬러 행동을 해왔다."면서, 인륜이 아니라 자연계의 이치로 돌아가 다시 부모와 자식 관계를 생각하자는 것이 루쉰의 제안이다.

자식이 원해서 이 세상에 온 것이 아니라 부모의 본능에 따라

옛날처럼 '사랑'을 말살시키고 '은혜'만을 이야기하며 보상을 갈망하는 것은 부모와 자식 사이의 도덕을 망치는 것이자 현실에서 부모의 진정한 정에도 부합되지 않고 갈등의 씨만 뿌리는 것이다.

우연히 온 것이라면 자식을 세상에 오게 한 부모가 책임지는 것은 당연하다. 부모에게는 자식에 대한 의무밖에 없다. 자식을 위해 희생하는 것은 당연하다. 나중에 보답이 없어도, 아니 보답 자체를 기대하지 말고 희생하여야 한다. 이 차원에서 루쉰은 부모의 희생과 의무를 강조한다. 사랑을 줄 뿐, 자신이 베푼 은혜에 대한 보상과 이익을 기대하지 않는 희생과 의무를 말한다. 그것이 깨어난 부모의 조건이라는 것이다.

"깨어난 부모는 전적으로 의무적이고 이타적이며 희생적이어야 한다."

어른 중심 질서를 뒤집어라

루쉰이 부모의 희생과 의무를 강조하는 데는 또 다른 이유가 있다. 그것은 인간 삶의 목적과 관련된다. 생명의 한 종(種)인 인간은 인간 세계의 삶을 유지해야 할 뿐만 아니라 좀 더 발전시켜야 할 책임, 좀 더 진화시켜야 할 책임이 있다는 것이다.

> 내가 지금 옳다고 생각하는 이치는 지극히 간단하다. 생물계의 현상을 보면, 첫째는 생명을 보존해야 하고, 둘째는 그 생명을 연장해야 하며, 셋째는 그 생명을 발전(즉, 진화)시켜야

한다. 생물들이 다 이러하기에 아버지도 이러해야 한다. (〈우리는 지금 어떻게 아버지 노릇을 할 것인가〉)[42]

인간도 생물인 이상, 가장 중요한 임무는 종을 잘 보존하여 멸종을 막는 것이다. 그런데 루쉰은 여기에 한 가지 임무를 더 추가한다. 바로 종을 진화시키는 임무다. 인간이 멸종하지 않도록 종을 잘 보전하는 것만이 아니라 대를 거듭할수록 좀 더 훌륭한 인간, 좀 더 고귀한 인간이 되도록 해야 한다는 것이다. 할아버지와 할머니 세대보다는 아버지와 어머니 세대가 좀 더 훌륭한 인간이 되고, 부모 세대보다는 자식 세대가 좀 더 발전하자는 것이다. 루쉰은 말한다.

생명은 왜 계속되어야 하는가? 발전하고 진화하기 위해서다. 개체는 죽음을 피할 수 없지만 진화에는 결코 끝이 없기에 계속 이어나가면서 이러한 길을 가는 수밖에 없다. 이러한 길을 가는 데 내적 노력이 꼭 있어야 한다. 단세포동물이 내적 노력이 있어야 그것이 쌓여 번식할 수 있고, 무척추동물이 내적 노력이 있어야 그것이 쌓여 척추가 생길 수 있는 것과 같다. 그래서 뒤에 생겨난 생명은 이전 생명보다 더 의미가 있고, 더 완전에 가까워지게 되며, 이로 인해 더욱 가치 있고, 더욱 고귀하게 된다. 앞선 생명은 그들을 위해 희생하여야 한다. (〈우리는 지금 어떻게 아버지 노릇을 할 것인가〉)[43]

루쉰의 논리는 이렇다. 인간은 발전하고 진화해야 한다. 끊임없이 완전에 가까운 인간이 되도록 노력해야 한다. 후세 사람들은 지금 우리보다 더 멋진 인간, 괜찮은 인간이 되어야 한다. 그것이 인간 사회의 자존심이다. 루쉰은 이를 위해 앞선 세대가 후대를 위해 희생해야 한다고 요청한다. 부모 세대, 기성세대가 자녀와 후세에 대한 의무감과 희생 의식은 늘리고 권리 의식은 줄여 어린 사람을 근본으로 하는 유자본위(幼子本位) 도덕을 수립해야 한다고 요청한다. 유교 사회의 기본 원리인 장자본위(長子本位), 즉 어른을 근본으로 삼는 질서를 뒤집어서 중심을 과거가 아니라 미래에, 기성세대가 아니라 후대에 두자는 것이다. 그래야 인간이 보다 발전하고 고상해진다는 것이다.

인구 감소 시대에 젊은 사람은 갈수록 줄고, 나이 많은 사람은 갈수록 늘고 있다. 어른 중심 사회에서 어린 사람, 젊은 사람 중심 사회로 바꾸어야 할 이유가 여기에 있다. 지금껏 그래온 것처럼 어른 중심 사회가 된다면 우리 사회는 더 이상 지속될 수 없다. 그런 시스템으로는 루쉰이 말하는 발전과 진화는 차치하고 생존 자체가 불가능하다. 우리 사회의 생존을 위해 미래 세대를 중심으로 사회를 바꾸는 것은 생존의 문제다. 루쉰은 기성세대가 자식 세대를 위해 해야 할 위대한 희생을 이렇게 정리한다.

> 스스로가 인습의 무거운 짐을 지고 암흑의 갑문을 두 어깨로 짊어지고 아이들을 드넓은 광명의 세상으로 내보내 앞으로

행복하게 살고 제대로 사람 노릇을 하도록 해야 한다. (《우리는 지금 어떻게 아버지 노릇을 할 것인가》)[44]

어느 시대에나 대대로 내려오는 낡은 인습이 있다. 아버지라는 이름으로 상징되는 기성세대는 인습에 물든 채 인습 속에서 산다. 하지만 그는 이 인습이 옳지 않다는 것, 더 이상 계속되지 않아야 한다는 것을 안다. 그렇다면 이제 아버지는 어떤 선택을 해야 하는가? 자신은 인습에 젖어 살지만, 자식 세대만큼은 그 인습 속에서 살지 않도록 하는 것이 아버지의 선택이다. 자신을 낡은 인습 속에서 산 마지막 세대로 만드는 것이다. 그러기 위해 아버지는 인습이라는 어두운 갑문의 문을 어깨로 짊어진 채 아이들을 인습 밖으로 내보낸다. 자신은 낡은 인습을 따라 살아가고 있지만, 아이들만큼은 낡은 인습에서 벗어나서 새로운 빛의 세상에서 살게 하는 것이다. 그런데 인습이라는 암흑의 갑문을 버티며 아이들을 새로운 세상으로 내보낸 뒤, 그렇게 두 어깨로 갑문을 버틴 아버지는 어떻게 될까? 귀한 희생이다. 자신은 낡은 인습 속에서 산 마지막 인물이 되어 낡은 인습과 함께 생을 마감하는 희생이 아버지의 선택이다. 그런 아버지의 희생으로 아이들은 새로운 세상, 빛의 세상에서 살게 될 것이다.

아무것도 바라지 않아야 부모다

루쉰은 어떻게 아버지 역할을 할 것인지를 물었다. 이는 아버지란 무엇인지, 부모와 기성세대란 무엇인지에 대한 질문이었다. 루쉰은 희생과 의무, 그리고 아무런 대가나 보답을 기대하지 않는 사랑을 주는 것이 아버지의 몫과 역할이라고 말했다. 루쉰이 말하는 희생은 자식이 성공하고 출세하도록 자식을 위해 모든 것을 바치는 차원이 아니다. 자식의 성공과 출세를 위한 부모의 희생은 자식의 성공과 출세라는 보답을 바라는 희생이다. 이런 희생보다 루쉰은 자식을 낡은 인습에서 해방하여 새로운 빛의 세상에서 살게 하기 위한 부모의 희생을 강조한다. 이런 루쉰 생각에 따르면 아버지란, 부모란, 기성세대란 자식과 미래 세대를 낡은 인습에서 해방하는 사람이다. 오랫동안 계속된 낡은 인습의 고리를 내 세대에서, 우리 대에서 끊기 위해 희생하는 사람이다. 그래야 아버지이고, 부모이고, 기성세대다.

루쉰은 〈우리는 지금 어떻게 아버지 노릇을 할 것인가〉라는 글을 쓰고 이틀 뒤에 어떤 글 하나를 읽었다. 그는 일본 작가 아리시마 다케오(有島武郎)의 저작집에 실린 〈아이들에게〉란 글을 읽으며 자신이 공감한 말을 옮겨 적었다. 아버지의 역할, 부모와 기성세대의 역할을 다시 생각하면서 읽어보자.

시간은 쉼 없이 흘러간다. 너희의 아버지인 내가 그때가 되면 너희에게 어떻게 비칠까? 그것은 상상할 수 없다. 아마 내가 지금 가련한 지난 시대를 비웃듯이, 너희도 나의 고리타분한 생각을 비웃을지도 모르겠다. 나는 너희를 위해 그렇게 하기를 바란다. 너희가 나를 발판으로 삼아 나를 뛰어넘어 높고 먼 곳으로 나아가지 않는다면 그것은 잘못된 것이다.
세상은 몹시 적막하다. 내가 그저 이렇게 말만 하면 그만인가? 너희와 나는, 피의 맛을 본 짐승처럼 사랑을 맛보았다. 가자, 그리고 우리 주위를 적막에서 구하기 위해 힘을 쏟아 일하자. 나는 너희를 사랑했다. 그리고 영원히 사랑한다. 이것은 결코 아버지로서 너희에게 보답을 받으려고 하는 말이 아니다. '내가 너희를 사랑하도록 가르쳐준 너희'에게 내가 바라는 것은 단지 나의 감사를 받아달라는 것뿐이다. …… 죽은 어미를 먹어치우면서 힘을 기르는 사자 새끼처럼 힘차고 용감하게, 나를 버리고 인생의 길로 나아가거라. (〈수감록 63-'아이들에게'〉)[45]

09

용서와 관용이 미덕인가?

유명한 그림 형제 민담집에 들어 있는 이야기다. 고집이 아주 세서 엄마가 원하는 일은 절대 하지 않는 아이가 있었다. 신도 아이를 포기했다. 신은 아이에게 어떤 희망도 가질 수 없어서 의사도 고칠 수 없는 병을 내렸다. 아이는 죽었고, 아이를 무덤에 눕히고 흙을 덮을 때였다. 흙 밖으로 아이의 팔이 튀어나왔다. 그런데 팔을 밀어 넣고 다시 흙을 덮어도 자꾸만 밖으로 튀어나오는 것이었다. 결국 아이의 엄마가 무덤으로 다가가서 회초리로 팔을 때리자 비로소 팔이 안으로 들어갔고 아이는 땅속에 잠들었다.[46]

이야기는 짧지만 울림은 길다. 습관이 오래되면 무의식이 된다. 아이는 죽어서도 몸에 밴 습관을 고치지 못했다. 죽음도 해결하지 못한 고집쟁이 아이의 습관을 바로잡은 것은 어머니의 회초리였다. 어머니가 단호하게 회초리를 들지 않았으면 아이는 죽어서도 습관을 고치지 못했을 것이다. 이 민담은 죽어서 땅에 묻힌 뒤에도 손이 자꾸 삐져나오는 끈질긴 나쁜 습관을 근절하기 위해서는 단호한 응징이 필요하다고 말한다. 단호하게 악을 응징하는 사람이 아이의 어머니라는 점이 돋보인다. 자기 자식일망정 잘못된 것은 기어이 바로잡아야 한나는 것이다. 그래야 악이 비로소 땅속에 묻힌다.

이번에는 중국 이야기다. 제(齊)나라 환공(桓公)이 폐허가 된 성을 보고서 물었다. 누구 성인데 이렇게 망했느냐고. 그러자 한 농부가 답했다. 곽씨네 성이라고, 그 사람이 선을 좋아하고 악을 미워해서 망했다고 답했다. 환공이 이상하게 생각하여 다시 물었다.

"선을 좋아하고 악을 미워하는 것은 훌륭한 행실인데, 이곳이 왜 폐허가 된 것이냐?"

그러자 농부가 다시 답했다.

"선을 좋아할 줄만 알았지 행할 줄 몰랐고, 악을 미워할 줄만 알았지 제거할 줄 몰랐기 때문에 폐허가 된 것입니다."[47]

어째서 악을 제거하지 못하는가

공자는 어진 사람의 조건이란 남을

제대로 좋아하고 제대로 미워할 줄 아는 것이라고 말했다.

"오직 인(仁)한 사람만이 [사심이 없어] 남을 좋아할 수 있고, 남을 미워할 수도 있다〔惟仁者, 能好人, 能惡人〕."[48]

어진 사람은 물에 술 탄 듯 술에 물 탄 듯 모든 사람을 좋아하는 그저 너그러운 사람이 아니라는 지적이다. 선한 사람과 악한 사람을 구분하고 사람을 제대로 분간하여 좋아할 사람은 좋아하고 미워할 사람은 미워해야 한다는 것이 공자의 생각이다. 우리가 보통 생각하는 어진 사람의 기준과 다르다.

두 이야기와 공자의 생각은 통한다. 선을 좋아하고 행하는 것과 악을 싫어하고 제거하는 일 둘 다 필요하다는 것이다. 선을 실천하고 좋은 사람을 좋아하는 것도 어려운 일이지만, 나쁜 사람을 제대로 미워하는 일은 더더욱 어렵다. 악과 악한 사람을 단호하게 자르고 거절하려면 단단하고 모진 마음이 필요하기 때문이다. 무덤에 묻힌 자식이 내민 팔을 회초리로 때린 어머니처럼 모진 마음으로 단절해야 한다. 하지만 여린 마음 때문에 어렵고 정 때문에 어렵다. 선을 실천하기보다 악을 응징하기가 더 어렵다. 그런데 악의 본성은 쉽게 변하지 않는다. 악은 사람의 여린 마음을 숙주로 삼아 생명을 연장하고 번식하여 끝내 선을 위협한다. 좋은 세상을 만들려면 악을 미워할 뿐만 아니라 제거해야 한다.

늘 사람을 무는 개가 있었다. 그런데 그 개가 물에 빠졌다. 다시는 사람을 물지 않겠다고 제발 살려달라고 애원한다. 이 개를 어떻게 해야 할까? 손을 내밀어 물에서 건져야 할까? 그렇게 살려주면 개는 사람을 무는 나쁜 버릇을 고치고 착한 개가 될까?

페어플레이는 아직 이르다

루쉰은 〈'페어플레이'는 아직 이르다(論"費厄發賴"應該緩行)〉는 글에서 이 문제를 다룬다. 유명한 산문가인 린위탕(林語堂)이 어떤 글에서 중국에 페어플레이 정신이 부족하다면서, '물에 빠진 개를 때리지 않는 것'이 바로 페어플레이 정신이라고 말했다. 그러자 루쉰이 이 글을 받아서 "사람을 무는 개라면 땅에 있건 물속에 있건 모조리 때려야 할 부류에 속한다."고 반박한 것이다. 여기서 오해 없길! 이 글에서 말하는 물에 빠진 개는 비유다. 진짜 개가 아니라 '개만도 못한 인간'을 뜻한다.

루쉰은 왜 사람을 무는 개는 모조리 때려야 한다고 주장할까? 루쉰의 생각은 이렇다. '개의 본성은 좀처럼 변하지 않는다'는 것이다. 그런데 순진하고 마음 착한 사람이 사람 무는 개라도 물에 빠지면 이제 반성하고 참회했을 테니 앞으로는 사람을 물지 않을 것이라고 생각해 개를 건져준다는 것이다. 하지만 사람 무는 개의 본성은 변하지 않아서, 언제 그런 일이 있었느냐는 듯이 다시 사람을 문다는 것이다. 이렇게 되면 결국 선한 사람과 순진한 사람이 베푸는 자비가 세상에 악을 번식시킨다는 것이다.

> 용감한 권사(拳師)는 넘어진 적은 절대 때리지 않는다고 한다. 이는 우리가 모범으로 삼을 만하다. 그러나 나는 여기에 한 가지를 덧붙여야 한다고 생각한다. 적도 용감한 투사여야 한다는 전제다. 패배한 뒤, 부끄러워하고 뉘우치면서 다시 덤벼들지 않거나 정정당당하게 복수를 하려는 자여야 한다는 점이다. 이런 것은 당연히 괜찮다.
>
> 그러나 개에게는 이러한 예를 적용하여 대등한 적수로 볼 수가 없다. 개가 아무리 짖어대더라도 무슨 '도의(道義)' 같은 것을 알지 못하기 때문이다. 더구나 개는 헤엄을 칠 줄 안다. 분명 땅에 기어오를 것이며, 주의하지 않으면 몸을 털어 사람 얼굴이나 몸에 물을 튀기고는 꼬리를 사리며 달아날 것이다. 그러나 그런 뒤에도 성품은 여전하다. 순진한 사람은 개가 물에 빠진 것을 세례받은 것이라 여기면서, 그가 분명 참회했을 터이고 다시는 사람을 물지 않을 것이라고 생각한다. 그러나 이것은 착각이며, 그것도 엄청난 착각이다. (〈'페어플레이'는 아직 이르다〉)[49]

루쉰은 선하고 마음 약한 사람들이 사람 무는 개를 대하는 '엄청난 착각'이 세상에 악을 만연시킨다고 지적한다. 그 '엄청난 착각'이란 무엇인가? 동물 개는 선천적인 본능 차원에서 자신을 방어하려고 문다. 반면에 개 같은 사람, 개만도 못한 사람은 후천적인 본성 차원에서 사람을 문다. 후천적으로 습득한 본성도 선천적인 본능 못지않게 힘이 강한 법이다. 원래는 인간의 본성을 타고났지만, 살아가면서 이익과 권력에 눈이 멀어 사람 무는 개의 습성을 지녀서 그렇다. 그래서 자기 이익을 지키려고, 권력을 차지하려고 다른 사람을 문다.

사람을 무는 나쁜 습성을 지닌 개라고 하더라도 일단 물에 빠지면 동정을 애걸한다. 자식을 이야기하고 부모를 이야기하기도 한다. 몸이 아프다고도 하고 참회의 눈물을 흘리기도 해 측은지심을 유발한다. 이렇게 되면 사람 마음이 어쩔 수 없이 짠해진다. 사람 무는 동물 개는 본성이 변하지 않아도 사람 무는 사람 개는 본성을 바꿀 수 있다고 생각한다. 아무리 사람을 문 개라도 물에 빠져서 죽을 고생을 했으니까 이제는 달라졌을 것이라고 생각한다. 그래서 사람 무는 개를 용서한다. 마음 착하고 순진한 사람일수록 더욱 이렇게 용서를 잘한다.

루쉰은 이런 마음에 더해서 '의협심'도 작용한다고 말한다. 이미 실패하고 싸움에서 진 사람인데 아무리 악한 사람이라도 이제는 더 이상 때리면 안 된다고, 그것은 페어플레이가 아니라고 생각한다는 것이다. 그래서 물에 빠져 죽을 지경이 된 개가 앞에 있으면 루쉰의 지적대로 '보복하지 마라', '너그럽게 용서해라', '악에 악으로 응징하지 마라' 같은 주장이 많아진다.

이런 주장이 힘을 받아 결국 개를 건져 올려준다. 그렇게 물에 빠져 죽을 지경이던 개가 구원을 받아서 땅에 올라온 뒤에 어떻게 되었을까? 선하고 순진한 사람이 생각한 대로 개과천선하고 회개했을까? 루쉰은 그럴 일은 절대 없을 것이라고 말한다. 그건 순진한 사람의 '엄청난 착각'이라는 것이다. 사람 무는 개는 그를 용서한 사람들의 착하고 순진한 마음을 파고들어 다시 자신의 이익을 챙기려고, 다시 권력을 잡으려고 사람을 문다는 것이다. 루쉰이 사람 무는 개에게 페어플레이를 함부로 하지 말아야 하고, 사람 무는 개는 아무리 물에 빠졌더라도 용서하는 것이 아니라 때려야 한다고 말하는 이유다.

이런 맥락에서 루쉰은 관용에 반대한다.

> 나도 가끔은 관용이 미덕이라는 생각이 들기는 한다. 그러나 그럴 때마다 금세 의문이 떠오른다. 관용이 미덕이라는 건 비겁자가 생각해낸 것은 아닐까, 보복할 용기가 없는 비겁자가 생각해낸 말은 아닐까 하는 것이다. (《잡다한 추억3》)[50]

루쉰의 생각은 이렇다. 좋은 세상을 위해서는 악에 너그러우면 안 된다고. 사람 무는 악한 인간, 개만도 못한 인간에게는 페어플레이가 아직 이르다고. 오히려 그들을 때려야 좋은 세상이 온다고! 이 세상이 악인 때문에 폐허의 성이 되지 않게 하려면 죽은 아이의 팔에 단호히 회초리를 드는 어머니의 마음이 필요하다는 것이다. 세상의 악 앞에서 관용과 용서를 함부로 말하지 말고 악에는 단호해야 한다는 주장이다.

악은 선보다 끈질기다

루쉰은 악을 쉽게 용서하지 말고 단호하게 근절해야 한다는 생각에서 한 걸음 더 나아간다. 악에 대한 응징 차원에서 복수를 옹호하는 것이다. 루쉰은 관용에 반대하면서 이렇게 말한다. 자신의 근성이 보통 사람보다 삐뚤어진 탓인지 아니면 자신이 받은 환경 탓인지 모르겠지만, 자신은 "복수란 것이 그리 나쁘게 생각되지 않는다."는 것이다. 그러면서 루쉰은 "자기는 남에게 위해를 가하면서도 남에게 보복당하는 게 두려워서 관용이라는 미명으로 기만하는" 위선적인 행태를 비판한다. 누가 어떤 목적으로 복수를 비판하면서 관용을 말하는지 보라는 것이다. 그러면서 루쉰은 신이 복수의 공정성을 판별하지 못하고 정의를 집행하는 차원에서 악을 응징하지 않는다면 오직 사람이 복수를 실행할 수밖에 없다고 말한다.

> 도대체 복수란 것은 누가 그것을 심판하고, 그 공정성을 보증한다는 말인가? 나는 이 물음에 즉각 답한다. 자기 자신이 심판하고 집행하는 것이라고. 신이 그것을 맡아서 행하지 않는

이상, 눈에는 눈이 아니라 눈에는 머리로, 머리에는 눈으로 갚아도 괜찮다고. (《잡다한 추억 3》)[51]

루쉰은 직접 보복을 감행하는 한이 있어도 악을 끝까지 응징해야 한다는 생각을 〈검을 만들다(鑄劍)〉라는 소설에 고스란히 담았다.[52] 그는 중국 여러 문헌에 전해 내려오던 복수 이야기를 다시 썼다. 이 소설은 홍콩에서 〈주검〉이라는 제목의 영화로 만들어지기도 했다.

소설의 줄거리는 이렇다. 폭군의 왕비가 쇠기둥을 안은 뒤 수태를 해서 쇳덩이를 낳았다. 왕은 쇳덩이를 기이한 보물이라 생각하고 이걸로 검을 만들라고 한다. 나라를 지키고 어떤 적도 제압할 수 있는 천하 명검이 될 것이라고 생각한 것이다. 명장(名匠)은 3년에 걸쳐 자웅(雌雄), 즉 암수 두 자루의 명검을 만들었다.

그런데 명장은 암검인 자검만 왕에게 바치고 수검인 웅검은 숨겼다. 다시는 명검을 만들지 못하도록 왕이 자기를 죽일 것을 생각하고 대비한 것이다. 과연 왕은 검을 만든 명장을 죽인다. 그의 아들인 미간척은 열여섯 살이 되어 아버지가 숨겨두었던 다른 한 자루의 명검을 들고 복수를 하러 나선다. 그런데 아들은 담이 작아 복수를 할 인물이 못 되었다. 더구나 왕도 그가 복수하려고 한다는 것을 알고 있었다.

미간척은 복수에 실패하고 나서 흑색인이라는 사내를 만난다. 그는 미간척에게 목숨과 명검을 주면 왕을 죽여 대신 복수하겠다고 제안한다. 미간척이 망설이다가 복수를 위해 자기 목과 검을 사내에게 내준다. 사내는 미간척의 목과 명검을 들고 왕에게 가 아이의 머리를 솥에 넣는 놀이를 보여주겠다고 말한다. 그런데 미간척의 머리를 솥에 넣고 아무리 삶아도 익지 않았다. 왕이 솥을 보러 다가오자 사내가 왕의 목을 베었고 자기 목도 베었다. 솥에서 세 사람의 머리가 서로 싸웠다. 사내의 머리는 솥에 들어가자마자 왕의 코를 물고 입을 찢어놓았다. 미간척의 머리와 흑색인의 머리가 공격해 왕의 얼굴이 순식간에 뭉개졌고 왕은 결국 숨을 거두었다. 마침내 복수를 완성한 것이다.

소설에서 복수는 악을 끊는 것을 뜻한다. 하지만 복수는 마음과 의지만으로는 되지 않는다. 복수를 완성할 능력과 방법도 필요하다. 흑색인이라는 사내는 죽은 사람의 머리로 광대놀이를 할 수 있는 재주를 가지고 있어서 궁으로 들어갈 수 있었고, 그 기회를 이용해 복수를 완성했다.

루쉰의 고향인 사오싱(紹興)은 옛날에 월나라 땅이었다. 복수 이야기의 원조인 와신상담(臥薪嘗膽) 고사가 탄생한 곳이다. 그런데 와신상담 고사에서 월왕 구천이 쓸개를 핥는 강한 의지와 정교한 강병의 계책을 통해서 달성한 복수는 자신이 당한 치욕과 패배를 갚는 차원이었다. 하지만 루쉰의 소설에 나오는 복수는 악을 단절하기 위한 것이다.

악은 선보다 더 끈질기고 교활하다. 끈질기고 교활한 악은 늘 용서와 관용을 말하고, 마음 약하고 선한 사람들이 용서하는 순간 악은 금세 부활한다. 루쉰 말대로 "마음씨 좋은 우리 선조들이 요귀들에게 베풀었던 자비"가 악의 세력을 번식시키는 역할을 하는 셈이다. 이로 인해 후대의 사람들은 악과 어둠의 세력에 대항하기 위해 훨씬 더 많은 대가와 희생을 치러야 한다. 우리에게 선을 행하는 용기만이 아닌 악을 제거하는 용기가 같이 필요한 이유가 여기에 있다.

2부

세상을 바꾸는 사유의 힘

10

'노오력'을 배신하는 사회에서 살기

그리스신화에서 '엘리시움(Elysium)'은 축복의 땅이다. 1년 내내 산들바람이 부는 봄날이다. 장미꽃도 만발한다. 조국을 위해 희생한 사람이나 신을 진실하게 경배한 시인, 살아서 선을 행하고 고귀한 희생을 한 사람만이 가는 천국이다. 그런데 영화 〈엘리시움〉에서는 그곳에 사는 사람들이 고귀하지 않다. 오직 돈이 많을 뿐이다. 21세기 말 지구가 황폐해지자 부자들은 지구를 버리고 새로운 삶의 터전을 찾아 떠난다. 그 1퍼센트 부자들이 사는 공중 도시가 엘리시움이다. 이곳은 종일 로봇이 시중을 들고, 암이든 백혈병이든 모든 병을 쉽게 고친다.

엘리시움 밖에 있는 세상, 그러니까 나머지 99퍼센트가 사는 지상은 폐허 그 자체다. 그러니 누구나 엘리시움에 올라가기를 꿈꿀 수밖에 없다. 주인공 맥스도 그렇다. 엘리시움에 올라갈 티켓을 사려고 어렸을 때는 도둑질도 했다. 사람들은 밀항 비행선을 만들어 엘리시움에 올라가려고 하지만 번번이 격추된다. 끝내 올라가더라도 불법 체류자가 되어 이내 추방된다. 엘리시움에 올라갈 수 있는 티켓은 너무 비싸고, 더구나 유전자 정보가 등록된 시민권도 있어야 한다.

〈엘리시움〉보다 조금 먼 미래인 26세기를 그린 〈알리타: 배틀 엔젤〉에서도 사정은 비슷하다. 세상은 1퍼센트가 사는 공중 도시 자렘과 99퍼센트가 사는 고철 도시로 나뉘어 있다. 고철 도시 사람들은 자렘에 올라가기만을 꿈꾸고 그곳에 올라가려고 범죄도 서슴지 않는다. 영화 〈엘리시움〉과 〈알리타〉는 1퍼센트와 99퍼센트로 양극화된 자본주의 시대에 로봇과 인공지능 세상이 도래할 경우 초래될 수 있는 비극적인 미래의 극한을 보여준다. 디지털 사회가 되면 승자독식 경향이 더 강해지면서 사회는 더욱 극단적으로 양분될 수 있다는 경고다.

두 영화의 배경은 아득한 미래다. 그래서 그저 영화 속에만 있는, 현실에서는 일어날 수 없는 공상의 세계였으면 좋겠다. 〈엘리시움〉의 감독은 "빈곤의 바다 한가운데에서 부를 누리고 있는 미국 도시들도 머지않아 '엘리시움'에서 보이는 문제에 직면할 것"이라고 경고했다. 그의 말마따나 세상 돌아가는 것을 보면 영화 속 미래가 터무니없는 공상이 아니라는 불안감이 엄습한다.

세습 사회로 돌아가는 우리 사회

빈부 격차로 인한 양극화 자체도 문제이지만, 격차가 고정되는 것이 더 큰 문제다. 금수저, 흙수저 이야기가 나오는 것이 '헬조선'만의 일은 아니다. 일본에서도 지금은 '격차 고정' 사회라면서 이제 "계층 상승은 더 이상 없다."[1]고 말한다. 독일에서는 지금 현실을 '21세기 경제 봉건주의'[2]라고 진단한다. 미국 사정도 비슷하다. 경영학의 본산지인 하버드대학교 경영대학원에서는 자본주의를 비판적으로 이해하는 '자본주의 재이미지화(reimagining capitalism)' 강의의 수강생이 갈수록 늘고 있다고 한다.[3]

오늘날의 자본주의를 두고 《21세기 자본》의 저자인 토마 피케티(Thomas Piketty)는 '세습 사회'라고 부르고,[4] 보편 기본소득을 주창하는 경제학자 가이 스탠딩(Guy Standing)은 '지대 추구 자본주의'라고 부른다.[5] 이름이야 어떻게 부르든 다들 오늘날의 자본주의가 심각하게 고장 났고 봉건제와 세습의 시대로 되돌아가고 있다고 보는 것이다. 젊은 세대가 우리나라를 '헬한국'이 아니라 '헬조선'이라고 부르는 것도 봉건제로 되돌아가고 있다는 위기감을 반영한다. 한국 사회의 극단적인 양극화에 따른 비극을 그린 영화 〈기생충〉이 세계적인 공감을 얻은 것도 영화 속 이야기가 지금 세계 곳곳에서 벌어지고 있기 때문이다.

자본주의로서는 이런 치욕이 없다. 자본주의가 봉건제를 닮아가고 있어서다. 자본주의는 봉건제를 해체하고 들어섰다. 그런 자본주의가 과거에 도태된 봉건제를 닮아가면서 신분제 사회로 되돌아가고 있다. 재봉건화가 자본주의의 세계적인 현상이 되고 있는 것이다. 이런 재봉건화 시대, 요컨대 자본주의판 신종 세습 사회를 사는 청년들은 아예 자본주의가 약속하는 능력의 신화를 더 이상 믿지 않는다. 노력한다고 성공한다는 보장도 없다. 어느 집 자식으로 태어났느냐가 중요하다. 그래서 청년들은 "하마터면 노력할 뻔했네!"라고 자조한다. 아무리 노력해도, 노력보다 더한 '노오력'을 해도 노력에 배반당하는 사회라는 것이다.

매년 발표되는 개인의 노력을 통한 성공 가능성을 묻는 설문조사 결과를 보면, 성공 가능성에 대한 믿음이 갈수록 떨어져서 약 3분의 2가량이 노력만으로는 성공이 어렵다고 답한다. 이런 경향은 일본도 유럽도 비슷하다. 세계 자본주의는 단단히 병이 들었고, 체제의 활력도 갈수록 떨어지고 있다.

신종 세습 사회를 사는 청년들은 아예 꿈을 접는다. 한국에서는 산업화 세대든 민주화 세대든 사다리를 타고 계층 상승을 이룬 것은 마찬가지다. 하지만 이들은 자신들이 딛고 올라간 사다리를 청년 세대에게는 물려주지 않았다. 그래서 청년들 눈에는 산업화 세대나 민주화 세대나 투기와 특권에 사로잡힌 기득권층일 뿐이다.

그러니 아예 정규 궤도에서 이탈하기도 한다. 학교를 그만두기도 하고 취업을 단념하기도 한다. 이번 생은 '폭망'이기에 맛집과 카페를 돌아다니면서 작고 확실한 행복, '소확행(小確幸)'을 찾는다. 젊은이들이 즐기는 웹툰이나 웹소설에서 환생과 귀환 모티프가 유행하는 것도 '이생망(이번 생은 망했어)'을 접고 환생하거나 다시 세팅하고 싶은 욕망이 작동하기 때문이다.

하지만 많은 청년은 오늘도 여전히 긴 취업 대기 줄에 서서 사다리와 계단을 타고 올라가기를 꿈꾼다. 다른 길이 없으니까 그렇다. 오늘 청년 앞에 놓인 세상은 사막 한가운데서 폐소공포증을 앓고 있는 것과 같다. 막힘없이 탁 트인 사막에서 폐소공포증을 느낀다니? 이해가 안 될 수도 있다. 하지만 끝없이 펼쳐진 사막은 역설적으로 닫힌 공간이다. 선택지라고는 오직 사막 안에서 생존하는 것만 있을 뿐이다. 그런 상태가 오늘 청년 앞에 놓인 삶이다. 청년들은 폐소공포 속에서 소확행으로 위로하면서 오늘도 지친 걸음으로 사막을 걷는다.

문제는
구조에 있다

루쉰이라면 오늘도 이렇게 사막을 걷는 청년에게 어떤 말을 건넬까? 사람 사는 세상이란 예나 지금이나 비슷한 데가 있어서, 루쉰이 살던 시기에 활동한 어느

기어오를 수 있는 사람이 매우 적다 하더라도, 사람들은 자신이
바로 기어오를 수 있는 사람이라고 생각한다. 하지만 기는 사람은
많은데 길은 하나뿐이어서 몹시 붐비게 된다. 대다수는 그저
기면서 자기의 원수가 자기 위에 있는 사람이 아니라 옆에 있는 사람,
요컨대 자기와 같이 기고 있는 사람이라고 생각한다.

자유주의 평론가는 잡지에 대략 이런 내용의 글을 쓴다.

"가난한 사람은 어쨌든 기어야 하고 부자 자리에 오를 때까지 기어올라야 한다."

이 글을 본 뒤 루쉰은 성공을 위해 끊임없이 기어오르는 슬픈 초상을 이렇게 그린다.

> 기어오를 수 있는 사람이 매우 적다 하더라도, 사람들은 자신이 바로 기어오를 수 있는 사람이라고 생각한다. 그래서 편안한 마음으로 밭을 갈고 씨를 뿌리며, 인분 거름을 내거나 천대를 받으면서도 부지런히 일하며, 고난의 운명을 짊어지고 자연과 싸우면서 죽어라 기고, 또 기고, 또 긴다. 하지만 기는 사람은 많은데 길은 하나뿐이어서 몹시 붐비게 된다.
>
> 성실하게 정해진 규칙을 지키며 기는 사람들은 대부분 기어오르지 못한다. 영리한 사람들은 다른 사람들을 밀어낼 줄 알아서 밀치고, 넘어뜨리고, 발로 짓밟고, 다른 사람들의 어깨와 머리를 밟고 기어 올라간다. 하지만 대다수는 그저 기면서 자기의 원수가 자기 위에 있는 사람이 아니라 옆에 있는 사람, 요컨대 자기와 같이 기고 있는 사람이라고 생각한다. 그들 대부분은 모든 것을 인내하면서 두 발과 두 손을 땅에 붙이고 한 걸음 한 걸음 기어오르다가 떠밀려 내려오고, 떠밀려 내려오면 다시 기어오르고, 그침이 없다. 〈〈기어가기와 부딪치기〉〉[6]

루쉰이 지적한 것처럼 기어 올라가서 성공한 사람은 드물다. 그리고 갈수록 드물어지고 있다. 그런데도 다른 사람은 몰라도 나는 기어이 올라갈 수 있고, 성공할 수 있다고 생각하는 사람이 많다. 삼성그룹만 하더라도 신입 사원 중 임원이 될 확률은 통상 1퍼센트 미만이라고 하고, 삼성전자는 0.5퍼센트 이하라고 한다. 하지만 많은 이들은 100명 중 임원이 되는 한 명이 바로 자신이라고 생각한다. 성공 신화를 믿고 무엇보다 자신을 믿기 때문이다. 다른 사람은 실패해도 나는 할 수 있다고 다짐하면서 오늘도 정상을 향해 열심히 노력한다.

물론 그런 믿음과 노력이 마침내 성공을 가져다주기도 한다. 당연히 노력은 소중하다. 가진 게 오직 몸밖에 없는 사람, 오직 노력에만 의지해야 하는 사람은 노력이라도 열심히 해야 한다. 노력이 성공을 보증하지는 않지만 노력 없는 성공은 없기 때문이다. 한 걸음의 전진을 하찮게 여기면서 오직 단숨에 이루는 전진만 의미 있다고 생각하는 사람에게는 결코 미래가 없다. 환상 같은 미래가 아니더라도 지금보다 조금 더 나으면 그만큼 발전한 셈이고 자신이 쏟은 노력이 보답을 받은 셈이다. 그러니 작은 성공, 작은 전진, 작은 성취를 가볍게 볼 일이 아니다.

하지만 노력만으로 길이 열리지 않을 때가 더 많을 수 있다. 루쉰이 말한 것처럼 기어가는 사람은 많은데 길은 좁기 때문이다. 그래서 아무리 성실하게 정해진 규칙을 지키더라도 대부분은 기어오르지 못한다. 더구나 모두가 공정하게 게임에 참여하는 것도 아니다. 어떤 이는 옆 사람을 밀어내기도 하고 짓밟고 올라가기도 한다. 결국 루쉰이 말한 것처럼 대다수는 아무리 열심히 노력해도 위로 올라가지 못하고 성공하지 못한다. 그야말로 노력보다 더한 '노오력'조차 배반당하는 것이다.

노력에 왜 배반당하는가? 쉽게 배반당할 정도로 노력이 부족했다면 문제다. 개인적인 점검과 성찰이 필요하다. 하지만 노력을 해도 늘 제자리걸음이고 아무리 성실해도 같은 곳에 서 있다면 사정이 달라진다. 더구나 나뿐만 아니라 주변 사람도, 우리 사회의 많은 사람도 노력에 배반당하고 있다면 개인적인 차원을 넘어 사회적인 성찰이 필요하다. 노력을 수포로 돌리고 의미없게 만드는 사회 구조를 생각해볼 필요가 있다. 우리가 속한 사회의 구조가 노력을 가로막는 장벽일 수 있기 때문이다.

가이 스탠딩이 지금의 자본주의를 두고 '지대 추구 자본주의'라고 불렀듯이, 지금은 토지 임대료 같은 자본소득이 근로소득을 압도한다. 열심히 노력한 대가인 임금은 집값을 따라잡지 못하고, 노동으로 버는 소득은 임대료를 따라잡지 못한다.

이렇게 새로운 신분제 사회가 되면 노력이 더 이상 의미가 없다. 노예가 노력한다고 노예 신분에서 벗어날 수 있는 것이 아니기 때문이다. 부지런하고 성실한 사람은 성공하고 게으르고 불성실한 사람은 실패한다는 노력 이데올로기도 무색해진다. 성공한 사람을 더 이상 존경하고 우러러볼 이유도 없다. 그가 성공한 것은 신분과 부모 덕이기 때문에, 요컨대 '금수저 물고 잘 태어난 덕'이기 때문이다. 이런 신분제 사회에서는 개인의 노력만이 아니라 그가 속한 구조가 성패에 큰 역할을 한다. 흙수저가 아무리 노력해도 금수저가 될 수 없는 구조, 동맥경화를 앓고 있는 시스템이 문제인 것이다.

하지만 실패한 사람은 대부분 원인을 다른 데서 찾는다. 루쉰이 말한 것처럼 적을 잘못 알고 있다. 영화 〈기생충〉에서는 '을'끼리 전쟁을 벌인다. 박 사장에 대한 존경심을 가진 채 기생할 수 있는 자리를 차지하려고, 올라갈 계단을 차지하려고 을끼리 발로 차고 밀쳐내면서 아귀다툼을 벌인다. 망할 위기에 처한 소상공인은 분노의 화살을 최저임금 인상을 요구하는 알바생에게 돌린다. 하지만 정작 높은 임대료는 어쩔 수 없는 것이라고 여긴다.

루쉰 말대로 많은 사람은 자기가 성공하지 못했을 때 자기나 옆 사람을 탓한다. 하지만 노력이나 성실을 기준으로 보면, 이른 아침부터 밤늦게까지 고단하게 일하면서 하루하루를 사는 사람이 부동산 임대료를 챙기거나 투기로 사는 사람보다 훨씬 성공했어야 옳다. 내 옆에 있는 경쟁자도 따지고 보면 나만큼 불쌍한 사람이다. 그도 나처럼 기어오르기 위해서 오늘도 죽어라 일한다. 또 다른 나의 모습이다. 그런 동료를 어찌 탓할 것인가.

구조나 시스템은 늘 숨어 있다. 루쉰이 그가 살던 현실의 어둠을 말하면서 든 비유를 빌리자면 '귀신이 친 벽(鬼打牆)'[7]과 같다. 귀신이 친 벽은 형체가 없다. 숨어 있으면서 우리를 담장 안에 가두고 꼼짝 못 하게 한다. 우리 눈에는 귀신이 친 벽은 보이지 않고, 오직 자신의 무능과 나와 경쟁하는 옆 사람의 성공만 보인다. 그래서 자신을 탓하고, 나보다 앞서가거나 내 발목을 잡는 옆 사람을 탓할 뿐이다.

경쟁주의와 능력주의 신화의 그늘

간혹 학생들과 성적 평가를 두고 생각이 갈리는 경우가 있다. 나는 절대평가 세대다. 그런데 지금 대학에 다니는 학생들은 상대평가 세대다. 지금 고등학교에서 실시하는 9등급 상대평가 제도는 2008학년도부터 도입되었다. 내신만이 아니라 수능도 9등급으로 나누어 평가한다. 응시자가 20명이든 200명이든 2,000명이든 4퍼센트 이내만 1등급이다. 응시생이 적은 과목일수록 경쟁은 더 치열하다. 시험 치는 학생들이 다 같이 잘해도 9개 등급에 따라 차등을 둔다. 수능만이 아니라 대학도 대부분 상대평가를 한다.

대학 선생으로서 제일 괴로운 것 중 하나가 상대평가다. 어떻게든 학생들의 성적을 변별해서 차등을 두어야 한다. 그래서 변별력을 확보하려고 시험 문제를 일부러 까다롭게 낸다. 리포트는 더더욱 애매하다. 1, 2점 차이가 아무런 의미도 없는데도 불구하고 어떤 학생은 A를 받고 어떤 학생은 B를 받는다. 정해진 비율 때문이다.

상대평가 제도는 같은 수업을 듣는 친구를 오직 경쟁자로 생각하게 만든다. 친구가 밀려나야 내가 올라갈 수 있는 치열한 생존 경쟁을 조장한다. 상대평가 제도를 바꾸어야 한다고 학교에 늘 이야기하고 학생들에게도 학교에 개선을 요구하라고 실득 겸 선동을 한다. 하지만 정작 성적을 받는 당사자인 학생들은 문제를 심각하게 생각하지 않는 경우가 많다. 치열한 상대평가 경쟁에서 그래도 나는 좋은 등급을 받을 수 있다고 생각하기 때문일 수도 있다. 하지만 가장 큰 이유는 중·고등학교 때부터 상대평가를 받아왔기 때문이다(물론 요즘 중학교에서는 성취도 평가를 한다). 절대평가나 성취도 평가는 아직 낯설고 상대평가를 자연스럽고 당연한 방식으로, 기본적인 생존 방식으로 여기는 것이다. 평생 사막에서 모래 위만 걷다 보면 황톳길이나 오솔길이 있다는 것을 상상하기 어려운 것과 같은 이치다.

상대평가 세대는 등급 질서 자체에서 유래하는 차별을 당연하게 생각한다. 자신이 얻은 높은 등급은 자신이 노력을 기울인 덕분이라고 생각하기 때문이다. 그래서 자신이 차지한 등급에 자부심이 높다. 반면에 자기보다 낮은 등급에 있는 사람은 자기보다 노력과 능력이 부족해서 낮은 자리에 있다고 생각한다. 상대평가 세대가 지닌 경쟁주의 의식이 능력주의와 만나는 지점이다. 그래서 낮은 자리에 있는 사람을 동정하는 마음이 약하다. 당연히 그들과 연대하려는 의식도 약하다.

상대평가 시스템 속에서 길러진 경쟁주의와 능력주의 의식은 시스템이나 구조 자체를 정의와 공정의 잣대로 들여다보는 데까지 나아가지 못한다. 상대평가는 기성세대가 만든 나쁜 시스템이다. 이 시스템이 지속되면서 학생들도 이 시스템에 어쩔 수 없이 길들여졌다. 그래서 이제 상대평가와 등급제 자체를 문제 삼지 못한다. 시스템이나 구조는 바꿀 수 없고, 거스를 수 없는 필연적인 조건이라고 생각한다.

그러다 보니 옆에 앉은 친구가 경쟁자인 것은 삶의 당연한 조건이고, 서로 도와서 다 같이 좋은 성적을 받는 것에 익숙하지 않다. 모두가 하나라는 것을 확인하면서 함께 과제를 수행하는 팀플레이가 작동하지 않는다. 필연적으로 '프리라이더(free-rider)'가 있기 마련인 '팀플'을 질색하는 이유다. 아무리 열심히 해도 자신이 좋은 성적을 받지 못하는 이유가 궁극적으로는 9등급제와 상대평가라는 제도 때문인데 구조를 문제 삼지 않은 채 노력이 부족했다고 자책하거나 옆에 있는 친구를 탓한다.

누구나 노력하면 성공할 수 있다는 자본주의 사회의 성공 신화는 뒤집어보면 내가 성공하지 못하는 것은 내 탓이라는 논리다. 우리는 쉬지 않고 노력하는 거북이와 개미의 성공 신화를 받아들인 대가로 자신의 실패를 모두 내 탓으로 돌리는 데 익숙해진다. 그래서 자책하고 자존감을 잃는다. 근본적인 이유인 구조는 자책과, 나와 경쟁하는 상대에 대한 증오 뒤로 숨어버린다.

물론 경쟁이 치열하고 생존이 절박해서 자신들을 경쟁으로 내몬 진짜 원인은 어디에 있는지, 이렇게 기어가다 보면 과연 성공할 수 있는지를 생각할 겨를이 없을 수 있다. 떠밀려 내려오면 기어 올라가고 다시 밀려 내려오면 또다시 기어 올라가기를 쉼 없이 되풀이할 수밖에 없는 삶이다.

혼자는 늘 실패한다

그런데 그렇게 노력해도 삶이 달라지지 않을 때가 있다. 그래서 우연한 행운에 기댄다. 성실히 일하면서 돈을 모아도 집을 살 수 없을 때 우리는 자연히 복권 가게를 찾는다. 루쉰은 이를 두고 기어오르기를 하다가 안 될 때는 이른바 '얻어걸리기', 즉 복권이나 도박 같은 우연에 기댄다고 말한다. 한 번 우연히 '얻어걸리면' 평생 월급이 나올 수도 있고, 실패해도 "그냥 원래 하던 대로 기어가면 되는 것이고, 게다가 한번 재미 삼아 놀아본 것"에 지나지 않기 때문이다. 그래서 "기어오를 기회가 적을수록 얻어걸리는 것을 목적으로 부딪치는 사람들은 늘어간다."[8] 복권에 당첨될 확률이 벼락에 맞을 확률보다 낮다는 것을 뻔히 알면서도 우리가 매주 복권 가게를 찾는 이유다. 루쉰은 자본주의가 싹이 트던 1930년대 상하이를 보면서 기어오르기와 얻어걸리기 속에 사는 짠한 삶의 초상을 그렸다. 하지만 오늘이라고 해서 그때와 얼마나 다를까.

1930년대 중국 베이징에 다른 사람은 다 실패하더라도 자신은 성공할 수 있다고 믿으면서 농촌에서 도시로 온 열여덟 살 청년이 있었다. 중국 현대 작가 라오서(老舍)의 소설 《낙타샹즈(駱駝祥子)》에 나오는 주인공이다.[9] 튼튼한 몸과 성실함, 노력으로 인력거를 끌면 다른 인력거꾼과 달리 자신은 반드시 성공할 것이라고 믿는다. 그는 "지옥에 떨어져도 선한 귀신이 될 수 있을 정도로 착한" 청년이다. 지금으로 치면 개인택시 같은 인력거를 가지려고 술도 담배도 노름도 하지 않고 악착같이 노력한다. 하지만 끝내 인력거를 갖지 못한다. 잠시 동안 인력거를 가지기도 했지만 전쟁 통에 빼앗기고 사기를 당하고 가정 형편이 어려워지면서 팔아버린다.

시골 출신의 착한 청년은 독해지고 타락하면서 마침내 '인간 짐승'으로 변한다. 그는 지옥의 세계에서는 모든 인력거꾼의 운명이 똑같다는 것을 깨닫고 운명에서 벗어나겠다는 꿈을 접는다. 그는 "열심히 노력했지만 정당한 대접을 받지 못했다."면서, "나도 왕년에는 악착같이 노력했다 이거야, 그런데 어떻게 됐어, 이런 꼴뿐이야."라고 한탄한다.

'낙타'라는 별명을 지닌 샹즈는 죽도록 노력했지만 실패했다. 그야말로 '노오력의 배신'이다. 샹즈처럼 노력했으면 성공해야 올바른 세상이다. 하지만 노력에도 불구하고 실패했으니 세상이 잘못된 것이다. 잘못된 세상에서 샹즈는 두 가지를 몰랐다.

우선 세상을 너무 몰랐다. 자신이 사는 곳이 어떤 세상인지를 모른 채 자신의 꿈과 노력만 믿었다. 구조는 개인보다 강하다. 나뿐만 아니라 세상의 구조를 알아야 했는데 그것을 몰랐다. 그래서 구조를 바꾸려 하지 않았다. 또한 혼자만 지옥에서 벗어나는 것은 불가능함을 몰랐다. 나만은 다른 인력거꾼과 달라서 경쟁에서 살아남을 수 있고 성공할 수 있다고 믿었다. 혼자 살아남으려 한 샹즈는 결국 실패했다.

라오서는 샹즈를 이기적인 개인주의자의 말로를 보여주는 인물이라고 정의한다. 샹즈의 비극은 다른 사람과 더불어 구조를 고치는 일이 중요하다는 것을 말해준다. 군집 동물인 인간은 유대를 잃어버리면 멸종한다. 영화 〈알리타〉를 보면 낙타 샹즈처럼 혼자라도 공중 도시에 올라가겠다면서 까마득히 높은 도시를 향해 위태롭게 기어오르는 사람이 나온다. 공중 도시의 통제관은 그 모습을 물끄러미 지켜보고 있다. 아무리 기를 쓰고 올라가려고 해도 미끄러져 내려오는 것은 시간문제다.

다시 영화 〈엘리시움〉을 보자. 엘리시움이 아무리 좋은 곳이라고 해도 혼자만 잘 사는 곳이라면 무슨 재미가 있을 것인가? 영화에서 엘리시움은 결국 붕괴된다. 모두를 위한 천국이 아닌 소수를 위한 천국은 오래가지 못한다.

등급 위계질서에서 우리는 어떻게 노예가 되는가?

유치원에 다니는 아이들도 놀이터에 낯선 아이가 나타나면 이렇게 묻는다. "너 몇 살이야?" 나이를 알아야 위아래가 정해지고 놀이가 시작된다. 나이를 먼저 묻는 한국 사회의 처세법은 이렇게 어린이 놀이터에서부터 시작된다. 같은 해에 태어나도 '빠른 몇 년생'인지, '늦은 몇 년생'인지를 따진다. 말다툼하거나 싸우다가도 상대를 제압하는 첫 번째 무기는 이런 말이다. "너 몇 살이야?" "나이도 새파란 놈이!" "그런데 어린놈이 왜 반말이야?"

한국에서는 "너 몇 살이야?"로 모든 것이 시작되고 모든 것이 끝난다. 어떤 지위나 계급보다 나이 많은 것이 최고다. 나이가 많다는 것은 모르는 사람에게도 반말하는 권리가 되고, 젊은 사람을 막 대하는 특권이 되고, 공중도덕을 지키지 않는 예외가 된다.

나이가 많으면 월급도 많다. 대한민국은 능력이나 일의 기여도가 아니라 나이에 따라 월급이 정해지는 연공서열의 나라다.

자본주의 사회의 기본 계급은 노동자와 자본가다. 하지만 일상에서 우리는 계급이 아니라 한국 사회에만 있는 한국식 위계질서를 더 자주 접한다. 한국 사회에서는 계급을 넘어 수많은 등급이 작동한다. 나이, 경제력, 대기업과 중소기업, 정규직과 비정규직과 아르바이트, 여성과 남성, 명문대와 비명문대, 서울과 지방, 서구인과 비서구인 등 수많은 등급이 작동한다. 대한민국은 지구상에서 가장 다양하면서도 엄격한 등급 질서를 지닌 나라다.

한국 사회에 유별난 위계질서는 어디서 기원할까? 기원은 유교다. 사람은 결코 똑같지 않다며 사람 사이에 등급의 위계를 세우는 데 가장 큰 기여를 한 사람은 공자다. 공자는 예에 기초한 통치, 즉 예치(禮治)를 이상으로 생각했다. 그런데 예란 무엇인가? 예는 사람을 나누고 분별하는 데서 시작한다. 흔히 어른이 젊은 사람을 나무랄 때 예를 모른다고 말한다. 어른과 젊은 사람 사이에 분별이 있는데 젊은 사람이 제 분수를 모르고 어른에게 덤빈다는 말이다. 서양에서 '너 자신을 알라'고 말한다면, 동아시아 유교 사회에서는 '너의 자리를 알라'고 말한다. 위계질서 속에서 너의 위치가 어디인지를 알고 그에 맞게 처신하라는 것이다.

그런데 유교는 왜 사람을 나누고 분별할까? 그 사람의 위치에 따라 차별하기 위해서다. 《예기》는 예를 이렇게 정의한다.

예란 친함과 소원함을 정하고, 꺼리고 싫어함을 결정하며, 다름과 같음을 구별하고, 옳음과 그름을 밝히는 것이다(夫禮者, 所以定親疏, 決嫌疑, 別同異, 明是非也).(〈곡례〉)[10]

예에 기초한 통치인 예치는 기본적으로 존비·귀천·친소·장유·남녀의 차이를 분별하고, 이를 바탕으로 사람을 분별하여 차등한다. 이 차원에서 보자면 공자와 그의 제자들은 분별에 따른 차등을 당연하게 여기는 사람들이다.

등급 질서는 노예 질서다

여기 그런 생각을 잘 보여주는 일화가 있다. 계씨(季氏)란 사람이 어느 날 사고를 쳤다. 공자가 계씨를 크게 나무란다. 왜 그랬을까? 계씨의 지위는 대부(大夫)였다. 천자(天子)보다 지위가 낮았다. 그런데 잔치를 하면서 대부인 주제에 천자가 즐기는 춤을 무희들에게 추게 한 것이다. 천자는 64명이 추는 팔일무(八佾舞)를 즐길 수 있다. 천자보다 지위가 낮은 대부인 계씨는 64명이 아니라 16명의 무희가 추는 사일무(四佾舞)를 즐겨야 한다. 계씨가 자기 분수를 모른 것이다. 공자는 이것을 자기 분수를 망각하는 것, 즉 참월(僭越)하는 행위를 저질렀다고 비판한다. 을이면 을답게 놀아야 하는데 자기 등급을 망각한 채 갑처럼 논 것이다. 공자 눈에 자기 등급을 모르는 사람은 예의 근본을 모르니 사람 도리의 기본이 없는 인간이다.

이런 식의 위계질서는 같은 유교 국가여도 우리가 중국보다 훨씬 심하다. 중국은 사회주의를 겪으면서 유교식 위계질서가 크게 약해졌다. 다들 동지가 된 것이다. 나이를 넘어 친구가 되는 경우가 많다. 더구나 중국어에는 우리말 같은 존댓말이 없다. 나이에 따른 등급 질서가 완강하게 남은 가운데, 돈에 따라 위아래로 줄 세우는 자본주의 위계질서가 결합되면서 우리 사회는 지상 최대의 등급 위계 사회가 되었다.

이런 등급 위계 사회에서 살다 보면 사람이 어떻게 될까? 루쉰의 생각에 따르면 노예가 된다. 루쉰은 등급 질서란 서로를 착취하는 노예 질서라고 생각한다. 그러면서《좌전(左傳)》의 다음 문구를 인용한다.

> 하늘에는 열 개의 태양이 있고 사람에게는 열 개의 등급이 있다(天有十日, 人有十等). 그래서 아랫사람이 윗사람을 섬기고 윗사람이 신을 섬긴다. 왕의 신하가 공(公)이고, 공의 신하가 대부(大夫)이며, 대부의 신하가 조(皂)이고, 조의 신하가 여(輿)이며, 여의 신하가 예(隸)이고, 예의 신하가 요(僚)이며, 요의 신하가 복(僕)이고, 복의 신하가 대(臺)이다. (〈등불 아래서 쓰다〉)[11]

이렇게 층층이 이루어진 등급의 위계가 왜 상호 착취의 노예 질서일까?

> '대(臺)'는 신하가 없으니 너무 고생스러운 것 아닌가? 걱정할 것 없다. 그보다 더 비천한 아내(妻)가 있고, 더 약한 아들이 있으니 말이다. 그 아들도 희망이 있다. 훗날 자라서 '대'에 오르게 되면 자기보다 비천하고 더 약한 아내와 아들이 생길 것이고 그들을 부릴 수 있기 때문이다. (〈등불 아래서 쓰다〉)[12]

루쉰 생각은 이렇다. 열 개의 등급 질서에서 각자의 지위와 등급은 당연히 상대적이다. 내가 5등급에 있다면 내 위에는 4등급이 있고 아래에는 6등급이 있다. 윗사람에게는 자신이 신하이지만 아랫사람에게는 상관이다. 그래서 자신보다 높은 등급에 있는 사람에게 부림을 당해도 자기보다 아래 있는 사람을 부릴 수 있다. 설령 자기 등급이 맨 밑바닥이라고 하더라도, 그 사람이 남자이고 더구나 집에 아들과 처가 있다면 자기 집에서는 가장 높은 등급을 누린다. 결국 사회에서나 가정에서나 제일 아래에 있고 가장 비참한 지위에 놓인 사람은 여성이다.

사다리를 타고 오를 수 있다는 환상은 독이다

이렇게 층층이 이루어진 등급 질서는 루쉰이 보기에 상호 착취 구조다. 자신은 윗사람에게 억압과 경멸을 당하더라도 자기보다 아랫사람이 있어서 다행이고 견딜 수 있다. 아랫사람을 억압하고 경멸할 수 있기 때문이다. 루쉰은 이를 과격하게 표현한다. 자기는 다른 사람에게 잡아먹히면서도 다른 사람을 잡아먹을 희망이 있는 상호 착취라고.

> 남을 노예로 부리고 다른 사람을 잡아먹을 희망이 있기에 자기 역시 언젠가 노예로 부림을 당하고 잡아먹힐 수 있다는 것을 잊고 있다. (〈등불 아래서 쓰다〉)[13]

층층이 이루어진 등급 질서 속에서는 자신이 부림을 당하지만 자신도 다른 사람을 부릴 수 있어서 등급 구조 자체의 문제점을 보지 못하거나 등급 질서를 바꾸려고 하지 않는다. 그래서 등급 질서는 영원하다.

> 우리 스스로가 벌써 귀천, 대소, 상하의 배치를 다 정해놓았다. 그래서 자신은 다른 사람에게 능멸을 당하면서도 다른 사람을 능멸할 수 있고, 자기는 다른 사람에게 잡아먹히면서도 다른 사람을 잡아먹을 수 있다. 한 등급 한 등급 서로 제약을 받고 있어서 꿈쩍할 수가 없고, 꿈쩍하려고도 하지 않는다. (〈등불 아래서 쓰다〉)[14]

등급 질서 속에 사는 사람은 자기보다 위에 있는 사람에게는 노예처럼 비굴하지만 아래에 있는 사람에게는 호랑이처럼 무섭다. 루쉰은 등급 질서가 이런 인간 유형을 만든다고 지적한다. 윗사람에게는 꼼짝하지 못하고 굽실거리면서도 아랫사람만 잡는 노예적 인간이 만들어진다는 것이다.

그런데 루쉰이 보기에 등급 질서가 지닌 수직적 서열 구조만이 사람을 노예로 만드는 것은 아니다. 등급 구조가 위아래로 이동이 가능한 유동성을 지닐 때 사람은 더욱 노예가 되기 쉽다. 등급 질서에 상하 유동성이 있다는 것은 위아래 등급으로 올라가거나 내려갈 수 있다는 것이다. 루쉰은 가장 아래 등급에서 가장 높은 등급까지 올라갈 수 있는 유동성이 사람을 쉽게 노예로 만든다고 본다. 왜 그럴까? 가장 아래 등급에서 가장 높은 등급까지 올라갈 수 있는 등급 구조는 좋은 것 아닌가? 왜 루쉰은 유동성을 지닌 등급 구조가 오히려 노예 의식을 조장한다고 보는 것일까?

위로 올라가는 사다리 타기가 가능한 등급 질서에서는 그 질서 자체가 지닌 문제점을 직시하기보다 가장 높은 곳에 오르는 것에 사람들의 마음이 쏠린다. 한 등급이라도 더 높은 등급으로 올라가서 하루빨리 이 고생에서 벗어나는 것이 주요 관심사다. 지금 자신이 노예로 부림을 당하고 있고 잡아먹히고 있다고 하더라도 언젠가 등급이 상승하여 주인이 되면 이 고생을 끝낼 수 있고 남을 부릴 수 있다는 생각이 머릿속에 가득하다. 그래서 부당한 대우나 억압에도 멸시받는 설움에도 침묵한다. 노력해서 기회를 잡아 언젠가 지위가 상승하면 억압도 설움도 끝이라고 생각하는 것이다. '나도 언젠가는 출세할 수 있으니까', '출세하면 다 해결되니까'라고 생각한다. 다른 사람은 몰라도 나는 꼭 위로 올라갈 수 있다고 생각한다. 물론 가능할 수 있다. 가능성이 열린 등급 질서이기 때문이다.

과거 신분제 사회처럼 유동성이 없는 사회는 선천적인 노예를 만들었다. 하지만 노예는 신분제 사회에만 있지 않다. 유동성을 지닌 등급 위계 사회에도 노예가 있다. 게다가 이들은 자발적인 노예다. 등급 위계가 갈수록 강해지는 사회에서 우리 삶이 고달픈 이유다.

12

어떻게 진정 새로운 주인이 될 것인가?

등급 질서의 가장 밑에 놓인 노예에게 해방이란 무엇일까? 주인이 되는 것이다. 하지만 주인이 되면 끝일까? 돈이나 학력, 출신에 따라 층층이 강한 등급 위계를 이룬 사회에서 피라미드의 정점에 서고 싶은 것이 인지상정이다. 아래 등급에서 사는 삶이 너무 고달프기 때문이다. 다른 사람은 몰라도 나는 꼭 위로 올라갈 수 있다고 생각할 수도 있다.

하지만 피라미드의 정점에 올라서면 끝일까? 루쉰은 밑바닥에 있던 노예가 출세하여 주인이 된다고 하더라도 등급 질서 속에 살면서 몸에 익은 노예 의식은 쉽게 사라지지 않는다고 말한다. 그가 주인이 되어서도 몸에 익은 노예 의식을 지니고 있다면 그는 주인의 자리에 있어도 여전히 노예라는 것이다.

루쉰은 이런 예를 든다. 말단 노동자였던 사람이 마침내 한

회사의 사장이 되었다. 그의 인생을 놓고 보면 성공한 삶이다. 그렇게 성공한 노동자 출신 사장은 자신이 노동자일 때 고생한 경험이 있고 밑에 있는 사람의 아픔과 고통도 잘 알아서 다른 사장과 달리 좋은 사장이 될 수 있다. 하지만 루쉰은 정반대의 가능성에 주목한다. 노예가 주인이 되더라도 노예 의식을 지닌 채 주인이 된다면 아랫사람을 학대하고 자신이 과거에 당한 것을 분풀이하면서 주인 놀이에 빠질 수 있다는 것이다. 과거에 주인이 우쭐대는 것을 비판하던 사람이 주인이 되더니 예전의 자기 주인보다 더 우쭐대고 더 학대하는 것이다.

> 노예가 주인이 되면 결코 '나리'라는 호칭을 없애려 하지 않는다. 우쭐대는 폼이 과거 주인보다 더하고 더 우스꽝스럽다. 마치 상하이의 노동자가 얼마간 돈을 모아 작은 공장을 경영하면 오히려 노동자를 더욱 철저하게 학대하는 것과 같다.
> (〈상하이 문예계를 보며〉)[15]

새로운 사람이 사장 자리, 주인 자리를 차지했다. 하지만 새로운 사장과 주인이 말단직원이고 노예이던 시절 자기를 못살게 굴고 학대하던 예전의 사장과 주인이 가졌던 생각을 똑같이 갖고 있다면 어떻게 될까? 루쉰은 이것은 단지 자리 바꾸기일 뿐, 어떤 의미에서도 새로운 변화가 아니라고 비판한다. 등급 질서 속에서 몸에 밴 노예 의식을 버리면서 주인이 된 것이 아니라 노예 의식을 지닌 채로 주인이 되었기 때문이다.

루쉰의 문제의식에서 핵심은 이것이다. 하층에 있던 사람이 출세하여 상층에 오른다고 해도, 노예 의식을 버리지 못한 채 출세한 사람의 생각과 행동은 노예 의식으로 가득 차 있다는 것이다. 그러기에 새로운 주인이 등장해도 사람만 바뀌었을 뿐 결코 새로운 변화가 일어나지 않는다는 것이다. 그저 노예 의식을 지닌 사람들 사이에서 일어나는 악순환일 뿐이다.

노예근성에서 비롯되는 악순환을 끊어라

이런 악순환은 우리 주위에 흔하다. 핍박받던 야당이 집권하더니 과거 여당과 똑같거나 더 심한 행태를 보인다. 고생고생하며 자수성가한 사장이 종업원을 인간 이하로 취급한다. 중소기업을 운영하면서 대기업 하청으로 고생하던 사람이 나중에 대기업 사장이 되더니 하청기업을 더 호되게 몰아세운다. 고약한 시어머니 밑에서 고생한 며느리가 시어머니가 되더니 더 고약하게 며느리를 괴롭힌다.

왜 이런 악순환이 반복될까? 루쉰은 노예근성 때문이라고 말한다. 노예에서 주인으로 상승할 수 있는 등급 질서 속에서 노예의 꿈은 주인이 되는 것이다. 노예는 늘 주인이 되고 싶은 욕망으로 산다. 그러다가 마침내 주인이 되면 노예는 과거 주인보다 더 악한 주인 노릇을 할 수 있다. 지금 그가 앉아 있는 자리로 보면 그는 분명 주인이다. 하지만 의식과 행동으로 보면 지금 그의 위치가 아무리 높고 자리가 호화롭고 지위가 찬란하더라도 그는 노예다. 주인이지만 구제할 수 없는 노예다.

이런 악순환을 어떻게 끊을 수 있을까? 등급 질서 자체가 없는 세상이 실현되면 가장 좋다. 하지만 이것은 유토피아를 바라는 것이다. 중국 사회주의가 실패한 경험을 보더라도 그렇다. 등급 질서를 없애는 것이 인간 사회에서 불가능하다면 등급 질서를 착취적인 질서가 아니라 최대한 인간적인 질서로 만드는 것이 좋다.

어떻게 해야 이런 질서를 만들 수 있을까? 층층이 이루어진 등급 질서 속에서 가능한 높은 계단에 오르고 싶은 것은 평범한 사람이라면 누구나 갖는 욕망이다. 밑바닥에서 능멸당하는 것이 참으로 모멸스럽기에 누구나 한 등급이라도 더 올라가고 싶어 한다. 한 등급이라도 더 올라가려고 오늘도 내일도 노력하고, 설령 노력이 배신하더라도 또 노력한다. 그런 노력을 응원한다.

하지만 응원에는 한 가지 전제가 있다. 등급 질서가 지닌 착취 구조와 노예근성을 더 이상 존속시키지 않겠다고, 하다못해 조금이라도 줄이겠다고 각오해야 한다는 것이다. 자신이 사람을 노예로 만드는 등급 질서의 마지막 사람이 되는 것이다. 자신이 받은 착취를 똑같이 돌려주는 것이 아니라 단절하는 사람 노예가 주인이 되면 결코 '나리'라는 호칭을 없애려 하지 않는다.

우쭐대는 폼이 과거 주인보다 더하고 더 우스꽝스럽다.

마치 상하이의 노동자가 얼마간 돈을 모아 작은 공장을 경영하면

오히려 노동자를 더욱 철저하게 학대하는 것과 같다.

이 되는 것이다. 말단사원으로 고생한 경험을 가진 사람이 사장이 되었다면 이제 말단사원들이 자신처럼 고생하고 모욕을 겪지 않도록 회사를 바꾸어야 한다. 고약한 시어머니 밑에서 고생하다가 자신이 시어머니가 된다면 며느리에게 고생을 대물림하지 않고 고생의 고리를 끊는 것이다. 과거와 똑같은 악순환을 끊으며 진정 새로운 주인이 되는 것이다.

제3의 새로운 길을 열자

이를 위해서는 사회구조를 바꾸기 위한 집단적인 노력이 필요하다. 하지만 개인적인 차원에서도 노력이 필요하다. 앞서 말한 대로 루쉰은 그런 노력의 하나로 기억력을 든다. 그는 좋은 부모가 되는 데 도움이 되는 간단한 팁을 제시한다. 아이가 공원에 같이 가자고 하는데 부모는 귀찮다. 루쉰은 그럴 때면 자신이 어렸을 때 어떠했는지를 떠올리라고 조언한다. 그는 좋은 부모가 되려면 자신이 어렸을 때를 기억하는 능력이 필요하다고 말한다. 등급 질서에서 일어나는 악순환을 끊고 새로운 세상을 여는 새로운 주인이 되기 위해서도 좋은 부모가 되는 방법과 같은 기억력이 필요하지 않을까. 밑바닥에서 노예 같은 대우를 받으며 힘들었던 시절의 마음을 잊지 않는 기억의 힘, 그것이 당신을 새로운 주인으로, 이전에 없었던 새로운 주인으로 만들어줄 것이다.

등급 질서를 비판하는 내용을 담은 〈등불 아래서 쓰다(燈下漫筆)〉라는 글의 마지막에는 루쉰이 청년에게 주는 당부의 말이 들어 있다. 루쉰은 청년들에게 일찍이 없었던 제3의 시대를 열라고 말한다. 청년들이 과거와 같은 삶도 아니고 지금과 같은 삶도 아닌 제3의 삶, 요컨대 노예의 삶도 아니고 노예 의식으로 가득 찬 주인의 삶도 아닌, 노예와 주인의 구도를 넘는 새로운 삶을 살길 바란다. 아르바이트생이 편의점의 점주가 되고자 하는 것 자체는 나무랄 일이 아니다. 하지만 청년들이 자신을 괴롭히던 사장과 똑같은 사장이 되어 악순환을 지속시키지는 말아야 한다. 청년들이 과거와 다른 새로운 주인이 되어 일찍이 없던 새로운 세상을 열길 바라는 것이 루쉰의 간절한 기구(祈求)다.

13

우리는 왜 정신 승리법을 쓰는가?

나는 고등학교 다닐 때 도심에서 떨어진 변두리 신개발 지역에 살았다. 늘 그대로이던 도시가 서민을 위해 공공주택을 보급하면서 외곽을 개발하던 때였다. 버스 종점에서 내려 집으로 가는 길 주변은 여전히 시골이면서 공사판이었다. 매일 야자와 학원을 마치고 거의 자정 무렵 그런 길을 따라 집으로 갔다. 그런데 어느 날 사건이 일어났다. 가로등도 듬성듬성 있어서 어둑한 길에서 갑자기 고등학생 세 명이 앞을 가로막고 섰다. 인근에 있는 고등학교 교복을 입고 있었는데 한결같이 배꼽바지 차림이었다. 차림새를 보자 올 게 왔구나 싶었다. 공부보다는 아이들 괴롭히는 데 열심인 아이들의 전형이었다. 내 짝도 그렇고 우리 반에도 그런 차림의 친구가 많아서 금방 알아볼 수 있었다. 결국 기세 진압 차원에서 빰을 두어 대 얻어맞고 나서 돈을 빼앗졌다. 내일 《해법수학》을 사려고 했던 돈이다. 돈이 아까웠고, 그냥 오늘 살 걸 하고 후회막급이었다. 무엇보다 치욕적이었고 분통이 터졌다. 다른 곳도 아니고 뺨을 연거푸 맞은 것이다. 하지만 싸움을 못 하니 어쩌겠는가? 그저 얼얼한 뺨을 만지면서 씩씩거릴 뿐이었다. 집에 가자마자 방에 들어가 이불을 뒤집어 쓰고 자버렸다.

다음 날 아침이었다. 종점에 서 있는 버스에 자리를 잡고 앉아서 차가 출발하기를 기다렸다. 그런데 어제 내 뺨을 때린 학생 중 한 명이 차에 올라오는 거였다. 어제저녁 흐릿한 가로등 아래였지만 너무도 분하고 치욕스러운 경험이어서 금방 얼굴을 알아볼 수 있었다. 그때 버스는 뒷자리만 빼고는 모두 1인석이었는데 그가 내 바로 앞자리에 앉았다. 고민이 시작되었다. 어떻게 할까? 뒤에서 목을 조를까? 아니면 가방으로 머리를 내리칠까? 영화에서처럼 벽돌을 집어 와서 찍어버릴까?

버스가 출발했다. 내가 고민에 고민을 거듭하는 사이 그는 두 정거장만에 자기 학교 앞에서 내려버렸다. 그것으로 내 고민도 자연스럽게 해결되었다. '그래, 친구들하고 떡볶이랑 튀김 사 먹은 셈 치자.' '내가 저런 쓰레기 같은 애들 상대해서 뭐 하겠어. 잘 참았어.' 이렇게 생각하면서 숨을 내쉬었다. 안도의 한숨이었다. 그제야 옆에 서 있는 여학생의 무거운 책가방이 눈에 들어왔고, 얼른 가방을 받아서 무릎에 올리고는 차창에 기대어 잠을 청했다.

현실의 패배를 회피하는 방법

강의실에서 학생들과 루쉰의 소설 〈아Q정전〉을 읽을 때면 늘 떠오르는 장면이다. 그때 버스 속 나의 모습이 아Q를 닮아서다. 내 안에 들어 있는 아Q가 떠오른다. 내 안의 아Q가 물론 그때만 있었던 것은 아니다. 곰곰이 생각해보면 지금도 있다. 아Q처럼 생각하고 행동하는 때가 있다. 춘원 이광수도 "나는 아Q 같은 바보라오."라고 말한 적이 있다. 아Q는 중국인이지만, 아Q 같은 사람은 중국에만 있지 않다. 언제 어디서나 있다. 이광수에게도 있고 내 마음속에도 있다.

아Q는 누구인가? 그는 중국 농촌에서 하루하루 날품을 파는 사람이다. 닥치는 대로 일을 하여 그날그날 생계를 꾸려가는 밑바닥 인생이다. 집도 없어서 동네에 있는 사당에 얹혀산다. 가족도 없고 결혼도 못 했다. 하지만 아Q는 자기가 동네에서 대단한 사람이라고 생각하며 다른 사람을 무시한다. 동네에서 가장 지체가 높은 집안과 일가라고 우기기도 한다. 걸핏하면 공자님 말씀을 입에 담기도 한다.

아Q는 자신이 대단한 사람이라고 생각하지만 동네 사람 생각은 다르다. 아Q는 동네 건달의 노리갯감이다. 건달들은 그를 공연히 놀리고 때린다. 굴욕을 당하는데도 아Q는 늘 즐겁다. 자신을 때린 사람에게도 화를 내지 않는다. 한순간 기분이 상하기는 하지만 곧바로 즐거워지는 것이다. 그 비결이 무엇일까? 아Q 특유의 정신 구조, '정신 승리법' 때문이다. 우리에게 익숙한 정신 승리법의 원조가 바로 아Q다. 정신 승리법이란 말 그대로 현실에서는 패배했지만 정신에서는 승리했다고 생각하는 방법이다. 분명 현실에서는 패배했으면서도 그것을 인정하지 않고 혼자만의 생각이나 정신 조작으로 자신이 승리했다고 여긴다. 현실의 패배를 정신적 승리로 바꾸어 애써 마음의 평형을 유지하고 즐거워하는 것이다. 아Q는 정신 승리법의 원조이자 달인이다.

아Q가 정신 승리법을 어떻게 사용하는지, 그 현장을 보자. 동네 건달들이 지나가는 아Q를 붙잡고 놀리다가 그의 머리를 벽에 소리가 나도록 쿵쿵 찧어버린다. 억울하게 맞은 것이다. 그런데 맞고 나서 아Q의 반응은 의외다. '아들놈에게 맞은 셈 치지. 요즘 세상은 정말 개판이라니까…….'[16]

이렇게 속으로 생각하고 나서 자신이 승리한 기분을 느낀다. 현실에서는 얻어맞고 패배했다. 그런데 '요즘 세상은 개판이어서 아들 같은 놈에게 재수 없게 맞은 셈 치자'고 생각하면서 패배한 기억을 단숨에 지워버린다. 나도 마찬가지였다. 내 돈을 빼앗아간 학생을 버스에서 만났을 때 '쓰레기 같은 애들 상대해서 뭐해'라면서 '참길 잘했어'라고 스스로를 다독이던 마음은 아Q를 닮았다. 가끔 상대와 말다툼 하거나 싸우다가 이렇게 아Q처럼 말하는 경우가 있다.

“아이고, 내가 자식 같은 놈하고 싸워서 뭐하겠어. 내 입만 아프지.”

상대방을 낮추고 나를 높이는 것이다. 인격도, 지위도 높은 내가 하찮은 사람과 다투는 것 자체를 가치 없는 일로 만드는 것이다. 싸움 자체가 의미 없는 일이고, 상대할 가치도 없는 인간이니까 내가 굳이 화를 낼 필요도 없다는 논리다. 정신에서 간단한 조작을 통해 마음의 평정을 찾는 것이다.

더구나 아Q의 생각대로 세상 자체가 ‘개판’이면 더욱 화를 내서 무엇할 것인가? ‘개판’인 세상에 살다 보면 하찮은 인간에게 공연히 맞는 일도 있고, 지나가다가 불쾌한 일을 당할 수도 있는 일이다. 그러니 자책할 필요도 없다. 그렇게 나를 위로하고 마음의 평정을 찾으면서 패배를 잊는다. 심지어는 개판인 세상에서 멋모르고 나대는 하찮은 인간을 너그럽게 용서하는 자신을 대단하게 여긴다. 아Q가 정신 승리법을 통해 마음의 평정을 찾고 현실의 패배를 정신의 승리로 바꾼 뒤 만족하는 이유다.

하지만 아Q가 마음속으로 쓰는 방법이 현실에서는 통하지 않는다. 아Q가 정신 승리법을 쓰고 있다는 것을 간파한 동네 건달은 이렇게 말한다.

“이건 자식이 아비를 때리는 게 아니라 사람이 짐승을 때리는 거야.”

이제 다른 방법을 써야 한다. 아Q는 비명을 지르면서 이전과 다른 방법을 쓴다. 자신을 한없이 높였던 지난번과 달리 이번에는 한없이 낮춘다. "버러지를 때리는 거라고 하면 어때? 난 버러지야! 이래도 놔주지 않을 거야?"[17]

이렇게 자신을 한없이 낮추는 마음의 동기는 이렇다. '나는 맞아도 싸.' '나는 그런 일을 당해도 당연해.' '나는 원래 버러지 같은 사람이니까 당해도 억울해할 필요 없어.' 자신이 맞을 만한 사람이고 그런 대우를 받을 만한 사람이기 때문에 맞아도 억울할 게 없다. 모욕을 당해도 분하게 생각할 필요가 없다. 아Q는 다시 한번 정신 조작을 통해서 마음의 평정을 찾는다. 자신을 높이는 첫 번째 방법과 정반대로 자신을 낮추는 정신 조작을 통해 패배를 승리로 바꾸고 즐거워하는 것이다.

아Q가 사용하는 정신 승리법 중 세 번째 방법은 자기 자신을 때려서 스스로를 패배시키는 것이다. 아Q가 한번은 투전판에서 노름을 했다. 돈을 제법 땄는데 집에 돌아와서 보니 돈이 없었다. 투전판에서 싸움이 일어났고 그 와중에 돈이 사라진 것이다. 그는 하얗게 반짝거리던 은화가 눈앞에 어른거려 고통스러워한다. 이번에는 정신 승리법의 달인인 아Q마저도 패배의 고통을 느낀다. 하지만 아Q가 누군가. 정신 승리법의 대가답게 패배의 고통도 오래가지 않는다. 패배를 승리로 바꾸려고 아Q는 또 무슨 방법을 썼을까? 그는 오른손을 들어 힘껏 자기 뺨을 두 대 갈긴다. 남이 아니라 자기가 자기를 패배시켰다고 생각하는 전략을 쓴 것이다. 자기 자신을 때린 뒤 아Q는 이렇게 생각한다.

> 얼얼한 게 조금 아팠다. 때리고 나자 마음이 편안해지고, 때린 사람이 자기이고 맞은 사람은 또 다른 자기인 것처럼 느껴지더니, 조금 지나자 자기가 다른 사람을 때린 것처럼 여겨졌다. 그제야 그는 만족스럽게 승리한 기분이 되어 자리에 누웠다. (〈아Q정전〉)[18]

자기한테 맞았으니 원망할 일도, 억울할 일도 없다. 더구나 자기가 다른 사람을 때린 것 같은 기분마저 들었으니 성공이다. 아Q는 다시 즐거워지고 패배에서 벗어나며 승리한 기분이 되어 편안하게 잠자리에 든다. 이렇게 아Q는 현실에서 늘 얻어맞고 패배하지만, 정신에서는 늘 승리하고 만족한다. 정신 승리법 때문에 가짜 승리에 도취해 자신이 처한 현실을 직시하지 못하는 것이다.

승리의 기록은
늘 패배의 기록이었다

아Q의 승리감은 자신의 패배를 자신보다 약자에게 전가하는 순간에 절정에 이른다. 어느 날 아Q는 얼큰하게 취해서 길을 가다가 평소에 무시하고 발아래로 보던 왕 털보를 만났다. 왕 털보는 양지바른 곳에서 이를 잡고 있었다. 그래서 아Q도 옆에 앉아 저고리를 벗고 이를 잡았다. 왕 털보는 계속 이를 잡아서 입에 넣고 톡톡 소리를 내며 깨물었지만, 아Q는 이가 서너 마리밖에 나오지 않았다. 평소에 자신보다 한참 아랫길로 보던 왕 털보가 자기보다 이가 많은 것에 화가 난 아Q는 왕 털보에게 "이 털 버러지 같은 놈!"이라고 욕을 했다.

왕 털보는 발끈해 아Q를 담장으로 끌고 가 머리를 찧어버렸다. 아Q가 분에 겨워하던 차에 신식 서양 학당을 다니다 일본 유학도 다녀온 대갓집 아들 '가짜 양놈'이 앞으로 다가왔다. 평소 그를 못마땅해하던 아Q가 분풀이를 하려고 그에게 욕을 했다. 결과는 뻔하다. 아Q는 가짜 양놈의 지팡이로 얻어맞았다.

중국 속담에 불행은 늘 겹쳐 온다고 한다. 아Q는 자신이 무시하고 경멸하던 왕 털보와 '가짜 양놈' 두 사람에게 맞고 패배했다. 아Q는 이 패배에 어떻게 대응할까? 그때 마침 젊은 비구니가 지나가는 게 그의 눈에 들어왔다. 그는 비구니에게 다가가더니 갑자기 그녀의 머리를 쓰다듬었다. 이를 본 동네 사람들이 웃자, 더욱 신이 나서 비구니 볼을 꼬집었다. 그런 뒤 그는 자신이 두들겨 맞았던 기억도 잊은 채 승리한 기분에 젖었다.

> 그는 일전을 치르느라 왕 털보는 벌써 잊어버렸고, 가짜 양놈도 잊었으며, 오늘 당한 재수 없는 일에 모조리 복수한 것 같았다. 더구나 이상하게도 타닥 소리가 났던 때보다 몸이 더욱 가뿐하고 훨훨 날아갈 것 같았다. (《아Q정전》)[19]

아Q가 이번에 사용한 방법은 자기보다 약자인 비구니에게 분풀이하여 패배감을 해소하는 것이었다. 패배감과 패배로 인한 고통을 약자에게 전가하여 자신이 당한 것을 없는 것으로 만드는 전략이다. 아Q는 복수를 한 것 같아 날아갈 듯한 기분에 취한다.

소설 〈아Q정전〉에서 루쉰은 아Q가 겪은 이런 일을 '승리의 기록'이라고 이름 붙였다. 물론 아Q의 승리는 정신에서만 일어난 것이고, 현실에서는 뼈저린 패배의 기록이다. 다른 사람에게 맞고 욕을 듣고 돈을 빼앗기는 패배를 당하지만, 생각을 바꾸는 간단한 방법으로 패배를 잊고 자신이 승리한 것처럼 생각했다. 자기가 승리한 것처럼 생각하려고 아Q는 자신을 남보다 한없이 높이기도 하고 반대로 낮추기도 하며, 막돼먹은 세상이라고 세태 탓을 하기도 한다. 남에게 맞은 뒤 자기 뺨을 때리면서 남에게 맞은 것을 잊기도 하고, 자기보다 힘이 약한 사람에게 고통을 전가하여 패배감을 승리감으로 전환하기도 한다. 이런 방법을 통해 현실에서는 늘 패배자였던 아Q는 정신적으로는 늘 승리자였다.

아Q의 정신 승리법을 어떻게 보아야 할까? 아Q는 현실을 직시하지 않는다. 자신이 맞았다는 사실과 패배했다는 것을 애써 부정한다. 패배할 때마다 현실의 패배를 정신의 승리로 바꾼다. 자신이 패배하고 맞은 사실을 머릿속에서 갖가지 방법을 동원하여 승리로 바꾼다.

아Q는 마음속에서는 승리감에 차 항상 즐거웠지만 현실에서는 늘 패배했다. 아Q는 왜 패배를 되풀이할까? 우리가 패배했을 때 그것을 되풀이하지 않으려면 먼저 자신이 졌다는 것을 인정해야 한다. 패배를 인정하는 것이 고통스럽더라도 그것을 인정하는 것이 똑같은 패배를 반복하지 않는 출발점이다. 하지만 아Q에게는 자신이 패배했다는 인식, 즉 패배감이 없었다. 패배감이 없으니까 왜 맞았는지, 맞은 이유가 무엇인지, 이유가 수긍할 만한 것인지, 나중에 맞지 않기 위해서는 어떻게 해야 할지 등을 생각할 여지가 없다. 물론 패한 현실을 정직하게 응시하면서 그 속에 머무는 일은 고통스럽다. 하지만 고통스러운 시간을 견뎌야 자신이 처한 현실을 직시할 수 있다. 그래야 패배를 딛고 일어설 수 있고 패배를 반복하지 않을 수 있다. 하지만 아Q에게는 고통을 견디는 시간이 없다. 그 대신 정신 조작을 통해 자신을 합리화하고, 승리했다고 생각하면서 패배를 망각한다. 그래서 아Q는 늘 즐겁지만 그 대가로 패배를 반복한다.

그런데 아Q는 왜 정신 승리법을 계속 사용할까? 노예 의식에 젖어 있어서다. 그는 늘 당하면서도 억압에 저항할 줄 모르고 모든 것을 자기 탓으로 돌린다. 자신이 당한 불합리한 일이 모두 자신 때문이라고 생각하면서 그것을 당연하게 생각한다. 과연 맞을 만했는지를 따져 묻지 않는다. 게다가 생각을 바꾸어 고통을 잊어버리고 자신이 승리한 것으로 여기기까지 한다. 아Q는 저항을 모른다. 그저 자기 나름의 방법을 총동원해 상황을 합리화하거나 고통을 자기보다 약한 이에게 전가한다. 그야말로 노예근성이다. 패배를 정확하게 인식해야 저항할 수 있는데 패배감 자체가 없으니까 저항할 리가 없다.

노예는 노예 시대에만 있지 않다. 노예로 살면서도 노예 의식이 없는 사람이 있고, 노예가 아니면서도 노예 같은 생각을 지닌 채 사는 사람도 있다. 아Q는 처지가 어렵기는 해도 노예가 아니다. 하지만 노예 같은 생각으로 사는 사람이다. 불합리한 현실과 이유 없는 폭력에 순응할 뿐 저항을 모른다. 자신이 받는 억울한 대우와 불합리한 억압을 정확히 인식하고 맞서는 것이 아니라, 정신 승리라는 독특한 자기 합리화 방법으로 해결한다. 그는 당장 즐거울지 모르지만 그렇다고 그의 처지가 바뀌지는 않는다. 패배하면 정신 승리법을 쓰고, 다시 패배하면 또다시 정신 승리법을 쓰는 쳇바퀴 인생이다. 얻어맞고 패배하면서도 자신이 승리자라고 생각한다. 그가 패배를 되풀이하고 노예 같은 삶에서 벗어나지 못하는 이유다.

우리 안의 아Q를 생각한다

만약 아Q가 정신 승리법을 쓰지 않으면 어떻게 될까? 동네에서 허드렛일이라도 하며 먹고살기 위해서는 어쩔 수 없이 정신 승리법을 쓸 필요가 있지 않을까? 아

Q는 동네에서 가장 약자다. 오늘날로 치면 파트타임 노동자다. 이런 아Q가 동네 사람들이 툭툭 건드릴 때마다 맞서 싸우면 어떻게 될까? 아마도 아Q는 죽도록 맞았을 것이고, 그나마 있던 허드렛일마저 빼앗겼을 것이며, 십중팔구 동네에서 쫓겨났을 것이다. 어쩌면 아Q는 정신 승리법을 쓰면서 버텼기 때문에 동네에서 계속 살아갈 수 있었을지 모른다.

물론 동네를 떠날 수도 있다. 하지만 가진 게 몸 하나뿐인 아Q에게 그리 쉬운 결정은 아니었을 것이다. 아Q는 아마 본능적으로 그것을 알고 있었을지 모른다. 그래서 정신을 조작해 패배를 승리로 바꾸면서 꾸역꾸역 버텼는지 모른다. 삶의 극한에 내몰린 자의 가련하고 비참한 선택이다. 〈아Q정전〉을 연구하는 학자들이 아Q의 정신 승리법을 노예 의식이라는 측면과 더불어, 불가항력적인 상황에서 나온 생존 방법이자 생명력이라는 차원으로 해석하는 것은 이런 의미에서다.

생각해보면 나도 그랬다. 돈을 빼앗아간 학생에게 복수하려고 대들었다면 어떻게 되었을까? 분명 본전도 못 찾고 죽도록 맞았을 것이다. 그래서 나는 본능적으로 '저런 학생을 상대해 뭐하겠느냐', '저런 인간하고 상대하면 나만 손해다'라며 정신 승리법을 쓴 것일 터이다. 때로 정신 승리법은 삶을 방어하는 수단이다. 그래서 우리는 종종 아Q가 된다. 살다 보면 정신 승리법을 써서라도 막막함과 비루함을 견뎌야 하는 순간이 온다. 아Q의 정신 승리법을 보면서 그의 노예 의식을 비웃고 분노하면서도 짠하고 안쓰러운 마음이 드는 것은 우리 삶이 근본적으로 아Q와 같기 때문이다.

아Q의 정신 승리법은 노예 의식의 상징이다. 아Q는 현실에 순응할 뿐 그것을 직시하지 못한다. 하지만 노예 의식을 지닌 아Q가 그렇게 살 수밖에 없는 현실이 안타깝다. 그래서 루쉰은 노예가 앞에 있거든 두 가지 태도로 대하라고 권한다. '한편으로는 그가 노예 의식에 젖어서 싸우지 않는 것에 분노하면서도, 다른 한편으로는 그 노예의 불행을 안타깝게 생각하라(怒其不爭, 哀其不幸)'고. 여러분 마음속에도 아Q가 있는가?

알바 노동자 아Q가 혁명에 나선 까닭

정권은 보수에서 진보로 바뀌기도 하고, 반대로 진보에서 보수로 바뀌기도 한다. 어떤 사람은 좀 더 정의롭고 평화롭고 자유로운 세상을 위해서 정권을 바꾸는 일에 뛰어든다. 하지만 어떤 사람은 자기 재산을 늘리고 권력의 한자리를 차지하려고 또는 지금 정권을 쥐고 있는 사람들에게 복수하려고 정권을 교체하는 일에 뛰어든다. 작게는 정권 교체부터 크게는 세상을 바꾸는 혁명에서도 이런 일이 벌어진다. 우리나라만 해도 정권이 바뀌면 공공 부문에만 적어도 2,000개 내지 3,000개의 자리에서 사람이 바뀐다고 하지 않는가. 오로지 권력과 이익을 위해서 정치 변혁에 투신하고 정치권에 줄을 대는 사람은 늘 있다.

정권 교체든 혁명이든 정치적 변화를 향한 갈망에는 늘 두 부류의 사람이 섞여 있다. 고상함과 추악함이 함께한다. 중국 혁명도 마찬가지였다. 캐나다인 의사 노먼 베순(Norman Bethune)이나 조선인 혁명가 김산(金山)이 중국 혁명에 목숨을 바친 것은 인류 해방이라는 대의, 즉 사람이 사람으로 대접받는 세상을 위해서였다. 거기에는 국경의 장벽도 언어의 경계도 중요하지 않았다.

하지만 가난한 중국 농민 가운데 일부는 중국공산당이 땅을 분배해주기 때문에 혁명을 지지했다. 루쉰이 젊은 혁명가들에게 혁명이란 당신들이 생각하듯이 그렇게 낭만적이지만은 않고 피가 섞여 있으며, 필연적으로 더러운 것이 섞이기 마련이라고 말한 것도 이런 현실을 냉철하게 본 까닭이다.[20] 정권 교체든 혁명이든, 그것이 성공하는 것은 대의를 위해 자신을 던지는 사람의 고귀한 헌신 덕분이다. 반대로 자신의 이익과 권력을 챙기려는 투기 세력 때문에 실패한다. 혁명 투기 세력, 정치 투기 세력이 현실을 바꾸는 데 힘을 보탠다고 하더라도 혁명이 성공한 뒤 이익과 권력을 탐하는 그들을 제어하지 못하면 모든 변화는 결국 수포로 돌아간다.

러시아혁명도 그런 경우다. 러시아에서 제작된 TV 시리즈 〈트로츠키〉에서, 러시아혁명이 성공한 뒤 한때 혁명을 지지했던 트로츠키의 아들은 자기 아버지가 피로 이룬 러시아 혁명을 비판하는 거리 시위에 나서 외친다. "새 독재자를 타도하라!" "새 황제를 타도하라!" 트로츠키는 숭고한 이상을 위해 혁명을 일으켰지만, 스탈린과 그의 일파에게 혁명은 권력투쟁일 뿐이었다. 이런 일이 어디 러시아혁명에만 있을 것인가? 심지어 피가 아니라 민주적 선거를 통해 정권이 교체되는 경우에도 쉽게 발견되는 모습이다. 대다수 국민에게 정권 교체는 정의를 실현하는 일이지만, 누군가에게 정권 교체는 그저 사익을 추구하고 권력을 차지하는 일일 뿐이다.

노예의 마음속 깊은 곳에 권력욕이 있다

소설 〈아Q정전〉에서 아Q는 어느 날 혁명에 참여하겠다고 나선다. 마을에 혁명의 물결이 밀려들자 자신도 혁명당에 가담하겠다고 나선 것이다. 아Q는 왜 혁명에 뛰어들었을까? 정의롭고 평화로운 세상, 인간이 인간으로 대접받는 세상을 위해서였을까? 아니면 개인의 권력과 이익을 위해서였을까?

〈아Q정전〉의 무대는 중국 사오싱이다. 상하이에서 340킬로미터 떨어진 곳으로 고속철로 1시간 40분 정도 걸린다. 중국에서 인문적 향기가 가장 짙은 곳 가운데 하나로, 중국 인문 여행에 관심 있는 사람이라면 빼놓을 수 없는 곳이다. 시와 역사가 있으며 물과 다리가 에워싸고 있는 도시다. 술의 고장이기도 하다. 중국술은 증류주인 백주(白酒) 계열과 발효주인 황주(黃酒) 계열로 나뉜다. 백주 계열은 우리가 흔히 고량주라고 부르는 술이 대표적이다. 고량(高粱), 즉 수수를 주로 사용하는데 50도가 넘는 독한 술이다. 도수가 높을수록 좋고 비싸다. 황주 계열은 쌀과 좁쌀 같은 곡식으로 만든다. 사오싱에서 나는 사오싱주(紹興酒)는 황주 계열을 대표한다. 도수는 10도 중반이다. 아무리 마셔도 그저 기분 좋게 취기가 도는 수준인 미훈(微醺) 상태에 그치는 술이다. 루쉰 작품에서 나오는 술은 대부분 황주다. 아Q도 황주를 마셨다.

사오싱은 또한 서예의 성인, 즉 서성(書聖)이라고 불리는 왕희지(王羲之)를 비롯하여 숱한 명인의 발자취가 서린 곳이다. 옛날 월나라 땅으로 와신상담이라는 고사성어가 탄생한 곳이어서 '복수의 고장'이라고 불린다. 물길을 막지 않고 열어서 황허강의 고질적인 홍수를 다스리는 데 성공한 전설 속 우임금이 묻힌 곳도 이곳이다.

아Q는 이렇게 인문적이고 아름다운 고장 사오싱의 한 농촌인 웨이주앙(未莊)에 산다. 하지만 그의 처지는 전혀 아름답지 않고 비참하다. 날품을 파는 밑바닥 인생이고 그저 하루하루 일거리를 찾아다니는 신세이기 때문이다. 동네에서 가장 만만한 아Q는 사람들에게 얻어맞으면서도 정신 승리법을 사용하면서 버틴다. 현실에서는 패배하지만 간단한 정신 조작을 통해 자신이 이겼다고 생각하면서 패배를 잊는다. 정신에서는 늘 승리하고 즐겁고 만족스러운 하루를 보낸다.

이런 아Q에게 위기가 닥친다. 남산에서 맞고 종로에서 화풀이한다고, 아Q는 다른 사람에게 맞고 화가 나서 지나가던 비구니의 머리를 쓰다듬고 볼을 꼬집으며 추행을 했다. 여기서 사달이 났다. 비구니를 추행한 뒤에 마음이 싱숭생숭해진 것이다. 쉽게 잠을 이루지 못하고 손끝이 미끌거리는 것 같았다. 여자 생각이 나기 시작했다.

더구나 성추행을 당한 비구니가 아Q에게 퍼부은 저주가 마음에 걸렸다.

"이 대가 끊길 아Q 놈아!"[21]

비구니가 욕한 대로 대가 끊기면 큰일이었다. 아Q는 날품을 팔아서 하루하루를 사는 밑바닥 처지이지만 공자님 말씀을 잘 기억하는 사람이었다. 그래서 무릇 "세 가지 불효 중 대를 이을 후사가 없는 것이 가장 큰 불효이니라."는 유교의 가르침을 따르지 못하면 큰일이라는 생각이 들었다. 이제 아Q는 효를 실천하려고, 나이 서른이 다 되도록 홀몸인 신세를 면하려고 여자를 찾아 나선다. 대상은 자오 나리 집에서 일하는 우 어멈이었다. 그녀 앞에 갑자기 무릎을 꿇고 아Q는 이렇게 말한다.

"나랑 자자, 나랑 자!"

결과는? 아Q는 남은 품삯도 못 받고 옷도 빼앗기고 돈으로 죗값을 치르고 빈털터리가 된다. 동네 사람들은 그에게 일거리를 더 이상 주지 않는다. 하는 수 없이 아Q는 마을을 떠난다. 그러다가 어떤 성에 들어가 도둑질에 가담해 돈을 만진 뒤 다시 마을로 돌아온다. 그런데 사람이 달라졌다. 이제 아Q는 돈도 있

내 생각으로는 만약 중국이 혁명을 하지 않는다면 아Q도 하지 않겠지만, 만약 혁명을 한다면 아Q도 할 것이다. 나도 소설 속 이야기가 사람들이 말하듯이 지금보다 먼저 일어난 시기의 일이길 바란다. 하지만 내가 본 것은 현대 이전에 일어난 일이 아니라, 현대 이후에 일어난 일이거나 어쩌면 20, 30년 후에 일어날 일일지도 모르겠다.

고 성에서 가져온 신기한 물건을 많이 지니고 있었다. 그러자 마을 사람들이 그를 달리 보기 시작했다. 아Q가 큰 도둑이라도 되는 것처럼 두려워하기 시작했고, 좋은 물건을 사려고 그에게 아부하기까지 했다.

하지만 그것도 순간이었다. 아Q가 가지고 있던 물건도 떨어지고 그가 큰 도둑도 아니고 그저 망이나 보았을 뿐이라는 사실이 알려졌다. 한때 잘나가던 아Q의 전성시대도 싱겁게 끝나고 만다. 하지만 동네 사람들이 늘 업신여기던 아Q에게 한순간이나마 굽실거린 기억은 훗날 아Q가 혁명에 가담하는 무의식적인 동기로 작용한다. 지위가 급상승한 경험은 아Q의 마음속 깊은 곳에 마을의 위계질서를 뒤집는 혁명에 참여하고 싶은 충동으로 남는다.

"혁명도
좋은 것이구나!"

그런데 정말로 혁명의 물결이 마을에 밀려온다. 작품 속 혁명은 마오쩌둥이 이끈 사회주의혁명이 아니다. 1911년 10월 10일 쑨원(孫文)이 주도해 청나라를 타도하고 근대적인 공화정부를 수립하려고 일어난 신해혁명(辛亥革命)이다. 혁명군이 성에 들어오자 성안에 살던 거인 나리가 동네 자오 나리 집으로 피난 갔다는 소문이 돈다. 어떤 사람은 거인 나리가 오지 않은 채 옷가지만 맡겼다고 말한다. 동네에 떠도는 이야기를 들은 아Q는 귀가 솔깃해진다. 아Q는 성에 들어갔을 때 혁명당원이 처형당하는 것을 보았는데, 그때 그는 혁명당을 몹시 증오했다. 그런데 혁명의 물결이 그가 살던 동네까지 밀려들고 그가 범접할 수 없는 권력자인 거인 나리가 혁명 때문에 쩔쩔매는 것을 보고는 생각이 달라진다. 아Q는 이제 "혁명에 조금 솔깃"하는 마음이 생긴다. 더군다나 웨이주앙의 어중이떠중이가 허둥대는 꼴을 보자 그는 더더욱 신이 난다. 아Q는 속으로 이렇게 생각한다.

'혁명도 좋은 것이구나.'[22]

빈속에 낮술까지 마신 아Q는 기분이 잔뜩 좋아져서 자신이 바로 혁명당원이라고 여기고, 동네 사람이 죄다 자기 포로가 된 것처럼 생각한다. 그래서 그는 우쭐대면서 소리친다.

"반란이다! 반란!"

아Q가 갑자기 왜 이러는 것일까? 그는 왜 갑자기 혁명당원이 되려고 하면서 반란을 외치는 걸까? 아Q가 어떤 인물인지를 곰곰이 살펴보면 이것은 결코 우연이 아니라는 걸 알 수 있다. 그는 늘 자신이 높은 지위에 있다고 여기고, 예전에는 잘살았다고 생각했다. 맨 밑바닥에 놓여 있으면서도 자신이 다른 사람보다 더 지체가 높은 사람이라고 생각하면서 기어이 높은 지위에 오르기를 꿈꾸던 인물이었다.

〈아Q정전〉에는 아Q만이 아니라 하층에 속하는 다른 인물도 여럿 나온다. 그런데 이들과 아Q 사이에는 다른 게 있다. 다른 하층 인물과 달리 아Q는 자신이 최하층에 속해 있다는 것을 전혀 인정하지 않는다는 것이다.

"우리도 옛날에는 …… 네놈보다 훨씬 잘살았어! 네놈이 감히 뭐라고."[23]

그는 자신이 과거에는 잘살았으며 "아는 것도 많"은 '완벽한 사람'이라고 생각해왔다. 옛날에는 잘살았던 자신은 원래 높은 자리에 있어야 하는데 우연히 아래로 미끄러졌다고 생각하는 것이다. 그가 동네의 최고 권력자인 자오 나리와 한집안이라고 말하고 다니는 것도 그 때문이다. 아Q는 자신의 화려한 과거를 입증하려는 듯 말을 할 때마다 "군자는 자고로 말로 하지 손을 쓰지 않는 법"이라는 둥, "세 가지 불효가 있으니, 그중 후손이 없음이 가장 크다."는 둥 유교 경전을 자주 인용한다.

아Q는 유교가 지배 이데올로기인 체제의 가장 밑바닥에 놓여 있으면서도 지배층의 가치관을 철저히 몸속에 간직하고 있는 인물이다. 비유하자면 아Q는 이런 사람이다. 최하층 알바 노동자이면서도 '나는 원래 사장 자리에 있어야 할 사람이야'라고 생각하면서 사장의 언어로 사장의 윤리와 가치관을 설파한다. 자신은 원래 알바나 하고 살 사람이 아니라면서 같은 처지에 있는 알바 노동자를 무시한다. 그는 꼭대기로 상승하길 끊임없이 열망한다. 더구나 한때 성에 들어갔다가 마을로 돌아왔을 때 사람들이 자신을 우러러보던 기억도 있다. 도둑질 때문이기는 하지만 마을에서 지위가 상승하는 순간, 사람들이 그를 두려워하면서 멀리하는, 이른바 경이원지(敬而遠之)를 경험했던 것이다. 그런데 그에게 다시 기회가 왔다.

지배층이 되려고 하거나 비참한 현실을 벗어나려는 열망 자체를 나쁘다고만 볼 수는 없다. 하지만 그가 무엇을 위해 지배층이 되려 하고 혁명에 가담하려는지는 따져볼 필요가 있다. 그가 높은 자리에 올랐을 때 무슨 일이 벌어질지를 짐작하기 위해서다. 아Q가 속으로 중얼거리는 것을 보자.

'그 빌어먹을 것들을 혁명해버리자. 그 못된 것들! 가증스러운 것들……. 그래, 나도 혁명당에 가담해야지.'

그런가 하면 이런 생각도 한다.

'좋구나, 좋아. …… 원하는 것은 모두 다 내 것이고, 마음에 드는 사람도 다 내 것이다.'[24]

이것이 아Q가 혁명을 하려는 이유다. 그는 자신을 괴롭히던 가증스러운 사람들을 혼내주려고, 자기가 원하는 것을 마음대로 차지하려고 혁명당원이 되려고 하는 것이다. 아들을 낳아달라고 여자에게 달려들었다가 곤욕을 치른 적이 있는 아Q는 혁명당원이 되면 자기가 원하는 여자를 모조리 차지할 수 있다고 생각한다. 그는 자기가 혁명당원이라고 생각하는 순간, 동네 사람들이 모두 자기 포로인 것처럼 여긴다. 무시하던 사람들이 두려워하면서 그를 높여 부르자 우쭐댄다. 아Q에게 혁명이란 복수의 기회이자, 재산과 여자를 차지하고 지위를 상승시키며 권력을 차지할 기회다.

신해혁명을 주도한 쑨원은 중국을 위해 일생을 바친 사람이다. 그는 중국이 서구 제국주의 국가의 침략에서 벗어나는 길은 부패하고 무능한 청나라를 타도하고 서구처럼 근대적인 공화국을 수립하는 데 있다고 생각했다. 숱한 망명과 실패 끝에 그는 마침내 신해혁명을 일으킨다. 이제 혁명의 물결이 사오싱까지 오고 아Q에게까지 밀려온다. 그런데 이미 혁명은 쑨원이 평생을 바치며 소망하던 혁명이 아니었다. 쑨원이 생각하는 혁명과 아Q가 생각하는 혁명 사이에는 커다란 차이가 있었다. 쑨원은 나라를 구하고 새로운 세상을 만들려고 혁명을 했다. 그런데 아Q는 복수하려고, 갖고 싶은 것을 마음대로 가지려고 혁명에 가담했다.

중국 역사에 정통하지 않은 사람일지라도 눈치 빠른 사람은 이미 짐작했을 것이다. 이런 목적을 지닌 아Q가 혁명에 가담하려는 것을 보면, 신해혁명은 분명 실패했을 거라고. 과연 신해혁명은 실패했다. 혁명 과정에서 대의를 위해 기꺼이 자신을 희생하는 수많은 쑨원이 있었지만, 그런 사람들 못지않게 자기의 이익을 위해 혁명을 이용하는 수많은 아Q가 있었다.

1912년 1월 1일 마침내 아시아 최초의 공화국인 중화민국이 수립된다. 하지만 새로운 공화국을 세운 쑨원은 100일 만에 총통 자리에서 내려온다. 중국 전역을 통치하는 통일 정부를 수립하기 위해 쑨원은 베이징을 차지하고 있던 위안스카이(袁世凱)

에게 공화정만 유지한다면 총통 자리를 양보하겠다면서 물러난다. 그런데 그의 뒤를 이어 총통이 된 위안스카이는 공화정을 부정하고 황제가 되려고 하면서 독재를 한다. 위안스카이 정부에 신변의 위협을 느낀 쑨원은 다시 망명길에 오른다. 혁명은 실패했고 역사는 후퇴하여 복고의 시대가 열린다. 중국은 다시 혼돈에 빠진다.

아Q식 혁명을 반복하지 않으려면

루쉰은 후퇴와 복고, 혼돈이 계속되는 현실 속에서 〈아Q정전〉을 썼다. 그는 지나간 혁명을 다시 불러내 묻는다. 혁명은 왜 실패했을까? 진정한 혁명이란 무엇일까? 진정한 혁명가란 무엇일까? 이런 고민을 〈아Q정전〉에 담았다. 〈아Q정전〉을 통해 본 혁명의 실패 원인은 두 가지다. 먼저, 혁명이 일어났지만 아무런 변화가 없었다. 그저 지배층끼리 자리바꿈을 하고 관직의 이름만 바뀌었을 뿐이다. "지사 나리는 여전히 그대로이고 관직명만 달라졌"고, 기존의 권력자인 거인 나리도 다른 직책을 맡았으며, "군을 책임지는 사령관도 예전의 그 대장"이었다. 나라를 이끄는 사람은 바뀌었지만 기득권층 안에서 바뀌었을 뿐이다. 민중에게는 아무런 의미가 없는 정권 교체였다. 혁명이 일어났는데도 민중 세계는 아무런 변화가 없었던 것이다. 우리 사회에서 보수와 진보 사이에 정권 교체가 이루어져도 서민의 삶에는 변화가 없듯이, 소설 속 혁명도 그저 기득권 사이에서 일어난 정권 교체일 뿐이었다.

다음으로, 아Q 같은 혁명가와 아Q식 혁명 때문이다. 여기서 아Q식 혁명이란 여자와 돈, 권력을 차지하고 개인적인 복수를 하기 위한 혁명이다. 아Q는 이런 목적으로 혁명에 가담하려고 했다. 물론 아Q는 결국 혁명당원이 되는 꿈을 이루지는 못했다. 하지만 아Q 같은 혁명가, 아Q식 혁명가는 신해혁명에 많았다. 그래서 루쉰은 혁명이 실패했다고 본 것이다.

그런데 루쉰은 혁명을 실패로 이끈 아Q 같은 혁명가와 아Q식 혁명이 신해혁명에 그치지 않을 것이라고 말한다. 자신이 본 것은 현대 이전에 일어난 일이 아니라 현대 이후에 일어난 일이며, 현대 이후에도 분명 아Q식 혁명이 출현할 것이라고 불길한 예언을 한다.

> 내 생각으로는 만약 중국이 혁명을 하지 않는다면 아Q도 하지 않겠지만, 만약 혁명을 한다면 아Q도 할 것이다. 우리 아Q의 운명은 이럴 수밖에 없고, 성격도 앞뒤가 맞지 않는 것은 아닐 것이다. 중화민국 원년은 이미 지나가버려 추적할 수도 없다. 하지만 이후에 다시 개혁이 있다면 아Q와 같은 혁명당원이 분명 나타나리라 믿는다. 나도 소설 속 이야기가 사람들이 말하듯이 지금보다 먼저 일어난 시기의 일이길 바란다. 하

> 지만 내가 본 것은 현대 이전에 일어난 일이 아니라, 현대 이후에 일어난 일이거나 어쩌면 20, 30년 후에 일어날 일일지도 모르겠다. (〈〈아Q정전〉을 쓴 이유〉)[25]

이처럼 소설 속 혁명의 초상은 그저 신해혁명에만 해당하지 않는다. 지금도 아Q 같은 정치인이 나타날 수 있다. 이것이 루쉰의 예언이다. 정권 교체나 혁명 또는 세상을 바꾸기 위한 길에서 대의를 위해 헌신하려는 동기를 가진 사람만으로는 충분하지 않을 수 있다. 혁명에는 개인의 이익과 권력을 위해 뛰어드는 사람이 끼어들 수밖에 없다. 때로는 그런 사람이 혁명의 추동력이 된다. 자기 이익을 실현하려고 물불을 가리지 않고 헌신하기 때문이다.

정권 교체든 혁명이든 어떤 정치적 변화가 아무리 고상한 뜻을 목표로 가지고 있더라도 거기에는 현실적으로 개인적 이익과 권력욕 때문에 동참하는 사람이 섞이지 않을 수 없다. 하지만 그런 사람들은 혁명이나 정권 교체의 결과로 자신의 이익을 실현하고 권력을 손에 넣는 순간, 성과 자체를 갉아먹는다. 정권을 교체하는 데 성공한 혁명정부가 실패하는 것은 이 때문이다. 권력과 이익, 개인적인 복수를 위해 혁명에 뛰어든 아Q식 혁명가의 한계다. 그런 혁명가가 주도하는 혁명은 겉만 바꿀 뿐 세상의 질서를 그대로 내버려두는, 민중이 사는 세상에는 아무런 변화도 일어나지 않는 아Q식 혁명이다.

현대 이후에도 아Q 같은 혁명가와 아Q식 혁명이 분명 출현할 것이라는 루쉰의 예언은 아직도 유효하다. 그래서 눈을 부릅뜨고 감시해야 한다. 개혁과 변화의 구호가 난무하는 우리 사회에 아Q식 혁명을 꿈꾸는 혁명가가 없는지 단단히 경계해야 한다. 요즘 세상에 혁명은 이제 없다. 하지만 선거철에 변화와 정권 교체를 외치는 사람이 실은 아Q 같은 마음으로 정권 교체를 원하는 것은 아닌지 정확하게 감별해야 한다. 그렇지 않으면 세상은 아Q의 세상이 된다. 나라와 정권의 주인만 바뀌었을 뿐 세상도 우리 삶도 도무지 변하지 않는 이유는 아Q 같은 정치꾼이 우리 시대에 너무 많기 때문이다. 자기 이익과 권력을 위해 정권 교체에 뛰어드는 아Q식 혁명가가 더 이상 나와서는 안 되기 때문이다.

15

그들이 계속 식인을 하는 이유

뱀이 허물을 벗지 않으면 어떻게 될까? 죽는다. 니체는 《아침놀》에서 뱀이 허물을 벗지 않으면 죽듯이, 인간도 생각의 허물을 벗지 않으면 "정신이기를 그친다."[26]고 말한다. 뱀에게 허물 벗기가 낡은 육신의 거푸집을 벗어던지는 것이라면, 인간에게 허물 벗기는 익숙하고 낡은 사고의 틀을 벗어던지는 것이다. 낡은 사고에 갇힌 인간은 육신이 살아 있다 해도 정신적으로는 이미 죽었다. 적어도 니체 생각에는 그렇다. 니체가 소망하는 인간은 낡은 사고에서 벗어나려고 끝없이 허물을 벗는 인간이다. 낡은 사고에 갇힌 삶이란 허물을 벗지 않은 채 썩어가는 뱀의 시간이다.

인간은 어쩔 수 없이 사회에 내려오는 관습 속에서 산다. 행동과 생각이 시간과 더불어 관습과 관행이 되는 순간, 기원과 의미에 대한 질문은 잊힌다. 왜 그렇게 생각하고 행동하는지 질문하지도 않은 채 자연의 이치라도 되는 것처럼 생각하고 행동한다.

더구나 우리 뇌조차 습관대로 생각하고 행동하라고 부추긴다. 뇌과학자들이 그러지 않는가. 우리 뇌는 생각보다 훨씬 더 게으르다고. 우리 뇌는 기본적으로 새로운 것이나 낯선 것보다는 익숙하고 늘 해오던 것을 좋아한다고. 우리 뇌마저 사고와 행동에서 허물 벗기를 귀찮아하는 것이다. 늘 하던 대로 생각하고 행동하면 편하다. 하지만 그것은 변화가 없는 것을 전제로 한 편안이다. 당연히 새로움도 발전도 없다. 니체의 말대로 낡은 사고의 허물을 벗는 과정이 없기 때문이다.

여기 사람을 잡아먹는 사회가 있다. 식인 사회니까 내가 남을 잡아먹을 수 있으면 남도 나를 잡아먹을 수 있어서 다들 서로 의심하고 전전긍긍하면서 산다. 하지만 사람들은 자신들이 사는 야만적인 세계가 어질고 정의롭고 도덕이 지배하는 사회라고 생각한다. 늘 그래왔듯이 습관에 따라 식인을 하고 서로 식인을 하도록 부추긴다. 그들이 식인을 당연하게 생각하는 것은 "오래전부터 쭉 그래왔(從來如此)"기 때문이다. 그래서 식인의 기원이나 의미를 묻지 않는다. 이들에게 식인은 아침이면 동쪽에서 해가 뜨는 것처럼 자연스럽다.

이런 세계에 이단자가 나타난다. 우리가 사는 세상이 어질고 정의로운 세상이 아니라 실은 사람이 사람을 잡아먹는 식인 세상이라고 외친다. 오래전부터 쭉 식인을 해왔다고 해서 지금도 식인하는 것이 옳은 일이냐고 따진다. 식인하는 인간은 버러지 같은 존재라면서 식인하지 않는 진짜 인간이 되라고 말한다. 사람들은 그가 미쳤다고 하면서 방에 가둔다. 그렇게 방에 갇혀 있던 광인이 곰곰이 생각해보니 자신도 식인한 적이 있음을 깨닫는다. 자신도 모르게 사람의 고기를 먹은 적이 있음을 뒤늦게 깨달은 것이다. 결국 광인은 식인하지 않은 아이들이 혹시 아직도 있다면 그들을 구하라고 외친다.

사람이 사람을 잡아먹는 게 당연한 세상

루쉰의 소설 〈광인일기〉의 줄거리다. 작품에 나오는 것 같은 식인 세상은 이제 없다. 그래서 지금 우리가 소설을 읽을 때는 일종의 우화라고 생각하면 좋을 것이다. 루쉰은 원래 유교를 비판하려고 이 소설을 썼다. 유교가 고상한 이념을 내세우지만 사실 식인의 윤리라는 과격한 주장을 담고 있다. 루쉰은 이 소설을 서구 제국주의의 압박 속에서 중국이 유교를 버려야 살 수 있다는 절박한 인식을 담아 썼다. 하지만 우리는 〈광인일기〉를 특수한 시공간에 한정하지 않고 보편의 지평에서 읽을 수 있다. 소설 속 식인 사회는 그럴듯한 명분으로 포장했지만 실은 사람을 잡아먹는 세상을 상징하고, 그

속에서 자신이 사는 세계에 대한 아무런 문제의식 없이 습관적으로 식인하는 사람이 사는 세계를 그리고 있다. 그런 세상에서 사람들은 자신이 사는 세계가 식인 세상이 아니라 정의롭고 도덕적인 세상이라고 생각하면서 늘 그래왔던 것처럼 식인을 당연하게 생각한다. 그런 사회에 이단자인 광인이 나타난 것이다. 그는 처음에 이렇게 말한다.

> 오늘 저녁은 달이 아주 밝다. 내가 달을 보지 못한 지도 30년이나 되었다. 오늘 보게 되니 기분이 몹시 상쾌하다. 지난 30여 년 동안 전혀 내 정신이 아니었다는 것을 이제야 알았다. (〈광인일기〉)[27]

소설이 미친 사람의 일기라는 것을 떠올리면 이 대목의 의미를 쉽게 짐작할 수 있다. 주인공은 30년 동안 '내 정신'이 아니었고 이제 자기 정신을 찾았다고 하지만, 실은 30년 만에 미친 것이다. 글의 문맥대로만 읽으면 그렇다. 정상과 광기가 때론 상대적이듯이, 광인은 이제 정말로 제정신을 찾았다고 생각하고 다른 사람은 이제 그가 미쳤다고 생각하는 것이다.

30년 만에 상쾌하고 맑은 정신을 지닌 그가 거리로 나간다. 그런데 그를 보는 사람들의 시선이 이상하다. 다들 그를 무서워한다. 주인공은 왜 사람들이 자기를 무서워하고 험악한 눈으로 보는지 이유를 알고 싶어 한다. 밤에도 자지 않고 이유를 찾는다. "모든 일은 연구를 해야 알 수 있는 법"이라면서 역사책을 뒤진다. 광인은 역사책의 모든 장마다 인의도덕(仁義道德)이라고 적힌 것을, 모든 역사가 어질고 정의로운 도덕의 역사였다고 적힌 것을 발견한다.

그런데 주인공은 이를 의심한다. 모든 역사가 어질고 정의로우며 도덕적이었다고? 그는 의심을 풀려고 한밤중까지 책을 자세히 들여다본다. 그랬더니 책에서 다른 글자가 보이기 시작한다. 온통 인의도덕이라고 도배된 책의 글자와 글자 사이로 다른 글자가 보인다. '식인'이라는 글자였다. 원문은 '츠런(吃人)'이다. 겉에는 인의도덕을 실현한 역사라고 기록되어 있지만, 이면을 들여다보자 실은 식인의 역사였던 것이다. 광인은 자신이 사는 세상이 어질고 정의로우며 도덕적인 사회가 아니라 사람이 사람을 잡아먹는 세상임을 발견한 것이다.

세상의 논리는 어떻게
우리의 피와 살이 되는가

자신이 사는 세상의 진실이 무엇인지를 아는 것은 쉬운 일이 아니다. 사람에 따라 세상을 보는 눈이 달라서 그럴 수도 있다. 하지만 어려운 이유는 다른 데 있다. 우리가 세상의 진실을 보지 못할 수밖에 없는 구조 때문이다. 《사피엔스》의 저자 유발 하라리(Yuval Noah Harari)는 호모 사피엔스(Homo sapiens)만이 가진 특징으로 허구, 즉 이야기를 만들어내는 능력을 든다.[28] 공동체의 신념이나 신화는 허구로서 상상의 질서다. 상상의 질서는 공동체를 유지하고 구성원을 통합하기 위해 불가피하다. 신념이나 신화가 없으면 공동체는 붕괴한다. 그래서 통치자들은 사람들에게 특정 신념이나 신화를 믿도록 여러 가지 방법을 사용한다. 교육이나 언론을 통해서 자발적으로 동의하게 하고, 때론 폭력을 동원해 강요하기도 한다.

그 결과 공동체에 속한 사람들은 특정 신념이나 신화, 이데올로기를 자연스럽고 당연한 것으로 여긴다. 예를 들어 전통 시대에는 타고난 신분에 따른 차별을 당연하게 생각했다. 유교 사회에 살던 사람들은 수천 년 동안 유교 원리를 당연하고 자연스럽게 여겼고, 유교의 의미와 가치를 의심하지 않았다. 사람이 사람답기 위해서 뿐만 아니라 사회가 안정을 찾기 위해서는 유교 원리가 필수적이라고 여겼다. 군자(君子)라고 불리는 통치자만 그렇게 생각한 것이 아니라 공자가 늘 비난했던 소인(小人)이라는 피통치자조차 그렇게 생각했다. 심지어 유교 사회에서 제일 약자였던 여성마저도 유교 원리를 인간 삶에 보편적인 것으로 받아들였다.

어디 이뿐인가? 내용은 달라졌지만 지금도 그렇다. 타고난 신분에 따라 차별하는 신분제는 사라졌다. 하지만 이제는 돈으로 차별한다. 아무리 많이 알고 똑똑해도 공탁금을 낼 돈이 없으면 공직선거에 출마할 수 없다. 조선시대는 신분에 따른 차별을 당연하게 생각했는데, 자본주의 시대는 돈에 따른 차별을 당연하게 생각한다. 선거에 출마할 수 있는 조건을 학력으로 정하면 사람들은 반발할 것이다. 하지만 돈으로 출마 조건을 정하는 제도를 당연하게 생각한다. 한 시대에는 그 시대를 지배하는 보편적인 가치관과 믿음이 있다. 그리고 사람들은 그런 가치관과 믿음에 따른 차별을 당연하고 자연스럽게 여기도록 길든다.

그런 생각과 믿음, 신화는 이제 내 피와 살이 된다. 우리는 우리가 사는 사회의 보편적인 믿음과 가치관이 진정 옳은 것인지를 잘 따져보지 않는다. 대부분은 세상의 믿음과 신화를 따르며 산다. 유발 하라리는 호모 사피엔스가 지구상의 유일한 인간 종이 된 것은 허구를 상상하는 능력을 바탕으로 공동체의 믿음과 신화를 만들어냈기 때문이라고 말한다. 하지만 호모 사피엔스는 바로 이 능력 때문에 자신이 사는 세상의 진실을 쉽게 보지 못한다.

호모 사피엔스가 이런 속성을 지닌다고 할 때, 〈광인일기〉 속 광인은 평범한 호모 사피엔스가 아니다. 광인은 어질고 정의로우며 도덕을 실현하는 역사라는 믿음이 거짓이며, 역사의 실체는 식인임을 발견했다. 그렇다면 광인은 어떻게 역사의 이면을 들여다보고 진실을 인식할 수 있었을까? 광인이 이것을 발견한 과정에 주목할 필요가 있다. 광인과 달리 다른 사람은 그들이 사는 세상이 어질고 정의로우며 도덕을 실현하는 역사라고 생각하며 살았다. 그런데 광인은 달랐다. 그는 "모든 일은 연구를 해야 알 수 있는 법"이라면서 현실을 깊이 연구했다.

잠도 자지 않을 만큼 집요하게 의심해야 비로소 보인다

광인은 어떻게 연구의 필요성을 느끼고 직접 연구할 결심을 했을까? 다른 사람이 자기를 두려운 눈빛으로 보는 것을 이상하게 생각하면서였다. 사람들이 그를 이상하게 보고 험악한 눈길을 보내자 광인은 사람들이 무서워졌다. 그들이 광인을 보는 눈길은 관리에게 자기 아내를 빼앗겼을 때보다 더 험악했고, 자기 아버지와 어머니가 빚 독촉에 시달리다 죽었을 때보다 더 사나웠다. 어느 시대든 사람들이 가장 배척하고 불편하게 여기는 대상은 연적도 정적도 아니다. 관습과 사상의 이단자다. 다들 습관적으로 옳다고 생각하는 것에 질문을 던지는 삐딱이들이다. 광인은 그런 이단자이자 삐딱이였다. 그래서 마을 사람들은 어른이건 아이이건, 마을의 권력자이건 밑바닥 사람이건 가릴 것 없이 광인을 험악한 눈빛으로 쳐다본 것이다. 광인은 그들의 행동과 표정을 놓치지 않았고, 그들이 자신을 그렇게 바라보는 이유를 찾기 위해 연구에 나섰다.

연구를 시작하면서 광인이 역사책에서 발견한 것은 인의도덕이라는 네 글자였다. 그가 여기서 멈추었다면 어떻게 되었을까? 다른 사람과 똑같이 생각했을 것이다. 하지만 광인은 책에 기록된 공식적 해석에, 주어진 관점에 만족하지 않았다. 밤잠을 자지 않고 계속 들여다보았다. 기존의 해석을 의심하면서 파고들었다. 그 결과 글자 틈새에서, 요컨대 책에 감추어진 이면에서 진실을 발견했다. 아무리 감추고 덧칠을 하더라도 진실은 결국 드러나기 마련이다. 광인은 글자들 틈새에서 식인이라는 진실을 발견한다.

봉건 시대에는 봉건 체제에 정당성을 부여하는 이데올로기가 있고, 자본주의 시대에는 자본주의 체제를 정당화하는 이데올로기가 있다. 사람들은 나면서부터 그 이데올로기 속에서 산다. 프랑스의 마르크스주의 철학자 루이 알튀세르(Louis Althusser)는 인간이란 이데올로기적 주체라고 말한다. 그에 따르면 이데올로기는 우리가 태어나기 전부터 있었고 우리가 주체로 성장하는 것은 이데올로기를 내면화하는 과정이다. 우리는 이데올로기를 통해서 주체가 되어가는 것이다. 이데올로기는 그 과정에서 우리 안에 육화된다.[29] 우리가 이데올로기의 실체를 잘 볼 수 없는 것은 이 때문이다.

광인을 제외한 사람들이 자기 세상을 인의도덕의 역사라고 믿으며 살 듯이, 많은 사람은 자기가 속한 체제의 이데올로기에 취해 산다. 봉건 시대를 살던 사람 대부분은 타고난 신분에 따른 차별을 당연하게 여기며 살았고, 자본주의 시대를 사는 사람은 빈부 차이가 개인의 노력과 성실성 때문이라고 여기며 살아간다. 봉건 시대의 이데올로기는 노비와 천민마저도 양반의 가치관을 지니게 하고, 자본주의 시대의 이데올로기는 알바생과 비정규직마저도 자본가의 가치관을 지니게 만든다. 이데올로기는 자기의식이 아니라 체제와 지배자의 의식이라는 점에서 결국은 허위의식(false consciousness)이다. 자신이 섬기고 자신을 부리는 주인의 생각을 자기 것으로 알고 사는 노예 의식이다.

그런데 광인은 그것을 의심했다. 실제로는 서로를 잡아먹는 세상인데 이를 인의도덕의 세상이라고 포장하고 있는 것은 아닐까? 그래서 길을 갈 때 사람들이, 심지어 개까지 나를 잡아먹으려는 눈초리로 본 것은 아닐까? 실제로 사람들이 서로를 잡아먹으려고 호시탐탐 노리는데 책에는 인의도덕이라고 적혀 있는 것은 이상하지 않은가? 광인은 이런 의문을 가졌다.

그래서 역사를 연구했고, 잠도 자지 않고 세심하게 책을 들여다보았다. 그러자 글자 틈 사이에 숨은 진실을 발견할 수 있었다. 광인과 다른 사람의 차이가 여기에 있다. 현실에서 일어나는 일을 무심히 흘려버리는 것이 아니라 현상에 파고들어 진실을 알아낸 것이다. 주어진 해석과 인식에 만족하지 않고 끊임없이 회의하면서 이데올로기의 허위를 폭로한 것이다. 광인은 세상 사람이 모두 당연하다고 생각하는 것을 의심하고 스스로 따지면서 깊이 생각한 사람이다. 그는 의심하고 회의해야 세상의 진실이 보인다는 사실을 몸소 실천했다.

광인은 자신이 사는 세상이 실은 식인의 세상임을 알아차린 뒤로 사람들에게 식인하지 말라고 권한다. 사람을 만날 때마다 식인하는 사람은 벌레 같은 인간이라면서, 사람을 먹지 않는 진정한 인간이 되라고 말한다. 어느 날 한 청년이 집에 오자 광인은 이렇게 묻는다.

"사람을 잡아먹는 것이 옳은 일이야?"

그러자 청년이 이렇게 답한다.

"흉년도 아닌데 왜 사람을 잡아먹어요."

광인은 이자도 식인하는 무리라는 것을 알아차리고는 집요하게 묻는다.

"옳다는 거야?"

광인이 끈질기게 묻자, 그는 얼버무린다.

"아닐 텐데요……."

그러자 광인이 따진다.

"아니라고? 랑즈춘에서는 지금도 먹는데. 책에도 그렇게 쓰여 있고. 온통 붉은 글씨로 선명하게."

청년이 말한다.

"그랬을 수도 있지요. 옛날부터 그래왔으니까요……."

이 말을 듣자마자 광인이 따져 묻는다.

"옛날부터 그래왔다고 해서 옳단 말이야?"[30]

여기서 이웃 마을 청년이 대표하는 마을 사람과 광인의 차이가 드러난다. 청년과 마을 사람들은 '옛날부터 그래왔으니까' 으레 식인을 한다. 사람을 잡아먹는 것이 옳은지 그른지 생각하지 않은 채 관습적으로 식인을 하는 것이다. 관습이나 제도가 나쁜 것은 우리로 하여금 아무런 생각 없이 그 틀 속에서 같은 행동을 반복하게 만들기 때문이다. 식인하는 사람들 역시 관습 속에 살면서 사고가 정지된 채 같은 행동을 반복한다.

"옛날부터 그래왔다고 해서
옳단 말이야?"

한나 아렌트(Hannah Arendt)는 나치에 동조한 사람들을 비판하면서 생각하지 않는 인간, 무사유의 인간을 비판한다. 나치에 동조한 사람 중에는 평범한 이들이, 성실하게 하루하루를 사는 이들이 더 많았다. 이들은 생각 없이 살면서 자기도 모르는 사이에 악의 방조자, 악의 공범자가 되었다.[31] 〈광인일기〉에 나온 것처럼 식인 사회의 공범자가 된 것이다.

식인의 역사가 계속되는 이유가 여기에 있다. 식인이 오랫동안 우리 삶 깊숙이 침투해 하나의 생활양식이 되고 사고의 습관이 되어버렸기 때문이다. 식인은 우리 몸에 귀신처럼 깊이 서렸다. 사고가 정지된 채 관습에 따라 살고 시대를 지배하는 이데올로기를 진실로 믿으면서 거듭 식인을 한다. 더구나 식인하는 사람은 자기들끼리 똘똘 뭉쳐서 행여 자신과 다른 생각과 행동을 하는 사람이 나올까 봐 감시하고 견제하기까지 한다.

자기도 식인하고 싶으면서도 다른 사람에게 먹힐까 무서워

다들 더없이 의심스러운 눈길로 서로를 노려본다…….

이런 생각을 버리고 마음 놓고 일하고 길을 가고 밥을 먹고 잠을 자면 얼마나 편하겠는가. 그저 문지방 한 고비만 넘으면 되는데. 하지만 그들은 부모와 자식, 형제, 부부, 친구, 스승과 제자, 원수, 그리고 서로 모르는 사람들까지 한패가 되어 서로 권하고 서로 견제하면서 죽어도 그 한 걸음을 내디디려 하지 않는다. (〈광인일기〉)[32]

서로 원수이지만 식인을 하는 데는 생각이 일치한다. 그래서 하나가 되어 식인을 그만두는 방향으로는 한 걸음도 내디디려 하지 않는다. 식인의 역사가 지속될 수밖에 없다. 하지만 광인은 이들과 다르다. 오래전부터 많은 사람이 그렇게 해왔다고 해서 그것이 옳은 일이냐고 물으며, 관습적인 사고와 행동에 진리를 들이댄다. 관행에 따라 나쁜 일을 하는 자에게 제일 무서운 이는 관행에서 이탈하는 사람이다. 관행을 따라 습관적으로 식인하는 사람에게는 광인처럼 "그게 옳다는 말이야?"라고 물으며 관행에 진리를 들이대는 사람이, 진리를 따르는 이단자가 제일 껄끄럽고 불편하다. 이처럼 사회에서 가장 불편하게 여겨지고 제일 배척을 받는 이는 습관과 관습에 저항하는 사람이다. 심지어 정치적으로 진보적이라는 사람조차 습관과 관습에 저항하는 사람을 불편하게 생각한다.

광인은 이렇게 관습적 사고에 젖어 사는 우리를 각성시켜서 진리의 세계로 이끌어주는 사람이다. 광인 같은 존재가 없으면 우리는 식인 세상에 사는데도 불구하고 세상이 어질고 정의로우며 도덕적이라고 착각하면서 산다. 예전에 청와대 수석을 했던 사람이 자신이 투옥되자 관행적으로 해오던 일인데 정권이 바뀌어서 범법 행위가 되었다고 불평했다. 그에게는 비리가 관행이었고, 여기에 법과 정의를 들이댄 것이 불만이었던 것이다. 우리 사회에 광인 같은 사람이 필요한 이유는 비리를 관행으로 여기는 사람이 많기 때문이다.

그런데 〈광인일기〉에서 관습적 인식에 젖은 채 그것이 옳은지 그른지 생각해보지도 않는 사람들은 광인을 방에 가둔다. 광인은 사람들에게 왕따를 당하고 미친놈 취급을 당하는 것이다. 이런 모습은 루쉰이 살던 시대만이 아니라 우리 시대에서도 일어난다. 진실을 알리는 고발자들이 이런 대우를 당하곤 한다. 내가 속한 단체나 직장에서 광인 같은 사람이 있으면 물론 불편하다. 하지만 그런 사람이 있어야 내가 정신을 차리고 내가 속한 조직과 사회도 새롭게 태어난다. 그렇게 우리 사회의 진실을 들추어내는 사람이 있어야 우리는 습관적으로 식인하는 인간에서 벗어나 참다운 인간이 될 수 있다.

결국 관건은 식인하는 사람 대다수가 스스로 생각을 바꾸는데 달렸다. 그럴 때 무엇보다 먼저 필요한 것은 우리가 당연하고 자연스럽다고 생각해온 관습이 진정으로 옳은 것인지 의심해보는 일이다. 지금은 물론 사람이 사람을 진짜로 잡아먹는 세상은 아니다. 하지만 식인 이데올로기가 지배하는 식인 사회는 얼마든지 있다. 고상한 이념과 화려한 도덕을 내세우면서도 실은 사람 사이에 끝없는 경쟁을 조장하고 남을 짓밟아야만 성공할 수 있다고 말하는 세상이야말로 식인 사회다.

우리 주위에 그럴듯한 명분으로 포장되어 있지만 실은 사람의 영혼을 파괴하는 이데올로기는 없을까? 우리도 광인처럼 밤잠을 자지 않는 한이 있더라도 연구하여 세상의 본질을 생각해 볼 필요가 있다. 모두가 '옛날부터 그래왔으니까'라고 생각하면서 나쁜 관행을 당연하게 여길 때, "옛날부터 그래왔다고 해서 옳단 말인가?"라고 질문을 던지는 사람이 더욱 많아져야 한다. 그런 질문을 던지는 사람을 보호하고 소중하게 생각해야 한다. 우리가 영혼을 갉아먹고 삶을 파괴하는 식인 사회의 공모자가 되지 않기 위해서.

16

우리는 왜 남의 불행에 공감하지 못하는가?

시골에서 초등학교를 다닐 때 친한 동네 친구가 있었다. 친구는 걸핏하면 학교를 빠졌다. 그러자 언젠가부터 담임 선생이 내게 특별한 숙제를 내주었다. 내가 그 아이와 친하니까 학교 오는 길에 그 집에 들러서 데리고 오라는 임무를 맡긴 것이다. 친한 친구여서 어려운 일도 아니었다. 하지만 나는 숙제를 자주 할 수 없었다. 친구 집 대문 앞에서 그의 이름을 불러도 아예 대답조차 없는 경우가 많았다. 이런 일이 자주 일어나자 친구를 부르러 가기도 귀찮아지고 관계도 멀어졌다. 당시 내 생각으로는 그 친구가 학교도 포기하고 노는 데 정신이 팔렸다고 생각했다. 친구는 어쩌다 학교에 오더라도 늘 숙제를 해오지 않아서 선생에게 혼나곤 했다.

중년이 되고 서울에서 시골 친구 모임을 할 때 그 친구를 다시 만났다. 서로 본 지 30년도 넘어서였다. 나는 대학을 다니러 서울에 왔는데, 알고 보니 친구는 나보다 먼저 서울살이를 시작했다. 중학교를 마치고 돈벌이하러 서울에 와서 지금까지 살고 있었다. 몸 하나로 버티면서 온갖 고생을 한 끝에 지금은 서울 근교에서 사업을 하면서 자리를 잡았다.

가끔 만나는 자리에서 한번은 그 친구가 이런 말을 했다. 그때 내가 아침에 학교 가자고 부를 때 친구는 방에 숨죽여 숨어 있었다고. 그러면서 내가 제발 어서 가기만을 기다렸다고. 학교 가지 말고 일하라고 하는 아버지 때문에 학교에 가고 싶어도 갈 수 없었다고. 친구는 일이 싫어서라도 학교로 도망가고 싶었지만 집안 형편 때문에 도저히 그럴 수 없었다고 했다. 숙제할 시간도 학교 갈 여유도 없을 정도로 집이 가난했던 것이다. 그때 기억이 지금도 뚜렷하다고 했다. 아직도 얼마나 기억이 뚜렷하면 나를 보자 그때 기억을 꺼냈을까. 하지만 나는 친구가 이야기를 꺼낼 때까지 그런 일이 있었다는 것을 기억하지 못했다. 지금 내 기억도 실은 친구 이야기를 토대로 한 것이다.

친구 말을 듣는 순간 그가 살던 허름한 초가집이 떠올랐다. 우리 집 일을 도우러 자주 오던 그의 아버지 얼굴도 떠올랐다. 그리고 그의 집 앞에서 아무 생각 없이 이름을 부르는 어린 시절의 내 모습도 떠올랐다. 내가 그의 가슴에 얼마나 큰 상처를 남겼는지 그제야 알았다. 그 뒤로 가끔 친구 집 앞에 서서 그를 부르던 어린 내가 떠오르곤 한다. 그리고 방에 숨어서 제발 내가 가기만을 기다렸을 친구 모습도 어른거린다. 나는 그저 친구가 공부를 싫어해서 학교에 가지 않으려 한다고 생각했다. 나도 모르는 사이에, 더구나 내가 선의로 한 행동이 친한 친구의 가슴에 깊은 상처를 낸 셈이다. 나는 친구의 기억에서 그때 내 모습이 지워지기만을 간절히 바란다. 하지만 그건 아마도 어려울 것이다.

장벽 없는 세계의 아름다운 추억

루쉰의 소설 〈고향(故鄕)〉을 읽을 때면 그 친구가 떠오른다. 소설은 높은 담으로 나뉜 두 개의 세계에 속한 어린아이들이 어려서는 친구였다가 성인이 되었을 때 높은 담 이편과 저편으로 나뉜 현실을 확인하는 슬픔을 이야기한다. 물론 내 어렸을 적 경험과는 차이가 있다. 하지만 나는 이 소설을 읽을 때마다 내가 늘 그리워하는 아름다운 고향에도 소설 세계처럼 사람을 갈라놓는 높은 담장이 놓여 있던 것을 떠올린다.

사오싱에 있는 루쉰 생가는 중국 강남의 전통 주택을 전형적으로 보여준다. 높이 치솟은 회칠한 담장과 검정 기와지붕이 이어지는 전통 주택은 한 폭의 수묵화 그 자체다. 하지만 안으로 들어가보면 폐쇄적인 구조라 답답하다. 사방이 높은 담장으로 둘러싸여 하늘을 보기도 어렵고, 건물이 미로처럼 겹겹이 이어져서 출구를 찾기도 어려울 정도다. 탁 트인 마당과 야트막한 담장으로 된 우리 전통 주택과 확연히 다르다. 루쉰의 생가도 원래는 부잣집이어서 전형적인 강남의 대저택이다. 이런 집의 여성과 어린아이는 대개 바깥출입을 자유롭게 하지 못해서, 집 안을 온 세상으로 여기며 지냈다. 어린 루쉰도 마찬가지였다. 어린 루쉰은 좁은 집 안을 벗어나 바깥 구경을 하고 싶었고, 어쩌다 바깥에 나가면 신기한 것투성이었다.

그런데 어느 날 머슴이 아이 하나를 데리고 왔다. 설날 무렵 일손이 부족하자 아들을 데려온 것이다. 아이의 이름은 룬투(閏土)로, 루쉰과 비슷한 또래였다. 루쉰 생가에 가면 예전 부엌이 그대로 보존되어 있는데, 바로 그곳에서 루쉰과 룬투가 처음 만났다. 아이들이 으레 그렇듯 둘은 어느새 친구가 된다. 시골에 사는 룬투는 높은 담장으로 둘러싸인 저택에 사는 루쉰이 모르는 온갖 재미있고 신기한 이야기를 들려주었다. 그는 새도 잘 잡는다고 했다. 루쉰이 새를 잡아달라고 하자 룬투가 말한다.

> "그건 안 돼. 눈이 많이 와야 하거든. 우리 동네 모래밭에 눈이 많이 오면 난 눈을 쓸고 빈터를 만든 다음 큰 대나무 바구니를 가져다 짧은 막대로 받쳐. 그리고 그 밑에 곡식을 뿌려 두지. 그럼 새가 먹으러 오거든. 그때 내가 멀리서 막대에 묶은 끈을 잡아당기는 거야. 그러면 새가 대나무 바구니에 갇히는 거지. 무슨 새든지 다 잡아. 참새, 꿩, 산비둘기, 파랑

새…….” (〈고향〉)[33]

룬투가 말한 참새 잡는 법은 어릴 적 우리 시골에서 눈 내린 겨울날 잡던 방법과 비슷하다. 어린 루쉰은 룬투의 말을 들은 뒤 눈이 내리기를 손꼽아 기다린다. 룬투가 다시 말한다.

"지금은 너무 추워. 내년 여름에 너 우리 동네에 올래? 우린 낮에는 바닷가에 가서 조개껍데기를 주워. 빨간색도 있고 초록색도 있고, 귀신 조개껍데기도 있고 부처님 조개껍데기도 있어. 저녁에는 아버지와 같이 수박밭을 지키러 가. 너도 가도 돼." (〈고향〉)[34]

루쉰이 묻는다.
"도둑 때문에?"

"아니. 길 가던 사람이 목이 말라 수박을 따 먹어도 우리 동네에서는 도둑이라고 안 해. 두더지나 고슴도치, 차 같은 것한테서 지키는 거지. 달빛이 비치면 수박밭에서 사각사각하는 소리가 들려. 차가 수박을 갉아 먹는 거야. 그러면 쇠 작살을 들고 살금살금 다가가……." (〈고향〉)[35]

귀한 집 도령이자 도시 아이인 루쉰은 차(오소리의 일종)가 무엇인지 알지 못했다. 그래서 묻는다.

"물지 않아?"

그러자 룬투가 말한다.

> "작살이 있잖아. 다가가서 차가 보이면 찌르는 거야. 그린네 놈은 영리해서 오히려 사람 쪽으로 달려들어서 가랑이 사이로 도망가버려. 털이 기름처럼 미끄러운데……." (〈고향〉)[36]

어린 루쉰은 이야기를 들으며 생각한다.

> 세상에 그렇게 신기한 일도 있다는 것을 나는 전혀 몰랐다. 해변에 그렇게 여러 가지 조개껍데기가 있고, 수박에 그렇게 위험한 이야기가 담겨 있는지 몰랐다. 그저 수박은 과일 가게에서 판다는 것만 알았다. …… 아아! 룬투 가슴속에는 이토록 신기한 일이 무궁무진하구나! 내 주위의 친구들은 전혀 모르는 일들이. 그 아이들은 이런 것을 몰랐다. 룬투가 바닷가에 있을 때 그 애들은 나처럼 높은 담이 둘러쳐진 마당에서 네모난 하늘만 보고 있었다. (〈고향〉)[37]

이렇게 루쉰에게 온갖 신비한 추억을 가져다준 룬투가 집으로 돌아가야 할 때가 되자 어린 루쉰은 투정을 부리며 엉엉 울었다. 룬투도 부엌에 숨은 채 울면서 나오지 않다가 아버지에게

아래층에서는 한 사내가 병으로 죽어가고 있다.
그 옆집에서는 오디오를 틀어놓았다.
강 위에 떠 있는 배에서는 어머니의 죽음 앞에서 딸이 통곡하고 있다.
인류의 슬픔과 기쁨은 상대방에게 통하지 않는 법이다.
내게는 단지 그들이 법석을 떨고 있다고 느껴질 뿐이다.

억지로 이끌려 집으로 돌아갔다. 그 뒤 두 사람은 내왕이 끊기고 각자의 인생을 살았다. 그러다 먼 훗날 베이징에서 일하게 된 루쉰은 어머니까지 모시고 영영 떠나기 위해 고향에 갔을 때 룬투를 다시 만난다. 늘 루쉰의 안부를 묻던 룬투가 루쉰이 온다는 이야기를 듣고 보러온 것이다.

룬투가 집에 들어서는 순간, 루쉰은 한눈에 그를 알아본다. 하지만 기억 속의 어린아이가 더 이상 아니었다. 룬투는 주름이 깊게 파이고 눈도 벌겋게 부어올랐으며 손은 소나무 등걸 같았다. 그는 해진 벙거지를 쓴 채 얇고 낡은 솜옷을 걸치고 있었다. 루쉰의 눈앞에 있는 사람은 거친 농사에 시달린 가난한 시골 농민이었다. 예전의 신비한 소년은 사라지고 머슴이던 그의 아버지가 그대로 있었다. 더욱 충격적인 것은 룬투가 옛 친구를 보자마자 꺼낸 첫마디였다.

"나리!"

루쉰은 소름이 돋았다. 그는 룬투의 말을 듣고 이렇게 생각한다.

'나는 깨달았다. 우리 사이에 이미 슬픈 두꺼운 장벽이 놓여 있다는 것을. 나 역시 아무 말도 할 수 없었다.'[38]

무엇이 그들을 갈라놓았는가

루쉰의 대표작 가운데 하나인 〈고

향〉은 루쉰의 어렸을 때를 다룬 자전소설이다. 어려서는 주인집 도련님이건 머슴 아들이건 서로 친구였다. 그런데 이제 한 사람은 주인집 나리로 돌아가고 또 한 사람은 머슴 아들로 돌아갔다. 어릴 때는 미처 의식하지 못했던 장벽이 두 사람을 가른 것이다. 룬투에게서 '나리' 소리를 들은 루쉰은 둘 사이에 두꺼운 장벽이 놓여 있음에 절망한다.

루쉰과 룬투를 갈라놓은 것은 대체 무엇일까? 우선 시간이 둘을 갈라놓았다. 우리 인생에서 늘 있는 일이다. 시간이 흘러 각자의 삶을 살아가다 보면 과거에 소중한 시간을 함께한 사람들도 멀어지기 마련이다. 더구나 소설에서 두 사람은 같은 세계 속에서 살지 않았기 때문에 단절은 필연이었다. 두 사람은 처음부터 주인집 아들과 머슴 아들로 나뉘어 있었다. 아직 의식하지 못했을 뿐 둘은 같은 세계에 있지 않았다. 하지만 부잣집 도련님과 가난한 머슴 아들이었던 두 사람은 서로 다른 세계에 살면서도 친구가 되어 같이 놀았다. 머슴 아들은 부잣집 도련님에게 온갖 신비로운 세계를 알려주었다. 주인집 아들이 위에 있고 머슴 아들이 아래에 있는 관계가 아니었다. 그들은 그저 같은 세계를 산 친구였다. 그런데 이제 둘 사이에는 높은 담장이 가로막고 있고 같은 세계에 더 이상 살지 않았다.

소설은 주인공이 배를 타고 고향을 떠나면서 끝난다. 그는 고향을 떠나는 배에서 자신과 룬투는 결국 멀어졌지만 뒷세대인 자신의 조카와 룬투의 아들은 자신들처럼 멀어지는 비극이 일어나지 않기를 바란다. 사람과 사람 사이에 높은 담장이 있어서 하나가 될 수 없는 세상이 끝나고 새로운 세상이 열리길 간절히 소망한다.

루쉰은 다른 글에서도 사람 사이가 단절되어 서로 소통되지 않는 현실을 안타까워했다.

> 아래층에서는 한 사내가 병으로 죽어가고 있다. 그 옆집에서는 오디오를 틀어놓았다. 건너편 집에서는 아이를 달래고 있다. 위층에서는 두 사람이 미친 듯이 웃고 있다. 마작 하는 소리가 들린다. 강 위에 떠 있는 배에서는 어머니의 죽음 앞에서 딸이 통곡하고 있다. 인류의 슬픔과 기쁨은 상대방에게 통하지 않는 법이다. 내게는 단지 그들이 법석을 떨고 있다고 느껴질 뿐이다. (〈짧은 잡감〉)[39]

아래층에서는 사람이 병으로 죽어가고 강에 떠 있는 배에서는 어머니 죽음 앞에 통곡하는데 위층 사람들은 미친 듯이 웃고 있다. 루쉰이 여기서 말하고 있는 것은 사람 사이의 소통 부재와 단절이다. 남의 불행과 고통이 공감되기는커녕 사람과 사람 사이에 단절되어 서로 소통조차 되지 않는다. 그렇다면 이렇게 사람 사이를 갈라놓고 사람과 사람 사이 소통을 막는 두꺼운 장벽은 무엇일까? 루쉰의 다음 언급을 보자.

내 생각에는 지위가 다르고, 특히 이해관계가 다르면 두 나라 사이에서는 말할 것도 없고, 같은 나라 사람들 간에도 서로 이해하기가 쉽지 않다. (〈우치야마 간조의 《생생한 중국의 모습》 서문〉)[40]

루쉰은 지위와 이해관계가 다르면 서로 소통하고 이해하기가 어렵다고 말한다. 지위와 이해관계가 사람을 갈라놓는 장벽이라는 것이다. 루쉰은 또 다른 글에서 장벽을 좀 더 구체적으로 이야기한다. 여기서 사람을 가르고 소통을 가로막는 장벽은 사람을 나누는 등급이다.

다른 사람들은 어쩐지 몰라도 나는 사람과 사람 사이에 높은 장벽이 있어서 사람들 마음이 통할 수 없는 것처럼 여겨진다. 이것이 바로 우리 고대의 총명한 사람들, 이른바 성현들이 사람을 열 가지 등급으로 나누고 위아래가 각기 다르다고 말한 바다. 이제 그 명칭은 사라졌어도, 그 유령은 여전히 남아 있다. 게다가 더욱 심해져서 한 사람의 신체에도 등급 차별이 생겨 손은 발을 등급이 낮은 다른 부류로 간주한다. 조물주가 원래 사람을 만들 때 교묘하게 다른 사람의 육체적 고통을 느낄 수 없도록 만들었는데, 이제는 우리의 성인과 그 하수인들이 그것을 보충하여 다른 사람의 정신적 고통까지 느끼지 못하게 만들었다. (〈〈아Q정전〉 러시아어 번역본 서문 및 자전 소략〉)[41]

연인으로서 가장 고통스러울 때는 사랑하는 사람의 고통을 짐작만 할 뿐, 느낄 수도 대신할 수도 없을 때다. 마찬가지로 부모로서 가장 고통스러울 때는 사랑하는 자식의 고통을 같이 느낄 수도 대신할 수도 없을 때다. 루쉰은 이것이 조물주가 인간을 만들 때 다른 사람의 육체적 고통을 느끼지 못하도록 했기 때문이라고 본다. 여기까지는 신의 영역이다.

그런데 인간은 다른 사람의 육체적 고통만이 아니라 정신적 고통도 느끼지 못하게 되었다. 사람을 갖가지 등급으로 나누었기 때문이다. 세상이 등급으로 나뉘었기 때문에 경제적으로 부유하고 사회적으로 지위가 높은 사람은 가난하고 밑바닥 인생을 사는 사람이 느끼는 고통에 무감각해진다. 물론 반대도 가능하다. 루쉰은 등급이란 사람이 만든 질서로서 이른바 '성인'의 무리와 그 하수인이 만들었다고 말한다. 등급에 따라 사람을 나누는 질서를 합리화하는 지식인과 통치자 그리고 그들 밑에서 기생하는 무리가 그렇게 한 것이다.

인간의 기본을 생각하자

우리 사회에서 사람들은 소득이나 지위에 따라 등급이 나뉘고, 갑을로 나뉜다. 자본가는 노동자의 고통에, 건물주는 세입자의 고통에, 정규직은 비정규직과 알바생의 고통에 무감각하다. 루쉰이 비판한 것처럼 사람 사이에 높고 두꺼운 장벽이 놓여 있어서 소통되지 않는다.

공자는 제자가 인(仁)이 무엇이냐고 묻자 "사람을 사랑하는 것(愛人)"[42]이라고 답했다. 또한 맹자는 인을 "사람의 마음(人之心)"이라고 하면서 "측은히 여기는 마음이 인의 시작이다(惻隱之心 仁之端也)"라고 했다. 다른 사람을 사랑하고 남의 아픔과 불행을 나의 아픔과 불행처럼 안타깝게 여기는 마음이 인을 실천하는 마음이라는 것이다. 이것이 인간의 기본 조건이다. "자기가 하고자 하지 않는 바를 남에게 하라고 하지 않는(己所不欲, 勿施於人)",[43] 남의 마음을 나의 마음처럼 헤아리는 마음이 인이고 인간의 마음이다. 공자와 맹자가 인을 사람됨의 기본으로 강조한 것은 그만큼 인이 현실에서 너무나 부족하기 때문이다.

사람을 나누는 등급은 갈수록 정교해지고 사람을 가르는 장벽도 갈수록 두껍고 높아지는 현실이다. 그런 가운데 사람들은 갈수록 소통하지 않고 다른 사람의 고통에 무감각해진다. 자식을 잃은 아픔 때문에 단식하는 사람 앞에서 누군가는 정치적 입장이 다르다고 피자를 시켜 먹으며 조롱하는 시대다. 루쉰은 〈고향〉에서 사람들이 차별 없이 하나로 만나는 세상을 꿈꾼다. 그러면서도 자신의 바람이 우상을 믿는 것과 같이 허황될지 모른다고 걱정한다. 하지만 진정 우상을 믿는 것과 같이 허황되기만 할까.

맹자는 인이란 거창한 것이 아니라 '사람의 마음'이라고 했다. 인은 우리가 어떻게 다른 사람과 살아갈 것인지에 관한 윤리다. 맹자는 인간 윤리의 핵심에 사람의 마음을 놓아야 한다고 주문한 것이다. 돈의 마음, 권력의 마음, 지위의 마음보다 사람의 마음을 위에 놓고, 그 마음으로 다른 사람을 대하고 소통하라는 요청이다. 우리가 사람의 마음으로 돌아간다면 돈과 등급, 권력, 계급을 넘어 서로 소통하는 일이 가능할 것이다. 사람과 사람 사이에 놓인 담장이 갈수록 높아지고 두꺼워지는 현실에서 간절하게 사람의 마음을 생각할 일이다.

17

노라에게는 무엇보다 경제권이 필요하다

"좋아요, 이젠 끝났어요."

헨리크 입센(Henrik Ibsen)의 희곡 〈인형의 집〉에서 노라는 이 말을 남기고 집을 나간다.[44] 무엇이 끝난 것일까? 남자의 소유물에 불과했던 삶이, 자기 집 우체통을 열어볼 자물쇠도 없었던 삶이, 먹는 것이며 행동하는 것 하나하나 남편의 통제를 받았던 삶이 이제 끝난 것이다. 노라는 이렇게 선언한다.

"나는 모든 일에 스스로 생각하고 설명을 찾아야 해요."

노라는 자기 생각을 찾고 집 안의 인형이 아니라 자기 삶의 주인이 되려고 집을 나간다.

그런데 이렇게 집을 나간 노라는 그 뒤 어떻게 되었을까? 자기 삶의 주인으로 행복하게 살았을까? 아니면 불행하게도 다시 집으로 돌아왔을까? 루쉰은 자신이 가르치던 베이징여자고등사범학교 학생들에게 여성의 삶에 대해 강연하면서 이 질문을 던진다. 당시 많은 여학생도 노라와 같은 고민을 하고 있었다. 답을 아는 사람은 없다. 입센이 답한 것도 아니다. 물론 몇몇 사람이 그럴듯한 추측으로 글을 쓰기는 했다. 루쉰은 집을 나간 노라에게는 두 가지 길밖에 없다고 말한다. 타락하거나 집으로 다시 돌아가는 것이다. 어느 쪽이든 비극적이다. 루쉰은 어째서 노라에게 비극적인 길밖에 없다고 본 것일까? 노라가 비극에서 벗어날 방법은 없는 것일까?

새장 밖을 나선
노라 앞에 놓인 선택

루쉰은 노라를 오랫동안 새장에 갇혀 있던 새에 비유하면서, 집을 나간 노라 앞에는 타락하거나 집으로 다시 돌아가는 길밖에 없다고 생각하는 이유를 설명한다.

> 가령 한 마리 새가 있다고 합시다. 그 새는 새장 안에서는 물론 자유가 없었지요. 그래서 자유를 찾아 새장에서 나와 보니 매라든가 고양이가 있고, 그 밖에도 온갖 것이 노리고 있지요. 새장 속에 오래 갇혀 있었기 때문에 날개가 굳어 날 힘도, 나는 법도 잊어버렸다면 이런 바깥세상에서 도무지 살아갈 길이 없는 것입니다. 한 가지 길, 굶어 죽는 방법이 있긴 합니

다. 그러나 굶어 죽는다는 것은 삶을 떠나는 것이므로 문젯거리가 되지 않습니다. 그런 건 길이라고도 할 수 없지요. (〈노라는 집을 나간 뒤 어떻게 되었는가〉)[45]

노라는 오랫동안 새장에 갇혀 있어서 자신이 과거에 창공을 자유롭게 날던 새였다는 것을, 심지어 자신에게 날개가 있고 날 수 있다는 사실조차 잊어버렸을 것이다. 다행히 나는 법을 잊지 않았다고 해도 자유를 찾아 새장 밖으로 나오면 그를 노리는 온갖 위험이 널려 있다. 한 여성으로서 사회에 나온다는 것은 그녀를 노리는 매나 고양이 같은 위험에 노출되는 일이다. 루쉰은 이런 차원에서 노라가 자유를 찾아 새장에서 나오는 순간, 고난의 길이 펼쳐진다고 말한다. 그래서 노라는 고난 속에서 생계를 위해 어쩔 수 없이 타락의 길로 빠진다. 그렇지 않다면 다시 집으로 돌아가야 한다. 오랫동안 주부로 살던 그녀가 밖에서 먹고 살 방법을 찾는 게 쉽지 않기 때문이다.

집을 나가는 노라 앞에 고난이 예정되어 있다면 차라리 집을 나가지 않는 편이 낫지 않을까? 루쉰은 그럴 수 없다고 말한다. 노라가 다시 예전으로 돌아가는 것, 즉 자유롭게 비상할 꿈을 접고 새장에서 산다는 것은 불가능하다. 왜 그럴까? 노라는 자신이 그동안 새장에 갇힌 새 같은 존재였고 인형 같은 존재였다는 것을 알아버렸기 때문이다. 루쉰은 노라가 각성했기 때문에 집을 나갈 수밖에 없다고 말한다.

인간에게는 한 가지 큰 결점이 있지요. 자주 배가 고픈 것입니다.
이 결점을 보완하려면, 그리고 인형이 되지 않으려면 오늘날
사회에서 경제권이 제일 중요합니다. 따라서 첫째는 가정에서
남녀 간에 균등한 분배가 이루어져야 합니다.
둘째로는 사회에서 남녀 간에 동등한 힘을 지녀야 합니다.

> 노라는 이미 깨어났습니다. 다시 꿈나라로 돌아간다는 것은 어렵습니다. 그러므로 그녀는 집을 나가는 수밖에 없었습니다. 그러나 집을 나간 뒤, 경우에 따라서는 타락할 수도 있고 돌아올 수도 있을 것입니다. (〈노라는 집을 나간 뒤 어떻게 되었는가〉)[46]

루쉰은 집을 나온 노라의 상태를 두고 꿈에서 깨어났지만 갈 길이 없는 상황에 비유한다. 노라는 남편의 인형으로 더 이상 살 수 없어서 자기 삶을 찾으려고 "이젠 끝났어요."라고 말하며 집을 나섰다. 그런데 길이 보이지 않는다. 루쉰은 노라와 같은 상태가 인생에서 가장 고통스럽다고 말한다.

끈질기게 경제권을 요구하라

노라가 자신이 다른 사람의 인형에 불과하다는 것을 끝까지 의식하지 못한 채로 살았다면 이런 고통을 느끼지는 않았을 것이다. 노예는 자신이 노예라는 것을 깨닫지 못한다면 노예의 삶마저도 편안하게 느낄 수 있다. 하지만 노라는 이제 잠에서 깨어났고 그동안 인형의 삶을 살았다는 것을 깨달았다. 이제부터가 문제다. 다시 잠드는 삶, 인형 노릇을 하는 삶으로 돌아갈 수는 없다. 이미 깨어났기 때문에 그렇다.

그런데 갈 길도 보이지 않는다. 고통이 계속되면 차라리 꿈에서 깨지 않는 편이 좋았을 것이라고 생각할 수도 있다. 앞길은 보이지 않고 살아갈 전망도 없으며 자신을 위협하는 것은 널려 있기 때문이다.

루쉰은 노라뿐만 아니라 자기 삶을 찾으려는 여성 누구나 이런 비극을 마주하기 마련이라고 본다. 어떻게 해야 이 비극을 피할 수 있을까? 루쉰은 여성이 집을 나가려면 "단도직입적으로 말하면 돈이 있어야" 한다고 말한다. 돈이 있어야 집을 나가도 타락하거나 집으로 돌아가지 않을 수 있다. 여성이 자유로운 삶을 살기 위해서는 경제권이 가장 중요하다는 것이다.

> 노라를 위해서는 돈, 고상한 말로 경제가 제일 중요합니다. 자유는 물론 돈으로 살 수 없습니다. 하지만 돈에 팔릴 수는 있습니다. 인간에게는 한 가지 큰 결점이 있지요. 자주 배가 고픈 것입니다. 이 결점을 보완하려면, 그리고 인형이 되지 않으려면 오늘날 사회에서 경제권이 제일 중요합니다. 따라서 첫째는 가정에서 남녀 간에 균등한 분배가 이루어져야 합니다. 둘째로는 사회에서 남녀 간에 동등한 힘을 지녀야 합니다. (〈노라는 집을 나간 뒤 어떻게 되었는가〉)[47]

루쉰은 가정과 사회에서 여성의 동등한 경제권을 요구하는 것이 참정권을 요구하는 것보다 더 격렬한 싸움을 요구한다고 말한다. “가정에서 참정권을 요구할 때는 큰 반대를 하지 않더라도 경제의 균등한 분배를 꺼내면 당장에 적을 만나게 될 수 있을 것이고, 그렇게 되면 당연히 격렬한 전투가 벌어질 것”이라고.

남녀평등은 경제에서 온다

인간은 동서고금을 막론하고 이익을 나누는 데 가장 민감하다. 그래서 여성에게 참정권은 주더라도 이익은 나누어주려고 하지 않는다. 루쉰이 참정권을 요구할 때보다 더 격렬한 투쟁이 필요하다고 보는 것은 이런 맥락이다. 루쉰은, 누군가 돈 같은 천박한 것에 얽매인다고 비난을 하더라도, 아니면 이제 곧 경제제도가 개혁될 것이니까 걱정할 필요가 없다고 하더라도 균등한 경제권을 달라고 끈질기게 요구하라고 말한다. 인간에게는 무엇보다 먹고사는 문제를 해결하는 것이 중요하기 때문이다. 이처럼 루쉰은 남녀평등을 실현하고 여성이 자기 삶을 사는 데 경제권이 가장 중요하다고 본다.

중국 역사를 돌아보면 그것을 절감한다. 중국은 사회주의 정부가 들어서고 여성의 경제권을 보장하면서 여성의 지위가 높아지고 남녀평등에 획기적인 진전을 이룬다. 1950년 6월 28일 중국 정부는 ‘중화인민공화국 토지개혁법’을 공포했는데 이때 가구를 기준으로 토지를 분배했다. 가장인 남성 앞으로 토지를 분배하는 것이 아니라 가족의 수에 따라 토지를 분배한 것이다. 이로써 여성도 한 사람의 가족 구성원으로서 자기 몫의 토지를 분배받았다. 여성이 가족의 재산 형성에 몫이 있음을 인정함으로써 가정에서 자기 목소리를 낼 수 있는 기반이 마련되었다. 이것이 남녀평등을 앞당기는 기폭제였다.

이런 조치와 더불어 국가 주도로 여성에게 일자리를 분배하면서 여성이 가정 밖으로 나와 자신의 경제권을 갖는 계기가 마련되었다. 직장과 가정에서 동등한 남녀 권리와 동일노동 동일임금 원칙을 규정했다. 이뿐만 아니라 유치원을 확충해 육아 부담을 줄이고, 직장과 마을에 공동 식당을 마련해 여성을 주방에서 해방한 것도 여성의 삶에 일대 전환을 가져왔다. 경제권을 보장하는 한편, 육아와 가사 부담을 줄이는 것이 남녀평등을 실현하는 토대임을 현대 중국의 경험에서 알 수 있다.

입센은 〈인형의 집〉을 쓴 동기를 설명하면서 이렇게 말했다.

> 오늘날 사회에서 여성은 자기 자신이 될 수 없다. 순전히 남성적인 사회에서, 법을 만드는 것도 남성이며, 소송을 걸고 재판하는 사람들은 남성적인 관점에서 여성의 일에 대해 판단한다.[48]

입센의 지적이 더 이상 의미 없는 세상이 되길 기원한다.

18

여배우의 죽음,
사람 말이 무섭다

모두가 말을 하고 글을 쓰는 1인 미디어 시대다. 권력자나 지식인 같은 엘리트가 말과 글을 독점하는 시대는 끝났다. 말과 글이 다양한 소셜미디어를 타고 퍼져 나가면서 서로 경쟁한다. 누구나 글을 쓰고 말을 하는 참 자유와 민주, 평등의 시대가 열렸다.

공자는 《중용(中庸)》에서 '무기탄(無忌憚)', 즉 "거리낌 없이 말하는 것은 소인이나 하는 일〔小人之中庸也, 小人而無忌憚也〕"[49]이라고 경계했다. 공자 기준으로 보면 온종일 SNS를 끼고 사는 지금 사람은 군자가 아니라 소인이다. 오늘은 무엇을 먹었고 어디를 갔는지 시시콜콜한 이야기까지 거리낌 없이 올리는 사람들, 그러니까 나를 비롯한 대부분은 기탄이란 개념 자체가 없는 소인이다. 우리는 말하기 전에 먼저 이성과 진실, 상황의 거울에 비추어 본 뒤 신중하게 말하고 쓰지 않는다. 다른 사람의 말과 글보다 더 빠르고 자극적으로 전달해 조회 수와 '좋아요' 수, 구독자 수를 늘리고 싶어 한다. 주목받는 대상이 되는 것에 더욱 열을 올린다. 이 때문에 진실과 상관없는 말과 글이 날아다닌다.

때로는 마음에 들지 않는 글에는 익명에 숨어서 칼보다 예리하고 사약보다 독한 악플을 기탄없이 단다. 예전에 욕은 사적 공간에서, 비판은 공적 공간에서 이루어졌다. 그런데 이제는 공적 공간에서도 대놓고 욕을 한다. '건전한 비판'과 여론이라는 이름으로 차마 입에 담지도 못할 욕까지 공적 공간에서 자유롭게 발언권을 얻는다. 말에서 진실은 날아가고 칼날만 남았다. 'SNS 무기탄 사회'의 햇살이 강할수록 그늘도 짙다.

세계 여성의 날에 일어난 비극

1935년 3월 8일 세계 여성의 날이었다. 그날 온 상하이가 들썩거렸다. 여성의 날이어서가 아니라 상하이 최고 영화배우가 죽었기 때문이다. 1930년대 상하이는 극장만 100여 개가 있을 정도로 세계 영화의 중심지였다. 그런 곳에서 활약하던 최고의 배우가 전날 밤에 수면제를 먹고 스스로 목숨을 끊은 것이다. 그녀는 루안링위(阮玲玉), 당시 스물다섯 살이었다. 1991년 홍콩에서 제작된 영화 〈완령옥〉의 주인공이다. 루안링위의 삶을 다룬 이 영화에서는 장만위(張曼玉)가 중국 전통의상인 치파오를 입고 1930년대 올드 상하이를 재현한다. 영화는 루안링위의 비극적인 삶과 함께 상하이 중심가인 난징루(南京路)를 배경으로 올드 재즈바와 댄스파티 같은 전성기의 상하이를 다큐멘터리 형식으로 보여준다. 장만위 입장에서 보면 1990년대 홍콩 최고 배우인 그녀가 1930년대 상하이 최고 배우의 비극적인 삶을 반추하는 셈이다.

루안링위는 배우로서 최고의 명성을 누리던 순간에 왜 스스로 생을 마감했을까? 그녀가 남긴 유서에 답이 있다.

"사람 말이 무섭다(人言可畏)."

이 말은 《시경(詩經)》〈정풍(鄭風)〉 편 중 젊은 남녀가 사랑을 나누기 어렵다고 하소연하는 시 속에 나온다. 원래는 "많은 사람이 이야기해서 사람 말이 무섭다(人之多言, 亦可畏也)."는 말이다. 부모나 다른 사람이 이러쿵저러쿵 말하는 게 두렵다면서, 상대 사내더러 담을 넘어오거나 나뭇가지를 꺾어 작업 신호를 보내지 말라는 내용이다. 젊은 남녀의 애틋한 사랑을 노래한 시구가 루안링위에게는 유언이 되었다.

무슨 말이 생을 포기하게 만들 정도로 그녀를 괴롭혔을까? 루안링위는 그녀의 전 남편의 말과 상하이 기자들의 말 그리고 스캔들에 열광하는 사람들의 말이 무서웠다. 무서운 말은 한때 남편이었던 장다민(張達民)에서 시작되었다. 장다민은 부잣집 아들로 망나니였다. 아버지는 학교 이사장이면서 알려진 첩만 아홉 명으로, 교육가로 고상한 척 위장하는 센스까지 지닌 밥맛 떨어지는 갑부였다. 반면 루안링위의 아버지는 일찍 죽었고 어머니는 장다민 집안의 하인이었다. 루안링위는 어머니 덕분에 주인이 운영하는 명문학교에 다닐 수 있었다. 그런데 주인집 아들이 외모가 반듯한 루안링위를 가만둘 리 없었다. 장다민은 그녀에게 푹 빠졌고 결혼하자고 치근댔다. 루안링위는 그의 청혼을 받아들였다. 하인의 딸이고 가난에 찌든 루안링위 처지에서는 충분히 이해할 수 있는 결정이다.

하지만 자기 아들이 하인 딸과 결혼하겠다는 걸 가만히 두고 볼 부모가 아니었다. 막장 드라마에서 흔히 그러듯이 장다민의 어머니가 분수를 모르는 하인 모녀를 해고하며 수습에 나선다. 하지만 한참 루안링위에게 빠진 아들도 당하고만 있지 않았다. 아버지에게 배운 기질을 발휘해 아버지 첩이 살던 집 가운데 하나를 골라 모녀에게 살라고 내준다. 장다민은 그 집에 가끔 들르곤 했다.

그런 가운데 루안링위는 영화 오디션에 지원해 캐스팅되고 영화배우로서 새로운 인생을 시작한다. 그녀는 학교 다닐 때 연극반에서 활동하며 인정받았을 만큼 연기에 재능이 있었다. 루안링위는 이후 탄탄대로를 밟았다. 세계 최대의 영화 시장이었던 상하이에서 최고의 연기력을 선보인 그녀는 최고의 출연료를 받으면서 부와 명성을 누렸다. 유명한 배우가 대개 그렇듯이 소속사를 자주 옮기면서 가치를 높였다. 루안링위는 1930년대 상하이 영화를 대표하는 수많은 영화에 출연했고, 그중에는 조선 사람으로 상하이에서 활동하던 배우 김염(金焰)과 같이 찍은 것도 있다.

루안링위는 갈수록 유명해졌는데 장다민은 갈수록 망나니가 되어갔다. 노름과 마약, 술이 그의 전부였다. 이제 루안링위는 이별을 결심하지만 장다민은 들어줄 위인이 아니었다. 노름빚을 해결하고 아편 살 돈이 필요했던 장다민은 루안링위에게 쉼 없이 돈을 요구하며 괴롭혔다. 루안링위는 거금을 주고 관계를 청산했다. 하지만 그 뒤에도 장다민은 집요하게 돈을 요구했고 루안링위는 응하지 않을 수 없었다. 직업적인 명성은 절정에 올랐어도 삶은 힘들었던 루안링위에게 새로운 남자가 나타났다. 그녀의 고향인 광둥 출신으로 영화에 투자를 많이 하던 사업가였고 다른 여성 배우와 스캔들이 많던 사람이었다. 루안링위는 그와 가까워졌고 죽을 때까지 동거했다.

그러자 열불이 난 것은 장다민이었다. 그녀가 불륜을 저지르고 있다면서 간통죄로 고소하고 기자들에게 자신과 루안링위의 관계를 제보해 돈을 받았다. 최고 여성 배우의 스캔들에 상하이의 모든 언론이, 특히 연예계 소식을 주로 다루던 타블로이드 신문이 특종으로 보도했다. 루안링위 스캔들은 상하이 사람들이 가장 기대하고 좋아하는 뉴스였다. 집을 나서면 사람들이 그녀를 쫓아다니며 스캔들을 캐물었다. 루안링위는 집을 나서기도 두려웠다. 남편을 두고 다른 남자와 동거하는 배우라느니 간통을 저지른 더러운 여자라느니 욕하거나 집에 돌을 던졌다. 루안링위는 변호사를 고용하고 신문에 광고까지 내면서 자신과 장다민 사이에 일어난 일을 직접 '팩트체크'했다. 하지만 언론사에 돈을 받고 파는 장다민의 '가짜 뉴스'를 이길 수 없었다. '가짜 뉴스'에 열광하는 상하이 사람들의 호기심 또한 당해낼 수 없었다.

더구나 상하이 신문기자들도 루안링위를 한번 때려잡겠다고 단단히 벼르던 참이었다. 루안링위가 진보적인 영화에 출연했는데 그 영화에서 기자들이 부정적으로 나왔기 때문이다. 기자들의 '괘씸죄'에 걸린 것이다. 기자들은 작당해서 루안링위를 매장했다. 기자와 전남편 그리고 스캔들에 침을 흘리는 대중이 한편이 되어 공격하는 가운데, 루안링위는 어디에도 진실을 호소할 수 없었다. 새 연인도 여론이 싸늘해지자 그녀 편이 되어주지 않았다. 사업하는 사람답게 계산기를 두드리며 자신의 이익을 먼저 챙기기 시작했다. 그즈음 루안링위에게도 새로 마음을 연 남자가 생겼다. 그는 진보적인 감독이었다. 루안링위는 그에게 같이 상하이를 떠나자고 말했다. 하지만 사랑보다 사회운동이 먼저였던 그는 루안링위의 제안을 거절했다.

루안링위는 이제 사면초가에 빠졌다. 그녀는 여성의 날인 3월 8일, 태양이 채 떠오르기도 전에 수면제를 먹고 삶을 마쳤다. 1930년대 상하이 영화계에서 활동하는 사람들과 마지막 파티를 하고 난 뒤였다. 루안링위를 자살로 내몬 것은 말이었다. 장다민의 말, 언론의 말, 스캔들에 열광한 사람들의 말이었다.

언론과 대중이 한 여성을 죽였다

루안링위가 죽고 두 달쯤 뒤 상하이에 살고 영화를 좋아하는 루쉰이 글을 썼다. 루안링위의 죽음을 두고 여러 논란이 일 때였다. 그녀의 죽음이 신문 탓이라는 주장이 나오자 한 기자가 억울함을 호소했다. 신문의 영향력이 불쌍할 정도로 미미하고, 그녀에 관한 기사는 모두 공공기관에서 수집한 사실이며 절대 날조한 게 없다고 주장했다. 지극히 상투적인 해명이었다.

루쉰은 이 해명을 반박하며 두 가지를 지적한다. 우선 신문의 힘이 예전 같지 않다 해도 여전히 힘이 있으며, 무엇보다 신문은 강자에게 약하고 약자에게 강하다고 꼬집는다. 여성이자 배우인 루안링위는 "대단히 유명하지만 힘이 없기 때문"에 신문이 힘을 발휘하기에 아주 좋은 대상이었다는 것이다. 다음으로 루쉰은 루안링위에 관한 보도가 모두 공공기관에서 얻은 정보를 바탕으로 한 것이라는 변명을 겨냥한다. 루쉰은 그것이 사실일 수도 있다고 전제한다. 그래도 문제는 그것에 살을 붙이는 언론의 나쁜 습성에 있다고 꼬집었다. 장다민과 루안링위 사이에 벌어진 소송에서 정보를 얻었다고 하더라도 거기에 묘사를 덧붙이는 언론의 습성이 발휘되었다고 지적한 것이다. 루쉰은 언론이 사실에 묘사를 덧붙여 보도할 때 당사자가 힘 있는 사람이라면 편지 한 장에 바로 정정보도가 실린다고 비꼰다. 하지만 루안링위는 여성이기 때문에 "고통을 당하는 재료가 되고, 자신이 흉측한 몰골로 그려져도 치욕을 씻을 방법이 없었다."고 비판한다.

또 다른 문제는 대중에게 있었다. 사실에 묘사가 더해진 신문 보도는 사람들의 엽기적인 호기심과 관음증을 위한 좋은 재료였다. 루안링위의 사생활을 두고 언론과 사람들이 앞서거니 뒤서거니 만들어낸 말은 들불처럼 번져 나갔다. 루쉰은 "소시민들은 언제나 사람들의 추문, 특히 잘 아는 사람들의 추문을 듣기 좋아한다."면서 스캔들을 대하는 사람들의 태도를 비판한다.

> 루안링위는 은막의 스타로서 모든 사람이 아는 인물이다. 이 때문에 그녀는 신문을 떠들썩하게 만들 아주 좋은 재료이고 적어도 판매 부수를 늘려줄 수 있다. 스캔들을 읽은 독자 중에는 이렇게 생각하는 사람이 있을 것이다. '내가 루안링위처럼 예쁘지는 않아도 더 정숙하지.' 그런가 하면 '내가 루안링위보다 재주는 없어도 출신은 훌륭하지'라고 생각하는 사람도 있을 것이며, 그녀가 자살하고 나서는 '난 루안링위 같은 재주는 없어도 자살하지는 않았으니 내가 그녀보다 용기가 있지'라고 생각하는 사람도 있을 것이다. 동전 몇 푼을 써서 자신의 뛰어난 점을 발견했으니 무척 수지맞는 일이다. (〈'사람 말이 무섭다'를 논함〉)[50]

대중에게 여성 배우의 스캔들만큼 흥미로운 이야깃거리는 없을 것이다. 루쉰은 약간의 돈을 내고 신문을 읽으면서 스캔들에 침 흘리는 사람들 역시 루안링위를 죽음으로 내몬 간접적인 살인자라고 지적한다.

누구도 말 때문에 죽어서는 안 된다

이것이 루안링위에게만 해당될까. 지금은 더하다. 배우가 아니더라도 여성과 관련된 사건이 보도되면 사실에 양념을 뿌려 수많은 버전의 소문이 만들어진다. 여기에 악성 댓글을 달아 이중 삼중으로 가해하는 일은 SNS가 발달한 지금 더욱 심해졌다. 여성 연예인들이 스스로 목숨을 끊는 사건이 빈발하는 데서 잘 알 수 있다. 예전에는 악성 언론이 주로 여론을 만들었는데, 지금은 평범한 사람도 여러 개인 매체를 통해 말의 학살에 가세한다. 과거보다 여론을 만들기가 더 쉬워졌고, 말의 폭격을 통해 한 사람을 궁지에 밀어 넣어 끝내 죽음으로 내몰기도 쉬워졌다. 루쉰의 비판이 우리 시대에도 절절하게 와 닿는 이유다.

루안링위는 이처럼 언론의 말초적인 보도와 그것을 즐기는 엽기적인 구경꾼들이 하는 말에 회복할 수 없는 피해를 입고 생을 마감하는 여성 수난의 대표적인 사례였다. 그런데 루쉰은 그녀를 죽음으로 내몬 언론과 동조자들을 신랄하게 비판하면서도 루안링위를 변호할 생각은 없다고 말한다. 자살에 찬성하지 않기 때문이다. 그러면서 루쉰은 다시 한번 사람들을 비판한다. 루안링위가 죽자 그녀의 이야기를 흥밋거리로 삼았던 사람들이 갑자기 성인군자로 돌변했다. 힘들어도 용기를 갖고 살아야지 왜 죽느냐며 루안링위를 비판한 것이다. 그야말로 가망 없는 위선자들이다. 루쉰은 비겁하고 위선적인 사람들을 향해 일갈한다.

"만약 (자살이) 쉽다고 생각하는 사람이 있다면 어디 한번 해 보라!"

지금은 누구나 아무런 거리낌 없이 말을 하고 글을 쓰는 '무기탄 사회'다. 이름을 날리려고, 돈을 벌려고, 편 가르기를 통해 지지층을 확보하려고, 성별 편견을 강요하려고 아무 기탄없이 말과 글을 남발하는 시대다. 말이 모여 진리와 정의를 수호하기도 쉽지만, 금방 떼를 지어 한 사람의 삶을 난도질하고 진리와 정의를 조롱하기도 쉬운 시대다. 이런 시대에 또 다른 루안링위가 얼마나 많을까? 근거 없이 던진 말과 편견에 사로잡힌 글 때문에 또 다른 루안링위가 지금 이 순간에도 구조 신호를 보내고 있을지 모른다. 예나 지금이나, 아니 지금 더욱더 "사람 말이 무섭다." 기탄없이 할 말과 하지 말아야 할 말을 가리자. 군자는 되지 못하더라도 적어도 인간 이하의 짐승은 되지 않기 위해서 한 번 더 생각하며 말하고 쓰자.

19

지금 이 문명도 한갓 편향일 뿐이다

아픈 사람들이 많다. 다른 어느 곳보다도 마음이 아파서 그만 삶을 놓을 정도다. 우리나라의 자살률은 OECD 국가 중 늘 1등이다. 아픔이 때로는 분노가 되어 다들 언제 폭발할지 모르는 휴화산으로 산다. 취업 걱정에 찌든 청년은 청년대로, 입시에 찌든 학생은 학생대로, 노인은 노인대로, 여성은 여성대로, 남성은 남성대로 화가 나 있고 저마다의 이유로 아프다. 그래서 다른 집단에 대한 혐오와 차별과 배제가 넘친다. 공생하는 동물인 인간이 공생의 의미를 잃은 채 서로 할퀸다. 다들 아프다 보니 힐링을 갈구한다. 나의 아픔이 한 차례 해외여행과 맛집 순례, 귀여운 반려동물로 치유된다면 그 아픔은 개인의 것이다. 하지만 여행을 다녀오고 맛집을 순례하고 반려동물에게 위로받아도 근본적으로 치유되지 않는다면 아픔의 기원은 개인에게 있지 않다. 아픔은 이 시대와 체제, 문명에서 기원하는 것이다.

아픔을 치유하려면 자신을 찬찬히 들여다보고 정밀하게 진단하는 일이 필요하다. 이를 통해 나를 다시 일으켜 세워야 한다. 독일의 철학자 이마누엘 칸트(Immanuel Kant)는 인간만이 지닌 능력으로 조감(鳥瞰) 능력을 든다. 조감 능력이란 새가 하늘에서 내려다보듯이 또 다른 내가 나를 내려다보는 것, 즉 자의식을 말한다. 우리는 조감 능력을 발휘해 다른 높이에서 자기를 돌아보며 다시 세워야 한다. 하지만 아픔이 개인의 아픔을 넘어 시대와 체제와 문명의 아픔이라면 나를 아는 것만으로는 한계가 있다. 내가 발 딛고 선 삶의 지반을 알아야 한다. 나만이 아니라 이 시대와 체제와 문명도 힐링이 필요하다. 그래야 내 아픔의 거대한 뿌리를 치유할 수 있다.

낡은 질문에는 새로운 답이 없다. 낡은 질문 속에서 새로운 답을 찾으려는 생각을 버려야 한다. 우리 시대에 퍼지고 있는 집단적 병증은 우리에게 새로운 질문을 요구한다. 질문을 새롭게 해야 새로운 답을 찾을 수 있다. 답 없이 질문만 한다고 타박하지 말아야 한다. 새로운 질문에는 낡은 답을 깨는 새로운 답의 씨앗이 들어 있기 때문이다.

그러기 위해서는 역사적 상상력과 시각이 중요하다. 자신을 알려면 조감 능력이 필요하듯이, 이 시대와 체제, 문명을 알려면 역사적 조감 능력이 필요하다. 우리 시대의 지반은 근대(modern)에 기원한다. 기술은 이미 근대를 넘어 전혀 새로운 단계로 진입하고 있지만, 우리 삶의 지반인 체제와 문명은 자본주의와 민주주의를 양 축으로 하는 근대의 연속선에 있다. 그래서 우리의 질문은 근대를 다시 묻고 조감하는 데서 출발해야 한다.

문명은 나선형으로 발전한다

근대가 길게는 5세기, 짧게는 3세기 동안 계속되면서 근대의 빛과 어둠을 역사적으로 생각해보는 것은 갈수록 어려워지고 있다. 중국의 시인 소식(蘇軾)은 천하 명산인 "여산(廬山)의 참모습을 보지 못하는 까닭은 몸이 산속에 있기 때문〔不識廬山眞面目 只緣身在此山中〕"이라고 했다. 우리에게 근대도 그러하다. 우리는 너무나 오랫동안 근대 깊숙이 들어와 있어서 근대의 기원과 바깥을 제대로 볼 수 없었다. 여름만 사는 매미가 가을과 겨울이 있음을 모르는 것과 같다. 빛과 어둠의 경계에 서야 비로소 빛과 어둠이 보인다.

우리가 근대를 사유하기 위해 루쉰에 주목하는 이유가 여기에 있다. 루쉰은 말하자면 근대라는 큰 산의 경계를 보던 시대에 살았다. 전통 시대와 근대가 교차하고 자본주의와 사회주의가 함께 대두하던 시대를 살았기 때문에 서로 다른 시대와 사상을 비교해볼 수 있었던 것이다. 그는 전통 시대와 근대를 비교하면서 두 시대가 어떻게 다른지를, 그리고 자본주의와 사회주의를 비교하면서 각각의 빛과 어둠을 사유할 수 있었다. 루쉰은 새롭게 눈앞에 펼쳐지는 근대를 배척하지 않았지만, 그렇다고 신처럼 숭배하지도 않았다. 다만 근대를 통해 전통 시대의 어둠을 해체하려 했고, 동시에 전통에 비추어 근대를 비판하면서 근대 이후를 고민하기도 했다. 루쉰은 이처럼 근대의 경계에 매우 민감하게 반응하면서 소설과 산문, 평론을 썼다.

근대의 경계를 살았던 루쉰의 눈에 근대는 어떻게 보였을까? 루쉰은 독특한 문명 발전관에 토대를 두고 근대를 바라보았다. 루쉰 문명관의 핵심은 모든 문명이 나선형으로 발전한다고 보는 데 있다.

> 세계란 직선으로 나아가는 것이 아니라 항상 나선형으로 굴곡을 그리면서 크고 작은 파동이 일어난다. (〈과학사 교재〉)[51]

세상 모든 것이 나선형 굴곡을 그리면서 발전한다는 시각은 중국이나 우리의 전통적인 역사관과도 서구의 근대적인 역사관과도 다르다. 중국이나 우리의 전통적인 역사관에서 역사는 순환한다. 심하게는 고대의 이상적인 시대에서 점점 퇴보하는 과정으로 보기도 한다. 황금시대는 과거에 있고 역사가 진행될수록 그로부터 멀어진다고 생각하는 것이다. 이에 비해 서구의 근대적인 역사관은 역사가 시간을 따라 직선으로 발전한다고 여긴다. 과거보다는 현재에, 현재보다는 미래에 가능성을 둔다.

그런데 루쉰의 관점은 두 역사관과 다르다. 그에 따르면 역사는 순환하는 것도 직선으로 발전하는 것도 아니다. 역사는 분명 발전하지만 직선이 아니라 나선으로 나아간다고 본다. 나사못이 판자를 뚫고 들어가는 것처럼 왼쪽과 오른쪽, 위쪽과 아래쪽을 오가면서 발전한다는 것이다. 그런데 루쉰은 어째서 모든 문명이 나선형을 그리면서 발전한다고 주장했을까? 루쉰은 모든 문명이 편향을 지닌 채 발전하기 때문이라고 말한다.

> 문명은 반드시 이전 세대가 남긴 것에 뿌리를 두고 발전해왔고 지난 일을 교정함으로써 편향이 생긴다. 정확한 표준에 따라 비교해보면 그것은 자못 분명해지는데, 편향은 마치 외팔이나 절름발이와 같을 뿐이다. (〈문화 편향 발전론〉)[52]

> 대개 오늘날의 업적은 이전 사람이 남긴 것을 계승하지 않는 것이 하나도 없고, 문명은 시대에 따라 변하고 아울러 이전 시대 대조류에 저항하는 것이기도 해서 문명 역시 편향을 지닐 수밖에 없다. (〈문화 편향 발전론〉)[53]

루쉰의 논리를 정리해보자. 문명은 직선이 아니라 나선으로 발전한다. 이렇게 나선형으로 발전하는 것은 모든 문명이 앞선 문명을 토대로 새로운 발전을 추구하기 때문이다. 앞선 문명의

세계란 직선으로 나아가는 것이 아니라

항상 나선형으로 굴곡을 그리면서

크고 작은 파동이 일어난다.

특징인 큰 흐름에 저항하고 바로잡아가는 과정에서 새로운 문명이 기원한다는 것이다. 이 과정에서 새로운 편향이 생긴다.

모든 문명은 한쪽으로 치우친다

이를 좀 더 풀어보자. A가 주된 특징인 문명이 있다. 그런데 세월이 흘러 체제가 경직되면서 이 문명의 장점보다 단점이 드러난다. 그때 문명을 비판하는 흐름이 형성된다. 새로이 등장하는 문명은 A가 드러내는 문제에 저항하면서 A를 철폐하려고 시도한다. 그러면서 B가 주된 특징인 새로운 문명이 태동하고 자신의 정당성을 주장한다. 그런데 루쉰에 따르면, 이렇게 태동한 새로운 문명 B 역시 한쪽으로 편향되어 있다. 왜 그럴까? A의 장단점을 냉정히 비교하지 않고 A 자체를 폐지하는 데 초점을 맞추어서 결국 한쪽으로 치우치기 때문이다. 새로 탄생한 B 문명에만 편향이 있지 않다. 그전에 있었던 A 문명 역시 편향되었다. A 문명보다 앞선 문명의 주된 특징을 부정하면서 탄생했기 때문이다. 이렇게 모든 문명은 앞선 문명을 극복하고 교정하는 과정에서 탄생하는 까닭에 어쩔 수 없이 편향을 지닌다는 것이 루쉰의 문명관이다.

루쉰의 문명관을 시대와 사상에 적용해보자. 전통 시대는 극단적으로 도덕을 중시하고 돈을 경시하는 시대였다. 이를 부정하면서 등장한 근대는 이전 시대의 편향을 비판하고 극복하면서 정당성을 얻었다. 그러다 보니 근대는 돈만 중시하는 편향에 빠진다. 또한 사유재산제와 시장경제를 특징으로 삼는 자본주의는 봉건제를 비판하며 등장했다. 사회주의는 자본주의가 물신주의라는 편향에 빠진 것을 비판하고 이를 극복하려고 탄생했다. 하지만 자본주의를 극복하는 데 치중하다 보니 극단적인 공유제나 국가 만능주의에 빠지는 편향이 일어난다.

우리의 정치 경험을 떠올려보면 좀 더 쉽게 이해할 수 있다. 우리나라에서는 그동안 보수세력과 진보세력이 교대로 집권해왔다. 새로 들어선 정권은 앞선 정권을 부정하면서 등장한다. 그러다 보니 앞선 정권과 반대쪽에 치우치는 정책을 펴곤 한다. 루쉰 식으로 말하면 '정확한 표준'을 따르지 않은 채 앞선 정권을 극복하는 데서 정당성을 찾기 때문에 한쪽으로 치우치는 것이다.

루쉰의 관점에 따르면, 모든 문명은 완전하지 않다. 모든 문명은 하늘에서 떨어진 것이 아니라 역사 속에서 탄생하기 때문이다. 앞선 문명을 비판하고 극복하는 과정에서 새로운 문명이 탄생하기에 모든 문명에는 한쪽으로 치우침이 있다는 것이다. 그러므로 편향은 문명의 기본 원리다. 루쉰은 근대문명 역시 편향(偏)과 더불어 허위(僞)를 지니고 있다고 본다. 편향은 문명이 지속될수록 극단에 이른다. 루쉰은 문명이 갈수록 극단에 이르면 이를 바로잡고 되돌리려는 흐름이 자연스럽게 나타난다고 본다. 그는 이를 '물극필반(物極必反)'이라고 부른다. 사물이 극에 이르면 반드시 돌아가기 마련이라는 것이다. 《주역(周易)》을 비롯한 중국의 사상서에서 변화의 원리를 설명하는 말이다. 달은 보름달이라는 극한에 이르면 다시 기울기 시작한다. 루쉰은 물극필반이라는 이치를 가져와서 문명의 기원과 성장, 종말, 새로운 문명의 탄생을 이야기한다.

권력은
저울추다

루쉰의 궁극적인 의도는 근대를 역사의 지평에 두고서 빛과 어둠을 두루 보자는 데 있다. 그런데 모든 문명이 한쪽으로 치우치기 마련이라면 발전이란 개념도 성립할 수 없는 것이고, 근대를 비롯한 역사에서 발전은 아무런 의미가 없는 것일까? 그렇지 않다. 루쉰은 모든 문명이 어차피 편향을 지니기 때문에 다 똑같고, 어떤 개혁이나 변화도 의미없다고 주장하지 않았다. 다만 우리가 모든 문명에는 한계와 편향이 있음을 늘 새겨야 한다고, 편향의 가능성을 꿰뚫어보는 비판적인 시각을 가져야 한다고 말할 뿐이다.

어떤 문명이든 밝은 면만 보거나 지금 문명 이외에 대안은 없다고 생각하지 말고, 문명의 어두운 면을 응시하면서 한쪽으로 치우친 편향을 바로잡아야 한다고 보는 것이다. 루쉰은 이런 관점에서 근대의 빛과 어둠을 응시할 것을 강조한다. 우리가 살아가는 이 시대와 문명도 한낱 편향일 뿐이다. 편향된다는 것은 균형을 잃는 것이다. 균형을 잃으면 건강하게 살아갈 수 없다. 편향 때문에 다들 아프고 화가 나 있다. 그렇다면 이 시대와 문명이 지닌 편향을 바로잡아야만 개개인의 아픔이 치유될 수 있다.

영어로 '권력'을 뜻하는 'power'는 한자어로 '권력(權力)'이라고 번역된다. 서구의 개념을 근대에 수입하면서 탄생한 말이다. 그런데 '권(權)' 자의 뜻풀이를 보면 '힘'과 더불어 '저울추'라는 뜻이 들어 있다. 권력이란 말에는 사회의 여러 힘을 저울질해 편향을 바로잡는다는 뜻이 있는 것이다. 세상이 어느 한쪽으로 치우치지는 않았는지 늘 살피고 균형점을 찾는 저울추야말로 권력의 본분이다. 우리 모두가 근대 문명의 편향을 제거하고 균형을 잡는 일에 힘을 모아야 하는 이유다.

20

'다수의 뜻'이 지배하는 사회의 그늘

누가 예수를 죽였을까? 예수에게 반역죄를 언도한 총독 본디오 빌라도(Pontius Pilate)일까? 예수가 유대인의 왕좌를 차지하려 한다고 생각한 유대인들일까? 여러 성서는 공통으로 빌라도가 예수를 용서하고 싶어 했다고 적고 있다.

"나는 그에게서 사형에 처할 아무런 죄를 찾지 못했소. 그러므로 나는 그를 매질이나 해서 놓아줄까 하오."

후세 사람은 빌라도가 이 말을 했다는 것을 의심하지 않는다. 다만 그가 예수를 풀어주려고 했다는 이 말이 진정한 참회에서 나온 것인지, 동정심을 보여서 예수의 사형을 요구하는 유대인을 자극하려고 한 것인지를 두고는 해석이 엇갈린다.

어쨌든 빌라도의 말과 달리 예수는 풀려나지 못했다. 빌라도는 예수를 처형하라고 유대인들에게 넘겨주었고, 그들은 예수를 십자가에 못 박았다. 루쉰이 예수의 죽음을 두고 빌라도라는 한 사람의 폭군보다 다수의 유대인에 주목하는 것은 이 때문이다. 루쉰은 "예수 그리스도를 십자가에 못 박은 것은 다수의 유대인이었다."고 말한다. 여기서 루쉰의 핵심은 '유대인'이 아니라 '다수'에 있다. '다수의 뜻'이 예수를 죽였다는 것이다. 루쉰은 "소크라테스를 독살시킨 것은 다수의 그리스인이었나."면서 역시 다수가 소크라테스를 죽였음을 지적한다. 그는 예수와 소크라테스의 죽음을 예로 들어 '다수의 뜻'이 그릇된 방향으로 모이면 성인과 철인도 죽일 수 있다고 경고한다.[54] 우리는 다수가 모이면 좋은 결과를 만들어낼 수 있다고 생각하지만, 루쉰은 이와 반대로 다수가 모여서 끔찍한 비극을 초래할 수 있다고 지적하는 것이다.

'다수의 뜻'이 지닌 빛과 그늘을 보라는 것이다. 루쉰의 지적을 두고서 이렇게 생각할 수도 있다. 지금 우리는 소크라테스가 살던 시대의 그리스인도 아니고 예수를 죽음에 이르게 한 유대인도 아니라고. 우리의 지적 수준은 훨씬 높아서 그들과는 다르다고. 지식 수준에서 보면 그렇게 생각할 만하다. 분명 지금 우리는 그들만큼 어리석지 않다. 민주주의를 이룬 대부분의 나라의 경험만 보더라도 분명 그렇다.

대중은 어떻게
독재자가 되는가

그런데 루쉰은 지식 수준을 기준으로 '다수의 뜻'이 지닌 위험을 경고하는 것이 아니다. 루쉰이 우려하는 것은 '다수의 속성'이다. 특히 사람들이 정치적 노선이나 경제적 이익에 따라 '붕당(朋黨)'으로 모여서 하나의 목소리를 낼 때다. 깊이 있는 사고보다는 표피적인 판단에 따라 많은 사람이 하나의 목소리를 내고 똑같이 행동할 수 있다. 정치적 득실 앞에서 깊은 사고와 판단이 정지될 수 있다. 루쉰은 이럴 때 옳고 그름이 모호해질 수 있다고 말한다.

> 다수가 서로 붕당을 지으면 어질고 정의로움의 방향이나 옳고 그름의 기준이 어지럽고 혼란스러워지고 오직 표피적인 차원에서 이해하고 깊은 이치는 파악하지 못한다. 표피적인 것과 깊은 이치 중에서 어느 것이 더 올바를 것인가? (〈문화 편향 발전론〉)[55]

다수가 붕당을 이루면 옳고 그름을 기준으로 행동하는 것이 아니라 특정한 정치적 상황이나 충동에 따라 움직인다는 것이다. 루쉰은 로마공화정 말기에 율리우스 카이사르(Julius Caesar)를 암살한 마르쿠스 브루투스(Marcus Brutus)가 한때 애국자로 추앙

받다가 돌연 대중의 뜻에 따라 외국으로 추방된 사례를 든다.

근대는 다수의 시대다. 근대는 다수의 힘에 기대어 빛나는 성취를 이루었다. 하지만 다수가 특정한 정치적 신념에 따라 하나의 목소리를 낼 때는 늘 경계해야 한다. 다수가 하나로 뭉치다 보면 집단의 논리에 따라 사안을 결정하고, 반대하는 사람을 배척하고 탄압하기 때문이다. 그럴 때 개인의 판단은 쉽게 정지되고, 옳고 그름에 대한 판단도 중지된다. 오직 정치적 기준과 득실에 따라 사유하고 판단할 수 있다. 정치적 파당의 논리 앞에서 진영의 논리만 남고 사고가 정지되는 것이다. 한나 아렌트가 지적하듯이 전체주의는 이런 흐름에서 기원한다. 21세기 들어 미국을 비롯한 전 세계에서 민주주의가 후퇴하고 있는 것도 이와 무관하지 않다.

이처럼 루쉰은 근대 이후 출현한 대중 독재의 위험성을 끊임없이 경계했다. 과거에는 한 사람이 다수를 억압했지만, 근대 이후에는 다수가 소수를 억압하고 있다는 것이다.

> 민중 가운데 독재자가 나온 것은 오늘날에 시작되었다. 예전에는 한 사람이 다수를 지배했고, 그래서 다수가 간혹 반기를 들기도 했다. 오늘날은 다수가 한 사람을 학대하고, 거기에 대한 저항을 허락하지 않고 있다. (〈악의 소리를 타파하라〉)[56]

과거에는 군주 한 사람이 다수를 억압한 1인 독재 시대라면 지금은 다수가 다수의 결정을 따르지 않는 사람을 억압하는 대중 독재 시대라는 것이다. 군주 한 사람이 하든 다수 대중이 하든 다른 생각을 가진 개인이나 소수를 억압하면 똑같이 독재라는 것이다.

> 외부 압력이 (나의 사상과 행동에) 가해진다면 그것이 군주에게서 나왔든지 대중에게서 나왔든지 관계없이 다 독재다. 국가가 내게 국민의 의지와 함께해야 한다고 말하면 이 또한 하나의 독재다. (〈문화 편향 발전론〉)[57]

루쉰은 외부에서 개인의 생각과 행동을 강제하는 것에 극도로 민감했다. 근대 이전에 군주가 그러했듯이 근대 이후에 대중이 국가 또는 국민의 이름으로 나의 생각과 행동, 의지를 억압한다면 이 역시 나에 대한 독재라는 게 루쉰의 주장이다. 루쉰이 대중 독재를 비판하면서 핵심적으로 요청하는 것은 각자의 '자기됨'이다. 자기됨이란 개인주의자가 되라는 뜻이 아니다. 자기만의 생각과 목소리를 가진 사람이 되라는 요구다.

파당에 판단을 맡겨서는 안 되는 이유

공자는 군자가 "서로 모이더라도 파

당을 지어서는 안 된다〔群而不黨〕."고 말했다. 영어로 '정당(party)'은 정치적 입장과 경제적 이해를 같이하는 일부(part), 즉 부분적인 사람의 모임을 가리킨다. 정당이란 원래 한쪽으로 치우치는 것을 전제로 한다. 파당이든 붕당이든 오늘날의 정당이든 결사체는 기본적으로 같음〔同〕의 원리에 따라 모인다. 이런 결사체에는 같음의 원리만 지배할 뿐, "화합을 이루면서도 다른 목소리를 내는 일〔和而不同〕"은 없다. 한자로 '당(黨)'이란 글자는 원래 부정적인 뜻을 갖는다. 글자를 나누어보면 검은 것〔黑〕을 숭상〔尙〕한다는 뜻이다. 예로부터 한국과 중국에서 붕당정치를 부정적으로 보는 데는 이렇게 문화적인 이유가 있다.

전통 시대의 붕당이든 근대의 정당이든 파당에 따른 정치는 우리 삶에서 피할 수 없는 조건이다. 정당 정치의 시대를 사는 우리는 지지하는 정당에 따라서 서로 갈라진다. 더없이 정치적인 삶이다. 하지만 극단적으로 정파의 논리에 따라 생각하고 행동하는 정치적인 삶은 사람을 각성시키기보다 사고를 정지시킨다. 정치 노선과 정치적 득실 앞에서 판단을 중지하는 다수가 뭉쳐서 권력을 형성할 때 세상은 위험해진다. 자기 성찰은 사라지고 정치적 유불리가 옳고 그름을 대체하며, 자신의 주장과 다른 생각을 지닌 사람을 배제하고 억압한 채 오직 선악의 이분법만이 자리 잡는다. 루쉰의 우려가 여기에 있다. '다수의 뜻'이 지닌 빛만 보지 말고 그 어둠도 응시하자는 것이 루쉰의 요청이다.

21

수의 많고 적음으로 진리를 결정할 수 있는가?

3월은 학교마다 선거의 달이다. 회장과 반장을 뽑기 위해서다. 한번은 선거철에 우리 집 아이가 씩씩거리며 돌아왔다. 무슨 큰 일이 난 줄 알았는데, 고등학교 회장 선거 때문이었다. 대개 인근 중학교 두 곳 출신이 오가며 회장을 맡았다. 그래서 출신 학교 사이의 파벌이 제법 있다. 이번에는 자기 학교 출신이 진 것이다. 회장 뽑는 게 결국 세 대결이었던 셈이다. 씩씩거리는 아이를 달래면서 물었다.

"그래서 회장으로 뽑힌 그 아이는 어떤데? 회장감이 못 되는데 뽑힌 거야? 완전히 망했어? 너희 중학교 출신이 더 나은 거야?"

아이의 대답은 예상과 달랐다.

"그건 아니고. 상대편 아이가 더 괜찮은 거 같긴 해."

한 해 동안 학생을 대표할 회장을 뽑으면서 사실상 인기투표를 한 것이다. 능력은 인기 앞에서 무력하다. 아이들 투표는 물론이고 어른들 투표도, 심지어 나라의 지도자를 뽑을 때도 마찬가지다. 능력으로 치면 대통령을 몇 번 했을 사람이 당내 경선조차 통과하지 못하는 사례가 많다. 지지하는 사람의 수가 많은지 적은지를 기준으로 대표를 뽑는 방법이 지닌 근본적인 한계다.

그렇게 뽑힌 지도자에게 우리를 맡겨도 되는 것일까? 인기도 있고 능력까지 겸비하면 좋겠지만, 인기만 있지 능력은 없고 지혜롭지도 못한 사람이 지도자를 맡아도 되는 것일까? 이런 폐단이 있어도 지금으로서는 어쩔 수 없다. 우리가 다수의 논리에 따르는 정치제도와 삶의 방식에 합의하고 있어서다. 민주 선거에서 다수표를 얻은 지도자는 그의 능력이 아무리 떨어져도 우리는 그를 대통령으로 인정할 수밖에 없다. 그가 표를 많이 얻었는데 어쩔 것인가.

선거는 구조적으로 차악을 뽑는다

다수표를 얻은 사람을 지도자로 선정하는 선거 방식은 최상의 지도자를 뽑는 방식은 아니다. 그보다는 최악의 지도자를 제외하는 방법이라고 해야 할 것이다. 민주 선거제도에서는 뽑히면 안 될 것 같은 사람이 뽑힐 가능성이 늘 있다. 그래서 근대 민주주의를 상징하는 나라인 미국은 대통령을 견제하는 갖가지 장치를 마련해둔다. 입법부와 사법부가 다수의 지지에 힘입어 당선되었지만 무능하고 위험한 리더의 폭주를 견제하는 것이다. 민주적인 선거가 원래 능력 있고 현명하며 도덕적이고 정의로운 사람을 뽑는 제도라면 왜 굳이 견제 장치가 필요하겠는가?

그러니 민주 선거에 참여할 때는 너무 큰 기대를 하지 말아야 한다. 최선이 아니라 차악을 뽑는다는 마음가짐으로 투표하는 것이 차라리 마음이 편하다. 물론 악과 차악은 반드시 분별해서 투표해야 한다. 하지만 너무 크게 기대할 필요는 없다. 민주주의란 인기는 있지만 무능력한 사람을 지도자로 뽑기 마련인 시스템이라는 것을 늘 가슴에 새기면서 살 일이다. 투표로 시민의 역할이 끝난 게 아니니 선거로 뽑힌 무능력자를 제대로 감시하며 살아야 한다.

선택하는 사람의 수를 기준으로 집단의 의사를 결정하는 다수결 방식은 원리로 볼 때 근본적인 한계를 지닌다. 다수결 제도에서는 유권자에게 고루 지지를 받지만 늘 2등으로 지지를 받는 사람보다는, 지지 폭은 좁지만 적은 사람들에게 열광적으로 지지를 받는 사람이 지도자로 당선될 확률이 높다. 그래서 우리나라를 비롯해 많은 나라의 정치 지도자는 많은 사람의 고른 지지를 얻는 전략을 쓰지 않는다. 그보다 자기를 확실하게 1등으로 지지하는 세력을 만들려고 노력한다. 자기를 열광적으로 지지하는 사람들로 팬덤을 만들고 그들의 이익에 충실한 정치를 한다. 지도자는 자신을 1등으로 지지하는 사람들이 좋아할 말을 한다. 막말이든 욕이든 상관없다. 오직 자기를 1등으로 지지해줄 사람들의 마음을 사로잡는 게 중요하다.

그런가 하면 자기에게 충성하는 사람과 그렇지 않은 사람 사이의 대립을 부추기면서 지지층을 확실히 결속시키려 한다. 우리 정치에서 늘 보는 모습이기도 하고 미국은 물론이고 세계 곳곳에서도 흔하게 볼 수 있다. 이처럼 민주주의는 정치인이 득표 전략 차원에서 갈등과 대립을 조장하는 일이 일어날 수밖에 없는 문제를 지니고 있다. 다수결의 원리에 따라 작동하는 민주주의가 구조적으로 지닌 어두운 면모다.

근대 민주주의도 결국 역사의 산물일 뿐이다

이런데도 우리는 왜 민주주의를 택했을까? 루쉰의 생각은 이렇다. 역사의 흐름에 따라서 그렇게 되었다는 것이다. 루쉰은 근대 문명의 주요 특징으로 수가 많은 것을 존중하는 다수주의와 민주주의를 든다. 그는 민주주의를 주요 원리로 하는 근대 문명이 어떻게 형성되었는지를 역사적으로 검토해 다수주의가 지닌 빛과 어둠을 지적한다.

앞서 살핀 루쉰의 문명관에 따르면 새 문명은 앞선 문명이 드러내는 폐단을 바로잡고 해체하기 위해 등장한다. 앞선 문명을 극복하는 데 초점을 맞추니 또 다른 편향이 일어난다. 루쉰은 모든 문명에 편향이 있기 때문에 완전한 문명은 없다고 본다. 이 논리에 따르면 근대에도 편향이 있으니 결코 완전하지 않다.

그는 근대 문명의 원리인 다수주의의 기원을 역사적으로 분석한다. 서양사를 보면 근대 다수주의는 중세 시대에 나타난 편향을 바로잡는 과정에서 탄생했다. 중세는 군주 한 사람이 통치하는 시대였다. 그러므로 다수주의라는 개념 자체가 없었다. 그런데 군주가 통치하는 체제에서 많은 문제가 드러났다. 현명하지도 않고 능력도 없는 데다 폭군에 불과한 군주가 많았던 것이다. 이것이 중세의 편향이었다.

루쉰은 중세의 편향을 바로잡기 위해 근대 다수주의가 대두했다고 본다. 군주 한 사람에게 권력을 맡기기보다 다수가 권력을 잡는 것이 낫다고 생각했기 때문에 프랑스혁명 같은 사건이 일어났다는 것이다. 이로써 근대가, 대중의 시대가 열린 것이다. 루쉰은 그 이후 근대 문명이 빛나는 성취를 거두었다고 평가한다.

> 문벌이 일소되고, 신분의 귀천이 평등하게 되었고, 정치권력은 백성이 주관하게 되었고, 자유평등의 이념과 사회민주의 사상이 사람들 마음속에 널리 자리 잡은 것이다. (〈문화 편향 발전론〉)[58]

하지만 루쉰은 근대가 19세기 말에 이르러 편향을 드러내기 시작해서 점점 극단에 이르렀다고 본다. "19세기 (근대)문명은 과거보다 뛰어"났지만, "개혁으로 시작되고 반항을 근본으로 했기 때문에 한쪽으로 편향되는 것은 당연한 이치"였다. 그것이 이제 "종말에 이르러 폐해가 마침내 뚜렷해"지고 있다고 보는 것이다.[59] 근대에 다수주의가 극단적으로 발전하면서 문제점이 나타나기 시작했다는 지적이다. 루쉰이 근대 문명의 두 가지 특징 중 하나라고 보는 물질주의가 극단에 이르러 사람들이 물질만을 맹목적으로 숭배하면서 정신을 소홀히 하는 폐단이 나타난 것이다. 근대 문명의 또 다른 특징인 다수주의 역시 극단에 이르렀다. 수가 많다는 것만을 기준으로 삼다 보니 다수의 결정을 진리로 생각하며 다수의 이름으로 소수를 억압하는 문제점이 드러났다는 것이다.

> 많은 사람이 함께 옳다고 하면 옳은 것으로 여겨지고, 혼자서 옳다고 하면 그른 것으로 여겨지며, 다수로서 천하에 군림하면서 특이한 사람에게 횡포를 부리는 일이 19세기의 큰 조류가 되었고, 지금까지 만연하여 없어지지 않고 있다. (〈문화 편향 발전론〉)[60]

> 자기와 의견이 다른 사람이 나타나면 반드시 다수로서 소수를 억압하면서 대중정치라는 구실을 붙이는데, 그 압제는 폭

군보다 더욱 심하다. (〈과학사 교재〉)[61]

루쉰이 여기서 집중적으로 비판하는 것은 "많은 사람이 함께 옳다고 하면 옳은 것이고 혼자 옳다고 하면 틀린 것(同是者是, 獨是者非)이라고 여기는" 폐단이다. 많은 사람이 모여서 토론하면 좀 더 나은 결정을 할 수 있다. 하지만 수가 많다는 것이 더 나은 결정을 할 수 있는 유일한 조건은 아니다.

다수의 지배를 의심하라

아울러 루쉰은 무엇이 옳고 그른지를 수의 많고 적음으로 정할 수는 없다고 생각한다. 우리는 다수의 뜻을 모으기 위해 부득이 다수결의 원리를 사용하지만, 다수의 뜻이 하나로 모인다고 해서 그것이 곧 진리는 아니라는 것이다. 루쉰은 "진리는 대중에 의해 궁극적으로 결정되는 것 같지만, 대중이 과연 옳고 그름의 근원을 궁극적으로 결정할 수 있을 것인가"[62]라고 묻는다.

당연한 지적이다. 진리가 어떻게 수의 많고 적음으로 결정될 수 있을까. 그런데 이런 생각이 지금 세상에서는 더 이상 당연하지 않다. 가끔 영상에 익숙한 학생들에게 쉽게 접할 수 있는 동영상 자료를 소개하려고 유튜브를 검색하곤 한다. 그런데 난감한 경우가 많다. 정말 엉터리 해석인데 조회 수와 추천 수가 제일 많은 동영상을 발견했을 때다. 그 동영상은 인기가 많을 뿐 내용은 엉망이다. 하지만 그 동영상은 '좋아요' 숫자나 조회 수에 힘입어 해석에서 권위를 행사한다. 학생들이 그런 잘못된 내용이 담긴 동영상을 가장 훌륭한 해석이라고 확신하면 어떻게 될까? 끔찍하다. 루쉰 말대로 진리가 어떻게 수의 많고 적음으로 결정될 수 있을까? 숫자에 지배당하는 지금 시대의 치명적인 문제가 이것이다.

수의 많고 적음을 기준으로, 그러니까 대중의 판단을 기준으로 진리 여부를 결정할 수 없다는 루쉰의 일갈에는 대중을 향한 불신도 들어 있다. 니체와 마찬가지로 루쉰 역시 대중에게 판단을 전적으로 맡기는 것을 불신한다. 이는 루쉰만이 아니라 중국인의 기본적인 생각이다. "현명한 사람을 따르고 다수를 따르지 말라(從賢不從衆)."고 하는 것과 같은 맥락이다.

하지만 루쉰의 참뜻은 다수결의 원리가 지배적인 근대에 다수결의 한계에 주목하라는 데 있다. 다수주의의 원리가 극에 이른 세상에서 수의 많고 적음에 이끌려 진리를 판별하지 말라는 것이다. 근대 세계의 빛만 볼 것이 아니라 어둠도 직시하라는 촉구다. 진리는 수의 많고 적음으로 결정되지 않는다는 루쉰의 말을 되새기면서 다수의 빛과 그늘을 성찰하자. 다수에 대한 불신도 위험하지만 맹목적인 신앙도 위험하다.

3부

루쉰은 누구인가

22

사람의 마음을 치유하기 위해 문학을 선택하다

외국 유학은 자국어를 쓰는 현지인과 경쟁하는 것이기 때문에 원래 힘들다. 학교에 동포가 한 사람도 없다면 더욱 그렇다. 루쉰이 일본 센다이(仙台)에서 유학할 때 중국인이라곤 그 혼자였다. 국비유학생으로 일본에 간 루쉰은 도쿄에서 일본어를 배운 뒤 의사가 되려고 센다이의학전문학교를 택했다. 학비도 면제받았다. 유일한 중국인으로 일본 학생 틈에서 공부하던 어느 날이었다. 러시아와 일본이 전쟁을 하던 1906년, 선생은 가끔 시사 관련 슬라이드 사진을 보여주었다. 그날은 러일전쟁 슬라이드였다. 일본이 이기는 슬라이드를 보고서 일본 학생이 환호성을 질렀다. 그 환호성 속에 유일한 중국인 학생 루쉰이 있었다.

그런데 슬라이드에 갑자기 동포가 나타났다. 러시아와 일본이 싸우는 뉴스에 중국인이 나온 것이다. 동포는 처형당하려고

서 있었다. 러시아 스파이라는 죄명으로 일본군에게 처형을 당하는 것이었다. 슬라이드에는 그 사람만 있지 않았다. 처형당하는 동포를 구경하려고 몰려든 중국인이 많이 있었다. 러시아와 일본이 남의 나라에서 싸울 때 중국인이 스파이 혐의로 일본군에게 죽임을 당하는데, 그것을 구경하려고 중국인이 몰려든 것이다. 루쉰은 그 모습을 보고 난 심경을 이렇게 적었다.

> 미생물학을 가르치는 방법이 지금은 얼마나 진보했는지 모르겠으나, 그 당시에는 슬라이드를 사용하여 미생물의 형태를 비추어 보여주었다. 그런데 가끔 강의를 다하고도 시간이 남으면 교수님은 학생들에게 풍경이나 시사에 관련된 슬라이드를 보여주며 시간을 때우곤 했다. 그때가 마침 러일전쟁이 한창이던 무렵이라, 자연히 전쟁에 관한 슬라이드가 비교적 많았다. 나도 강당에서 슬라이드를 보며, 항상 동료들의 박수갈채에 장단을 맞추어야 했다.
>
> 그런데 한번은 마침 화면에서 오래전에 헤어진 많은 중국인을 보게 되었다. 가운데에 한 사람이 묶여 있고, 주위에는 많은 사람이 둘러서 있는 장면이었다. 모두 건장한 체격이긴 했지만, 넋이 빠진 듯 멍한 표정들이었다. 해설에 따르면, 묶여 있는 중국 사람은 러시아 스파이로 일본군의 기밀을 정탐했기 때문에 본때를 보이려고 목을 자르려 한다는 것이었다. 주위를 에워싼 사람들은 본보기가 될 이 일을 감상하려고 나온

구경꾼들이라고 했다.

그해 공부가 채 끝나기도 전에 나는 도쿄로 나와버렸다. 그 슬라이드를 본 뒤로는 의학이 중요하게 여겨지지 않았기 때문이다. 무릇 어리석고 약한 국민은 체격이 제아무리 건장하고 튼튼해도 하잘것없는 본보기의 재료나 구경꾼이 될 뿐이다. 병으로 죽어가는 사람이 아무리 많다 해도, 그런 일은 불행이라고 할 수도 없다. 그러므로 우리가 첫째로 해야 할 일은 그들의 정신을 개혁하는 것이다. 정신을 개혁하는 데 가장 좋은 것은 문학과 예술이다, 이런 생각이 들었고, 그래서 문예운동을 제창하리라고 작정했다. (〈《외침》 서문〉)[1]

내면에서 외치는 소리를 듣다

루쉰은 육체를 고치는 사람이 아니라 정신을 고치는 사람이 되겠다고 생각을 바꾸었다. 루쉰이 슬라이드를 본 날은 1906년 1월 8일이고 학교에 자퇴서를 낸 날은 같은 해 3월 6일이다. 그동안 친구들과 송별 모임도 했다. 결심이 서자 망설이지 않고 빠르게 움직였다. 루쉰은 센다이를 떠나 문학하는 사람이 되어 도쿄로 돌아왔다. 그가 의학에서 문학으로 전환한 계기는 매우 극적이다. 그래서 루쉰 연구자 중에는 루쉰의 회고를 의심하는 사람도 있다. 어떻게 이런 사건 하나로 진로를 바꿀 수 있느냐고 보는 것이다. 심지어 진짜 있었던 일이 아니라고 의심하는 사람도 있다.

하지만 스물다섯 살에 그런 결심을 하기까지 루쉰의 삶을 보면 판단이 달라질 수 있다. 루쉰은 과거를 본 적이 있다. 어머니와 집안의 권고 때문이었다. 하지만 단 한 번 보았을 뿐 중도에 포기한다. 그리고 국비유학생으로 일본에 와서는 의학을 택했다. 당시는 의학 공부가 유행이었다. 의학은 첨단 학문이었고 의사는 장래가 보장되는 직업이었기 때문이다. 루쉰에게는 아버지가 잘못된 한의학 처방으로 숨을 거두었다는 생각도 작용했다. 그런데 루쉰에게 과거를 통해 관리가 되어 출세하는 것도 의학을 공부하는 것도 내면에서 우러나오는 진정한 선택은 아니었다. 내면 깊숙한 곳에서는 다른 목소리가 억눌려 있었다. 바로 문학의 길을 가라는 소리였다.

사오싱에 있는 루쉰 생가에 가면 사랑채를 지나 안채로 들어가는 길에 조그만 터가 있다. '계화명당(桂花明堂)'이라고 불리는 곳이다. 중국에서는 이런 조그만 마당을 '천정(天井)'이라고 부르는데, 사오싱에서는 '명당'이라고 부른다. 지금은 한 그루밖에 없지만 루쉰이 어렸을 때는 이곳에 잎이 무성한 계수나무 두 그루가 우산처럼 서 있었고 돌로 된 작은 식탁이 있었다. 루쉰의 할머니는 여름밤이면 이곳에서 어린 루쉰에게 흥미진진한 이야기를 들려주었다. 어린 루쉰이 재미있게 들은 이야기는 산문 여러 곳에 등장한다.

루쉰은 일곱 살부터 유교 교육을 위한 기본 서적을 차례로 읽었지만 정작 재미를 느꼈던 것은 그림책이나 옛날이야기였다. 루쉰이 가장 좋아한 책은 신기한 동물과 사람이 등장하는 지리서《산해경(山海經)》이었다. 루쉰은 처음부터 문학을 해야 할 사람이었던 것이다. 하지만 그는 집안 사정과 시대의 흐름 때문에 원래 좋아하던 길을 가지 못했다. 문학은 돈도 사회적 지위와 성공도 보장해주지 못했기 때문이다. 하지만 루쉰은 결국 자기 내면의 소리를 따랐다. 아무런 보장도 없고 다들 선망하는 길도 아니었지만 자신의 길을 택한 것이다.

일본의 루쉰 연구가인 다케우치 요시미(竹內好)의 표현을 빌리면 이 선택은 일종의 '회심(回心)'이었다. 종교에서 회심은 나쁜 길에 빠졌음을 뉘우치고 다시 신앙의 길로 들어서는 것을 말한다. 루쉰에게 회심은 다른 길로 갔다가 결국 자신이 가장 좋아하고 잘할 수 있는 문학의 길로 들어서는 것이었다. 그리하여 루쉰은 문학하는 사람이 되었고, 문학하는 사람으로서 세상에 큰 발자국을 남겼다. 의학을 포기하는 결단이 없었다면 문학하는 사람 루쉰도 없었다. 루쉰의 삶은 진정한 삶을 살고 자신만의 길을 가기 위해서는 회심이 필요하다는 것을 보여준다.

"창문도 없고 절대 부술 수도 없는 철(鐵)로 된 방이 하나 있다고 하세.
지금 자네가 큰 소리를 질러 비교적 깨어 있는 몇 사람을 일으켜,
그 불행한 몇 사람이 구제할 길 없는 임종의 고통을 겪게 된다면
도리어 그들에게 미안한 일 아닐까?"
"그러나 몇 사람이라도 일어난다면, 그 철로 된 방을 부술 희망이
전혀 없다고 할 수는 없지 않은가?"

모두가 잠든 철의 방에서 외치는 문학

평생을 문학하는 사람으로 살기로 했지만 루쉰이 소설가로서 세상에 처음 이름을 알린 것은 한참 뒤인 서른여덟 살 때였다. 루쉰은 1918년에 첫 소설 〈광인일기〉를 발표한다. 문학을 하며 살기로 한 지 12년이 지난 뒤였다. 그 동안 루쉰은 좌절과 절망의 시간을 보냈다. 문학을 하기로 하고 도쿄로 온 뒤 루쉰은 뜻을 같이하는 친구들과 《신생(新生)》이란 잡지를 내려고 했지만 결국 내지 못한다. 동생과 함께 외국 단편소설을 번역하여 《외국소설집(域外小說集)》이라는 이름으로 두 권의 책을 냈지만, 1권이 21부, 2권이 20부 팔리는 데 그쳐 참담한 실패를 맛본다.

일본에서 루쉰은 문학하는 사람으로 사는 데 실패한다. 1909년, 7년 동안의 유학 생활을 마치고 귀국한 그는 사오싱과 항저우(杭州)에서 과학 과목을 가르치는 선생으로 지낸다. 거의 자포자기하는 심정이었고, 술과 담배에 찌든 나날이었다. 이런 절망과 좌절의 나날에 새로운 전기가 마련된 것은 신해혁명으로 1912년 중화민국 정부가 수립된 뒤 루쉰이 교육부에 취직하면서다. 동향 사람으로 당시 정부에서 교육부 장관을 맡은 차이위안페이(蔡元培)가 주선했다. 루쉰은 정부가 난징에 있어서 그곳으로 갔다가 1912년에 청사를 베이징으로 옮길 때 따라서 이사

한다. 루쉰은 1912년부터 1926년까지 14년 동안 교육부 공무원으로 지내면서 작가 생활을 했고 대학에서 시간강사로 강의를 했다.

교육부 공무원은 호구지책이었을 뿐, 루쉰이 실의와 절망에서 완전히 빠져나온 것은 아니었다. 루쉰의 개인적인 삶도 빛이 보이지 않았지만 무엇보다 중국의 현실이 어두웠다. 쑨원이 주도한 신해혁명과 새로 수립된 공화정부는 당시 베이징을 차지한 위안스카이에게 총통직이 넘어간 뒤 용두사미가 되어버렸다. 위안스카이는 총통이 아니라 황제가 되려고 했다. 역사가 다시 과거로 돌아간 것이다. 루쉰은 이 시기 자신의 상황을 적막과 비애에 차 묘사한다. 적막과 비애 속에서 금석문을 수집하고 탁본에 몰두하며 현실에서 도피하려고 한다. 이때 한 친구가 찾아와 대화를 나눈다.

> 그때 가끔 놀러와서 이야기를 나누곤 한 사람은, 옛 친구인 진신이(金心異)였다. 그는 커다란 가죽 가방을 낡은 책상 위에 놓고 웃옷을 벗어던지고는 마주 앉았다. 개를 무서워했기에 그때까지도 가슴이 두근거리는 모양이었다.
>
> "자네 이런 건 베껴서 뭐 하려고 그러나?"
>
> 어느 날 밤, 그는 내가 베낀 옛 비문의 초본을 펼쳐 보며 궁금한 듯이 물었다.
>
> "아무 소용도 없지."

"그럼 뭐 하러 베끼나?"

"아무 이유도 없어."

"내 생각엔 말이야, 자네가 글을 좀 써보는 게 어떨까 싶어……."

나는 그의 뜻을 알 수 있었다. 그들은 《신청년》이란 잡지를 만들고 있었다. 그러나 그 당시엔 특별히 찬성하는 사람도, 그렇다고 반대하는 사람도 없는 것 같았다. 필시 그들도 적막감을 느끼고 있었을 것이다. 하지만 나는 이렇게 말했다.

"가령 말일세, 창문도 없고 절대 부술 수도 없는 철(鐵)로 된 방이 하나 있다고 하세. 그 안에는 많은 사람이 깊이 잠들어 있네. 머잖아 모두 숨이 막혀 죽겠지. 그러나 잠든 상태에서 죽어가니까 죽음의 비애는 느끼지 않을 걸세. 지금 자네가 큰 소리를 질러 비교적 깨어 있는 몇 사람을 일으켜, 그 불행한 몇 사람이 구제할 길 없는 임종의 고통을 겪게 된다면 도리어 그들에게 미안한 일 아닐까?"

"그러나 몇 사람이라도 일어난다면, 그 철로 된 방을 부술 희망이 전혀 없다고 할 수는 없지 않은가?"

그렇다. 나는 나름의 확신을 지니기는 했지만, 그렇다고 희망이라는 것을 말살시킬 수는 없는 노릇이었다. 희망이란 미래에 속하는 것이기에, 반드시 없다는 내 주장으로 있을 수 있다는 그의 주장을 꺾을 수는 없었기 때문이다. 그래서 나는 마침내 그에게 쓰겠다고 응답했다. 이것이 처녀작인 〈광인일

> 기〉다. 그때부터 이왕 발을 내디딘 이상 되돌릴 수도 없고 하여, 친구들의 부탁이 있을 때마다 소설 비슷한 글을 썼고, 그렇게 쌓인 것이 10여 편에 이르렀다. (《외침》 서문)[2]

루쉰은 당시 현실에 절망하고 있었다. 모든 중국인이 철로 된 방에서 잠들어 있다고 생각했다. 잠는 사람을 깨우려면 철의 방을 깨야 하는데 쇠로 된 방을 깰 가능성은 전혀 보이지 않았다. 그래서 차라리 죽게 내버려둔 채 죽음의 비애나 임종의 고통을 느끼지 않게 하는 편이 낫다고 생각했다. 그런데 친구의 생각은 달랐다. 친구는 한 사람이라도 깨어난다면 철의 방을 깰 희망이 있다고 생각한 것이다. 루쉰은 친구의 희망론에 설득된다. 자신은 희망이란 게 없다고 생각하지만, 희망은 미래에 속하는 것이어서 있을 수 있다는 친구의 주장을 꺾을 수 없었던 것이다. 그래서 지식인과 청년에게 중국 개혁을 외치던 영향력 있는 잡지 《신청년(新青年)》에 글을 쓰기로 했고, 그렇게 쓴 작품이 첫 소설 〈광인일기〉였다. 필명 루쉰(魯迅)으로 발표했다. 문학하는 사람 루쉰은 이렇게 탄생했다.

23

루쉰을 있게 한 여성들

의학 공부를 포기하고 문학을 하기 위해 센다이에서 도쿄로 돌아온 1906년 7월, 루쉰은 집에서 온 전보 한 통을 받는다. 전보에는 '모병속귀(母病速歸)'라는 네 글자가 적혀 있었다. 어머니가 병이 났으니 얼른 귀국하라는 것이었다. 전보를 받은 루쉰이 7월 26일 부랴부랴 고향에 도착하자 집은 온통 붉은색 희(喜) 자로 장식되어 있었다. 루쉰은 그제야 알아차렸다. 그를 결혼시키려고 준비를 다 해놓은 어머니가 병을 빙자해 그를 부른 것이다.

이 갑작스러운 결혼을 어떻게 할 것인가? 루쉰은 묵묵히 어머니의 선택을 따랐다. 그는 주안(朱安)이라는 여성과 혼례를 올렸다. 루쉰보다 세 살이 많았고 전족을 했으며 글을 몰랐다. 루쉰이 난징에서 공부할 때 어머니가 정혼해둔 여자였다. 루쉰은 정혼을 물리라고 했지만 어머니는 그러지 않았고 결국 결혼에 이른 것이다. 루쉰은 정혼을 깰 수 없다면 최소한 두 가지 조건이라도 들어달라고 했다. 하나는 전족을 푸는 것이었고, 다른 하나는 글을 배우는 것이었다. 어느 하나 이루어지지 못한 채 그녀는 루쉰에게 시집왔다. 결혼은 루쉰의 일생에서 가장 불행한 일이었다. 루쉰은 평생 이 일로 고통 받았고, 주안도 마찬가지였다.

주안과 루쉰은 2층에 있는 방에서 첫날밤을 보냈다. 지금 루쉰 생가에 가면 그 방은 폐쇄되어 있다. 루쉰은 첫날밤을 보낸 뒤 다음 날부터는 서재에서 잠을 잤고 나흘째 되는 날에는 일본으로 떠나버렸다. 여기서 결혼을 대하는 루쉰의 마음을 알 수 있다. 그 뒤로 주안과 루쉰은 같은 집에 산 적은 있어도 같은 방을 쓴 적은 없다.

사랑하는 어머니가 준 선물의 고통

루쉰에게 주안은 무엇이었을까? 루쉰은 친구에게 말했다.

"어머니가 내게 준 선물이다. 나는 그저 잘 보살필 따름이다. 사랑은 나는 모른다."

그저 어머니의 명을 따랐을 뿐이라는 이야기다. 루쉰은 왜 어머니의 선택을 묵묵히 따랐을까? 가장 큰 이유는 효자였기 때문이다. 루쉰 연구자 중에는 루쉰에게 효자 콤플렉스가 있다고 지적하는 사람도 있다. 루쉰은 어머니의 영향을 크게 받았다. 루쉰이라는 필명도 어머니 루루이(魯瑞)에서 딴 것이다. 어머니를 향한 루쉰의 마음을 엿볼 수 있다. 어머니는 루쉰의 고향 인근에 사는 관료 집안의 딸이었다. 딸이라는 이유로 공부를 시켜주지 않았기 때문에 남동생들이 공부하는 소리를 옆에서 몰래 들으며 글을 깨우쳤다. 그녀는 특히 이야기책 읽기를 좋아했다. 루쉰의 문학 기질은 어머니에게서 왔다.

어머니는 시대를 앞서가는 사람이었다. 전족을 푸는 운동이 일어나자 여기에 동참하여 전족을 풀어버렸다. 신해혁명이 일어난 뒤에는 머슴이 청나라를 타도하는 일에 동참한다는 의미에서 변발을 푸는 것을 지지했다. 머슴의 양말도 직접 기워주었다. 남편이 일찍 죽고 잘살던 집안도 기운 가운데 홀로 세 아들을 키웠다. 루쉰에게 늘 엄격하고 딱딱했던 아버지와 달리, 어머니는 자상하고 따뜻하고 강인했다. 아버지가 죽은 뒤 루쉰이 신학문을 배우러 난징으로 가겠다고 하자 어머니는 눈물을 흘리면서도 장신구를 팔아 여비를 마련해 아들의 새로운 출발을 응원했다.

아버지가 죽자 어머니가 기댈 곳은 장남 루쉰뿐이었다. 루쉰은 어머니에게는 버팀목이었고 두 동생에게는 아버지였다. 루쉰은 어머니에게 그리고 두 동생에게 자신이 어떤 존재인지를 잘 알고 있었다. 그는 도쿄에서 과격한 정치조직에 가담한 적이 있었다. 청나라를 타도하기 위해서 살인도 감행하는 조직이었다. 이때 상부에서 귀국하여 요인을 암살하라고 하자, 루쉰은 내가 죽으면 남은 어머니는 어떻게 하느냐면서 주저하다가 결국 포기했다. 그는 1919년 베이징에 집을 마련하여 고향에 계신 어머니를 데려와 극진하게 모셨다. 나중에 상하이로 가면서 떨어져 산 10년 동안 루쉰은 어머니에게 보름에 한 통씩 꼬박꼬박 편지를 보냈다. 루쉰은 어머니에게 평생 효자였지만 딱 한 번 불효했다. 어머니보다 일찍 죽은 것이다. 루쉰은 1936년에 상하이에서 죽었고, 어머니는 1943년에 베이징에서 세상을 떠났다.

효자 루쉰이 어머니의 명에 따라 맞은 주안은 평생을 어둠 속에서 살았다. 그녀는 내내 집안일을 했고 시어머니를 봉양했다. 루쉰과 한집에서 살았을 때는 루쉰을 수발했다. 루쉰이 일본에서 돌아와 고향에 잠시 머물던 1910년부터 1911년까지, 그리고 1919년 베이징으로 이사해 1926년 루쉰이 다른 여성과 함께 남쪽으로 내려가기 전까지다. 루쉰은 주안과 전혀 소통하지 않았다. 그녀는 그저 어머니의 말동무이자 집안일하는 사람일 뿐이었다. 주안은 이런 말을 한 적이 있다.

"나는 그저 그(루쉰)를 잘 대할 생각만 해요. 모든 걸 그 사람 하는 대로 하다 보면 언젠가 좋은 날이 오겠지요."

그녀가 말한 '좋은 날'이란 루쉰의 아이를 갖는 날이었지만 그날은 결코 오지 않았다. 루쉰은 훗날 두 번째 부인인 쉬광핑과 사이에서 아이를 가진다. 주안은 루쉰이 자신과 시어머니를 남겨둔 채 쉬광핑과 남쪽으로 떠난 뒤 다시는 그와 같이 살지 못한다. 그녀는 루쉰이 죽고 삶의 유일한 동반자였던 시어머니마저 죽은 뒤 홀로 베이징에서 살다가 1947년 예순아홉 살에 쓸쓸히 죽었다. 주안은 루쉰 저작의 판권 등 모든 유산을 쉬광핑이 낳은 아들에게 물려주었다.

왜 루쉰은 주안의 불행을 방치했을까? 주안을 대하는 것이 자신에게도 큰 고통이었는데도 왜 루쉰은 주안과 이혼하지 않았을까? 당시 중국 지식인 중에는 루쉰처럼 결혼한 사람이 많았다. 그중에는 나중에 이혼한 사람도 그냥 잘 사는 사람도 있었다. 루쉰은 둘 다 아니었다. 아내를 인정하지 않은 채 사랑 없는 상태를 유지할 뿐이었고, 헤어지지도 않았다. 주안의 입장에서 루쉰의 선택은 잔인하다. 루쉰에게 이혼을 권하는 친구도 있었다. 그런데 루쉰은 이렇게 생각했다. 주안이 이혼하고 친정으로 돌아가면 집안사람도 그녀를 무시하고 주위 사람의 입에 오르내리게 될 것이라고. 주안의 성격으로 이런 일을 견딜 수 없는 일이어서 결국 극단적인 선택을 할 수 있다고. 그래서 루쉰은 주안을 그저 집안에 두기로 했다는 것이다.

불혹을 넘어서야
평생의 연인을 만나다

루쉰은 베이징에서 마침내 작가가

되었고 창작의 전성기를 보냈다. 그는 1912년부터 1926년까지 베이징에 머무는 동안 대표작인 〈아Q정전〉을 비롯한 대부분의 소설을 썼고《들풀(野草)》같은 산문집도 냈다. 루쉰이 1919년에 베이징에서 처음 구입한 집은 제법 규모가 크다. 지금도 남아 있는데 슬쩍 보아도 비쌌겠다고 짐작할 수 있을 정도다. 어머니와 아내, 큰동생 저우쭤런 부부와 막냇동생까지 같이 살았다. 그는 이곳에서 〈아Q정전〉을 썼다. 교육부 공무원 월급, 베이징대학과 베이징여자고등사범학교 등 여덟 개 대학에서 강의하며 번 강의료, 원고료와 인세 등 경제 상황은 좋은 편이었다.

하지만 중국의 현실은 갈수록 암담했다. 제국주의 세력의 압박이 갈수록 거세지면서 나라의 반쪽이 식민지로 전락했다. 그런데도 국내 정치는 군벌과 독재자들 세상이었다. 군벌은 제국주의와 정부에 항의하는 시위를 벌이는 학생을 체포하고 구금하고 폭행하는 것을 넘어 학살하기까지 했다. 루쉰은 이런 현실에 한없이 절망했다. 악을 추호도 용서치 않은 루쉰은 자신의 글이 어두운 현실을 향한 투창이자 비수가 되길 바랐다. 하지만 현실에는 어둠과 허무만이 존재한다고, 아무런 빛도 희망도 없다고 생각했다.

더구나 동생이자 같이 문학을 하는 동지였던 저우쭤런 사이에 치명적인 불화가 일어났다. 두 사람의 불화에 일본인인 동생 부인이 개입되었다는 등 소문과 짐작은 많지만, 아직까지도 형제가 갈라선 정확한 이유는 알려지지 않았다. 루쉰은 어느 날

갑작스럽게 동생에게 절교 편지를 받고서 아내만 데리고 집을 따로 얻어서 나왔다. 나중에는 어머니까지 모시고 나와 새집을 마련했다. 베이징에 있는 루쉰 박물관 옆 생가가 그곳이다. 루쉰이 가장 위험하고 절망과 좌절 한가운데 놓여 있던 시기다.

이 무렵 루쉰에게 새로운 여성이 등장한다. 그녀가 바로 쉬광핑이다. 루쉰이 강의를 나가던 베이징여자고등사범학교의 학생이었다. 쉬광핑이 먼저 루쉰에게 어두운 현실 속에서 어떻게 살아야 하는지를 묻는 편지를 보냈다. 1925년 3월 11일 루쉰은 그녀의 첫 편지를 받았다. 여기에 루쉰이 답을 하면서 편지가 자주 오갔다. 쉬광핑은 루쉰의 집을 드나들며 원고를 정리해주기도 했다. 선생과 제자 사이에 오가던 편지는 차츰 연애편지로 바뀌었고, 둘 사이에 사랑이 싹텄다.

1926년 루쉰은 마침내 베이징을 떠난다. 그는 쉬광핑과 함께 기차를 타고 상하이로 갔다. 여기서 두 사람은 각자 다른 배를 탔다. 루쉰은 샤먼(厦門)으로, 쉬광핑은 그녀의 고향인 광저우(廣州)로 갔다. 베이징에서 루쉰이 수배를 받는 등 어두운 시국과 동료 문인인 린위탕이 좋은 조건을 걸고 샤먼대학 교수로 초청한 것이 남쪽으로 떠난 동기였다. 하지만 루쉰이 베이징을 떠나기로 한 또 하나의 중요한 동기는 사랑이었다. 이때 루쉰은 마흔다섯 살이었고 쉬광핑은 스물여덟 살이었다. 루쉰은 불혹을 넘어서야 사랑하는 사람을 찾은 것이다.

루쉰은 샤먼에서 세 달가량 머문 뒤 광저우에 있는 중산대학으로 갔다. 그런 뒤 1927년에 쉬광핑과 함께 상하이로 가 동거했다. 1929년 아들 하이잉(海嬰)을 낳았다. 1936년 루쉰이 상하이에서 죽을 때까지 그의 곁을 지킨 사람은 쉬광핑이었다. 쉬광핑은 루쉰의 충실한 제자이자 열렬한 지지자이고 연인으로서 그의 사상을 가장 잘 이해한 사람이었다. 무엇보다 쉬광핑은 루쉰이 가장 절망에 빠져 있을 때 사랑으로 그를 구원한 사람이었다. 쉬광핑은 루쉰이 죽은 뒤 그를 이렇게 평했다.

"당신은 소였습니다. 풀을 먹고 우유를 만드는 소였습니다."

모든 꽃에 색이 있어도
모든 색이 다 꽃은 아니다

1927년 10월 3일 루쉰은 쉬광핑과 함께 상하이에 도착했다. 그리고 상하이에서 생애 마지막 10년을 보냈다. 루쉰이 상하이로 올 즈음 중국의 현실은 크게 요동치고 있었다. 국민당과 공산당은 1924년부터 밖으로는 제국주의에 대항하고 안으로는 군벌 통치를 끝낸 뒤 통일 정부를 수립하려고 합작을 했다.

그런데 1927년 4월 12일 국민당은 공산당과의 합작을 깼다. 공산당원은 물론이고 수많은 진보적인 문학인과 지식인이 좌익 혐의를 받으며 대대적으로 투옥되었고 많은 이가 죽임을 당했다. 중국은 빠르게 좌우로 분열되었고 국민당에 비판적인 이들은 비극을 맞았다. 국민당과 공산당의 대결이 시작되면서 이제 중국을 구하는 길은 오직 사회주의혁명밖에 없다는 생각이 퍼졌다. 국공합작 파기는 지식인 사회에서 사회주의 혁명운동이 크게 일어나는 전환점이었다.

루쉰이 상하이에 오자마자 사회주의혁명에 가담한 청년 문학인들이 루쉰을 거세게 비판했다. 그들은 사회주의혁명을 위한 문학을 주장했다. 청년들은 이제 루쉰의 시대가 끝났다면서 노동자와 농민이 중심이 된 사회주의 혁명문학으로 방향을 전환할 것을 주장했다. 이들의 비판, 사회주의 혁명운동이 빠르게 확산되는 현실, 국민당에 대한 실망과 공산당에 대한 우호적인 분위기, 마오쩌둥이 이끈 공산당의 활약 등이 복합적으로 작용하면서 루쉰은 이 무렵부터 사회주의 관련 책을 많이 읽었다. 루쉰의 표현에 따르면, 이즈음부터 루쉰은 "사실의 교훈으로 신흥 프롤레타리아계급이야말로 미래가 있다고 생각하게 되었다."

루쉰, 혁명문학 논쟁의 한복판에 서다

루쉰이 상하이에 온 뒤 중국 문단에 벌어진 이른바 '혁명문학 논쟁'에서 루쉰은 사회주의 혁명운동을 주창하는 청년 작가의 가장 우선적인 공격 목표였다. 그만큼 루쉰이 문단에서 중요한 존재였고, 급진적인 청년 작가들의 생각에는 문단의 핵심 인물인 루쉰을 잡아야 중국 문학판이 사회주의문학으로 새롭게 정리될 수 있다고 생각한 것이다. 루쉰도 가만히 있을 리 없었다. 루쉰은 토론과 논쟁을 한 번도 회피해

본 적이 없었고, 한번 시작하면 끝까지 물고 늘어지면서 상대의 주장과 논리가 지닌 약점을 집요하게 공격해 압도했다. 루쉰이 1920년대 말부터 죽을 때까지 쓴 글 가운데 가장 많은 비중을 차지하는 것이 바로 다른 사람의 주장을 비판하고 논쟁에서 자기주장을 펴는 글이었다.

루쉰은 혁명문학 논쟁에서 한편으로는 급진적인 좌파 청년 문학인과 대립했고, 다른 한편으로는 문학의 계급성을 부정하는 자유주의 우파 문학인과도 대립했다. 루쉰의 생각은 이러했다. 계급사회에서 문학은 당연히 계급성을 지니기 마련이고 문학에도 선전·선동 기능이 있다. 하지만 인간에게는 계급성만 있지 않으며, 문학에는 계급성만이 아니라 문학성도 필요하다. 오히려 급진적이고 과격하며 지나치게 낭만적인 청년 혁명가야말로 혁명을 후퇴시킬 수 있다.

혁명을 너무 낭만적으로 보지 말라는 것, 한 차례 혁명으로 이상 사회가 실현될 수는 없다는 것이 루쉰의 주장이었다. 루쉰은 자신의 생각을 이렇게 압축했다.

> 모든 문학과 예술은 선전이다. 그러나 모든 선전이 다 문학과 예술은 아니다. 모든 꽃에는 색이 있지만 모든 색이 다 꽃은 아니다. 혁명이 구호나 표어, 포고문, 전보문, 교과서 같은 것 말고도 문학과 예술을 사용하는 것은 바로 그것이 문학과 예술이기 때문이다. (〈문예와 혁명〉)[3]

아울러 루쉰은 사회주의혁명이 불가피하더라도 혁명으로 유토피아가 도래한다고는 생각하지 않았다. 혁명 이후에도 또다시 어둠이 생길 것이고 새로운 권력자가 나타나면서 현실에 불만을 품은 사람이 여전히 나타날 것을 지적했다. 그래서 혁명은 영원히 계속되어야 한다. 이른바 혁명의 끝, 혁명의 절대 경지는 결코 없고, 오직 끝이 혁명을 밀고 나가는 영원한 혁명만 있을 뿐이라는 영구혁명론, 이른바 '혁명무지경(革命無止境)'론이다.

1930년 2월 루쉰은 국민당에 항의하기 위해서 조직한 단체인 '중국자유운동대동맹'에 발기인으로 참여했다. 1930년 3월에는 '중국좌익작가연맹'에 상무위원으로 참여했으며 '좌익작가연맹에 관한 의견'이라는 연설도 했다. 이제 루쉰은 좌익 작가로 규정되었고 이로 인해 국민당의 지명수배와 추적을 받았다. 글은 필명으로 발표했고, 국민당 경찰과 스파이를 피해 도피했다. 그가 상하이의 훙커우공원(현 루쉰공원) 근처로 이사 온 것도 일본인이 많이 거주하는 지역이어서 국민당 경찰로부터 상대적으로 안전할 뿐만 아니라 일본군의 폭격도 피할 수 있었기 때문이다.

상하이로 온 1927년 이후 루쉰은 확실히 좌익 작가가 되었고, 이런 이유로 당시 조선 언론과 문단에도 '좌익 작가 루쉰'이라고 소개되었다. 루쉰의 글 중에서 소설을 제외한 대부분의 산문이 1990년대까지 우리나라에 소개되지 못한 것도 루쉰을 좌익 작가로 규정했기 때문이다. 실제로 루쉰은 혁명문학 논쟁에서 보듯이 중국공산당과 사회주의 혁명운동에 지지를 표했고 공산

노신이여
이런 밤이면 그대가 생각난다.
온 세계가 눈물에 젖어 있는 밤

당에 참여한 문인과 끝없이 교류해 같이 단체를 만들었다. 심지어 공산당 당서기를 지낸 취추바이(瞿秋白)와 더할 수 없는 사상적·인간적 유대를 맺었다.

영원한 문학인
루쉰

그럼에도 루쉰은 끝내 공산당에 가입하지 않았다. 중국공산당에 참여한 좌파 문학인과 루쉰 사이에는 중요한 차이가 있다. 루쉰은 문학을 하는 혁명가, 문학인으로서 혁명가였다는 점이다. 정치인으로서 혁명가와 문학인으로서 혁명가의 차이는 무엇일까? 정치인으로서 혁명가는 특정한 정치 노선을 위해 모든 것을 던져야 하고 그것을 의심하면 안 된다. 오직 혁명을 통해 세상을 바꿀 수 있고 소망하는 세상을 건설할 수 있다고 믿으며 헌신해야 한다.

그런데 루쉰은 이런 의미의 혁명가가 아니었다. 루쉰은 혁명이 희한한 것이 아니고 혁명이 있어야 역사가 발전하며, 더구나 중국은 무산계급을 비롯한 민중을 위한 혁명이 반드시 필요하다고 생각했다. 하지만 그는 혁명에 더러움이 항상 섞여 있다고, 혁명 이후에도 기대를 배반하는 어두운 현실이 나타날 수 있다고 생각했다. 권력을 쥔 혁명가들이 혁명을 배반하는 일이 일어날 수도 있고, 이들이 혁명 이후에 나타난 새로운 어둠을 비판하는 문학인의 목을 벨 수도 있다고 생각했다.

> 감각이 예민한 문학가들은 현상에 대한 불만을 느끼고 다시 입을 연다. 문학가의 말은 이전에 정치 혁명가도 찬동했던 것이다. 그런데 혁명이 성공한 뒤 정치가들은 이전에 자신이 반대했던 옛 수단을 다시 꺼내, 문학가들이 불만을 표출할 때 그들을 추방하거나 목을 자른다. (〈문학과 정치의 차이〉)[4]

루쉰이 이렇게 생각한 것은 그가 문학에서 출발한 혁명가였기 때문이다. 루쉰은 문학이란 근본적으로 사회를 분열시키고 정치가의 눈엣가시가 되는 것이라고 생각했다. 이어서 그는 문학과 정치의 차이를 다음과 같이 규정한다.

> 정치는 현상을 유지하고 통일하려고 하지만, 문학과 예술은 사회발전을 촉진하면서 사회를 점차 분열시킨다. 문학과 예술이 사회를 분열시키지만 사회는 그래야만 발전한다. 문학과 예술은 정치가에게는 눈엣가시가 되고 추방당할 수밖에 없다. (〈문학과 정치의 차이〉)[5]

이런 생각을 지닌 루쉰이 1936년에 죽지 않고 1949년 중화인민공화국이 들어선 뒤까지 살아 있었다면 어떻게 되었을까? 그가 1966년부터 1976년까지 지속된 문화대혁명 때까지 살아 있었다면 또 어떻게 되었을까? 중국에서 종종 나오는 가정이다. 누군가는 문혁 때 쉬광핑이 홍위병에게 비판받은 것을 예로 들어 루쉰 역시 비판받았을 것이라고 추측한다. 마오쩌둥은 이 질문에 흥미로운 답을 한 적이 있다. 그는 루쉰이 문혁 때까지 살아 있었다면 절필을 했거나 감옥에 있었을 것이라 답했다고 한다. 물론 마오가 정말 이렇게 말했는지를 두고 진위 논란이 있다. 하지만 중화인민공화국이 수립된 뒤 루쉰의 제자와 벗들이 한결같이 우파로 몰리고 비판받은 것을 보면, 마오의 대답은 사실 여부를 떠나 적절한 예측으로 보인다. 무엇보다 루쉰은 영원한 혁명가이자 비판적 지식인이었고 투창과 비수였기 때문이다. 루쉰은 희망보다 절망을, 빛보다 어둠을 먼저 응시하며 절망과 어둠을 해체하는 데 삶을 바쳤기 때문이다.

상하이 루쉰공원에 있는 매헌 윤봉길 기념관 가까운 곳에 루쉰 묘소가 있다. 1936년 10월 19일 새벽 5시 25분 루쉰은 숨을 거둔다. 만국장례식장에서 이틀간 7,000명이 넘게 조문했다. 그의 관에는 '민족혼(民族魂)'이라고 쓰인 하얀 천이 덮였고 추모 인파가 인산인해를 이루었다. 그 가운데 루쉰은 만국공동묘지에 묻혔다. 루쉰의 유해는 사회주의 정부가 들어서고 나서 루쉰 서거 20주년인 1956년에 지금 자리로 이장되었다. 공원 이름도 1988년에는 루쉰공원으로 바뀌었다. 지금 루쉰 묘소에 적힌 '노신지묘(魯迅之墓)'라는 글자는 마오쩌둥이 쓴 것이다. 루쉰이 죽은 뒤 마오쩌둥은 루쉰을 위대한 혁명가이자 사상가, 문학가라고 규정했다. 마오 시대 중국에서 루쉰은 신이었다. 루쉰이 그토록 비판한 우상이 되는 역설이 일어난 것이다.

하지만 이제 루쉰은 더 이상 신이 아니다. 한 사람의 인간이고 영원한 문학인이며 중국인이자 동아시아인이다. 오직 동아시아에서만 나올 수 있는 사람이자, 동아시아에서도 유일한 사람이다. 한국인이 끝없이 루쉰을 읽어오고 불러내는 이유가 여기에 있다. 시인 김광균은 1947년에 발표한 시 〈노신〉에서 루쉰을 이렇게 노래했다.

> 노신(魯迅)이여
> 이런 밤이면 그대가 생각난다.
> 온 세계가 눈물에 젖어 있는 밤[6]

우리가 루쉰을 계속 불러내는 이유는 김광균이 말한 것처럼 온 세계가 전부 눈물에 젖어 있지는 않다고 하더라도 이 세계의 많은 사람이 여전히 눈물에 젖어 있기 때문일 것이다.

루쉰 연보

1881년(1세) 9월 25일 중국 저장성(浙江省) 사오싱(紹興)에서 사대부 집안의 장남으로 태어나다. 본명은 저우수런(周樹人)으로, 어렸을 때 이름은 저우장서우(周樟壽). 관료를 배출한 집안이었으므로 어렸을 때부터 경서를 배우다.

1893년(13세) 청의 관료였던 할아버지가 뇌물 사건으로 투옥되다. 이즈음 아버지가 병이 심해지다.

1896년(16세) 아버지가 37세에 세상을 떠나다.

1898년(18세) 5월에 난징(南京)에 있는 강남수사학당(江南水師學堂)에 입학하다.

1899년(19세) 1월에 광무철로학당(鑛務鐵路學堂)에 입학하다. 이 무렵부터 서양 사조를 소개하는 서적을 읽다.

1902년(22세) 국비유학생에 선발되어 도쿄에 가다. 일본어를 익히며 진로를 탐색하였고, 일본어 공부를 마친 뒤에는 의학을 배우기로 결심하다.

1903년(23세) 변발을 자르다. 7월에 친구의 권유로 유학생 잡지에 번안소설 〈스파르타의 혼(巴達之魂)〉과 쥘 베른의 《달나라 탐험》, 《지구 속 여행》 일역본을 번역·발표하다.

1904년(24세) 9월에 센다이의학전문학교에 입학하다.

1906년(26세) 1월에 러일전쟁 중 스파이 혐의로 처형당하는 동포와 이를 구경하는 중국인 군중이 담긴 슬라이드를 보고 큰 충격을 받다. 3월에 센다이의학전문학교를 자퇴하다. 7월에 어머니가 위독하다는 전보를 받고 잠시 귀향, 정혼자 주안과 결혼하다.

1907년(27세) 친구들과 함께 잡지 《신생》 창간을 시도하다.

1909년(29세) 동생 저우쭤런과 함께 《외국소설집(域外小說集)》 1권과 2권을 출간하다. 8월에 중국으로 돌아와 사오싱과 항저우(杭州)에서 교편을 잡다.

1911년(31세) 10월에 신해혁명이 일어나다. 사범학당 교장을 맡다.

1912년(32세) 1월에 중화민국이 수립되고, 2월에 난징 임시정부의 교육부 관료가 되다. 5월에 정부 청사가 베이징(北京)으로 이동함에 따라 거처를 베이징으로 옮기다.

1918년(38세) 5월에 중국 최초의 근대소설 〈광인일기(狂人日記)〉를 잡지 《신청년》에 발표하다. 이때부터 '루쉰(魯迅)'이라는 필명을 사용하다.

1919년(39세) 4월에 소설 〈쿵이지(孔乙己)〉를, 5월에 〈약(藥)〉을 《신청년》에 발표하다. 5·4 운동이 일어나다. 11월에 베이징에 집을 구입하고 온 가족이 함께 살다.

1920년(40세) 니체의 《차라투스트라는 이렇게 말했다》의 일역본 서문을 번역·출간하다. 소설 〈내일(明天)〉, 〈작은 사건(一件小事)〉, 〈머리털 이야기(頭髮的事件)〉, 〈풍파(風波)〉를 발표하다. 베이징대학 등지에서 강의하다.

1921년(41세) 5월에 소설 〈고향(故鄕)〉을 《신청년》에 발표하다. 12월에 〈아Q정전(阿Q正傳)〉을 《신보부간》에 연재하다.

1922년(42세) 2월에 〈아Q정전〉 연재를 마치다. 10월에 소설 〈토끼와 고양이(兎和猫)〉와 〈오리의 희극(鴨的喜劇)〉을 발표하다.

1923년(43세) 7월에 동생 저우쭤런과 불화하면서 아내를 데리고 분가하다. 8월에 〈광인일기〉, 〈아Q정전〉, 〈쿵이지〉, 〈약〉, 〈고향〉 등 대표적인 작품을 엮은 첫 소설집 《외침(吶喊)》을 출간하다. 12월에 《중국소설사략(中國小說史略)》 상권을 출간하다. 베이징여자고등사범학교 등지에서 강의하다.

1924년(44세) 〈복을 비는 제사(祝福)〉, 〈술집에서(在酒樓上)〉, 〈행복한 가정(幸福的家庭)〉, 〈비누(肥皂)〉 등 단편을 발표하다. 5월에 베이징 시산티아오(西三條)로 이사하여 어머니, 아내와 거주하다. 6월에 《중국소설사략》 하권을 출간하다.

1925년(45세) 〈장명등(長明燈)〉, 〈조리 돌리기(示衆)〉, 〈형제(兄弟)〉, 〈이혼(離婚)〉 등 단편을 연이어 발표하다. 첫 산문집 《열풍(熱風)》을 출간하다. 베이징여자고등사범학교 학생이던 쉬광핑과 교류하다.

1926년(46세) 1월에 〈'페어플레이'는 아직 이르다(論"費厄潑賴"應該緩行)〉를 발표하다. 군벌 정부가 반정부 집회를 잔혹하게 탄압한 3·18 참사가 일어나다. 반정부 지식인 수배령이 내려지자 8월에 베이징을 떠나다. 9월에 샤먼(廈門)에 도착, 샤먼대학 교수로 일하다. 산문집 《화개집(華蓋集)》과 소설집 《방황(彷徨)》을 출간하다.

1927년(47세) 샤먼을 떠나 광저우(廣州)에 있는 중산대학에서 일하지만 국민당의 4·12

쿠데타에 항의해 사임하다. 10월, 상하이(上海)에 도착해 쉬광핑과 동거하다. 산문집 《무덤(墳)》과 《아침 꽃을 저녁에 줍다(朝花夕拾)》, 산문시집 《들풀(野草)》을 출간하다.

1928년(48세) 상하이에서 '혁명문학 논쟁'이 벌어지다. 산문집 《이이집(而已集)》을 출간하다.

1929년(49세) 9월에 아들 저우하이잉(周海嬰)이 태어나다. 러시아의 문예이론가 아나톨리 루나차르스키의 《예술론》 일역본을 4월에, 《문예비평론》 일역본을 10월에 번역하다. 비평번역집 《벽하역총(壁下譯叢)》을 출간하다.

1930년(50세) 2월, 중국자유운동대동맹에 발기인으로 참여하다. 3월, 중국좌익작가연맹에 상무위원으로 참여하다. 5월에 러시아의 마르크스주의 이론가 게오르기 플레하노프의 《예술론》 일역본을 번역하다.

1932년(52세) 1월에 제1차 상하이 사변이 일어나 가족과 함께 우치야마서점(內山書店)으로 피난하다. 산문집 《삼한집(三閑集)》과 《이심집(二心集)》을 출간하다.

1933년(53세) 4월에 쉬광핑과 주고받은 편지를 모아 《먼 곳에서 온 편지(兩地書)》를 출간하다.

1934년(54세) 산문집 《남강북조집(南腔北調集)》을 출간하다.

1935년(55세) 3월에 러시아의 소설가 막심 고리키의 《러시아의 동화》 일역본을 번역·출간하다. 12월에 중국좌익작가연맹 안에서 저우양(周揚)은 '국방문학(國防文學)'을, 루쉰은 '민족혁명전쟁의 대중문학(民族革命戰爭的大衆文學)'을 주장하며 격렬하게 대립하다. 〈검을 만들다(鑄劍)〉 등이 담긴 소설집 《새로 쓴 옛날이야기(故事新編)》를 출간하다.

1936년(56세) 중국좌익작가연맹은 해산되지만 연맹 내 논쟁은 더욱 치열해지다. 중국공산당 임시 총서기였던 취추바이(瞿秋白)의 유고집 《해상술림(海上述林)》을 편집하다. 5월에 지병인 천식과 폐결핵이 심해지다. 10월 19일에 세상을 떠나다. 유해는 '민족혼(民族魂)'이라고 쓰인 천과 함께 만국공동묘지에 묻히다.

미주

1부 루쉰에게 배우는 삶의 지혜

1 루쉰, 〈고향(故鄕)〉, 《외침(吶喊)》. →《루쉰 독본》: 〈고향〉

2 루쉰, 〈생명의 길(生命的路)〉, 《열풍(熱風)》. →《루쉰 독본》: 〈생명의 길〉

3 루쉰, 〈지도자(導師)〉, 《화개집(華蓋集)》. →《루쉰 독본》: 〈청년과 지도자〉

4 프리드리히 니체, 《아침놀》, 박찬국 옮김, 책세상, 2004, 313쪽.

5 강연호, 〈비단길 2〉, 《비단길》, 세계사, 1994.

6 정호승, 〈희망의 그림자〉, 《여행》, 창비, 2013.

7 같은 글.

8 루쉰, 〈강연 기록(記談話)〉, 《화개집속편(華蓋集續編)》.

9 루쉰, 〈희망(希望)〉, 《들풀(野草)》. →《루쉰 독본》: 〈희망〉

10 루쉰, 《먼 곳에서 온 편지(兩地書)》.

11 같은 글.

12 루쉰, 〈자오치원에게(致趙其文)〉, 《서신(書信)》.

13 루쉰, 〈행인(過客)〉, 《들풀》. →《루쉰 독본》: 〈행인〉

14 프리드리히 니체, 《차라투스트라는 이렇게 말했다》, 정동호 옮김, 책세상, 2000, 335쪽.

15 루쉰, 〈행인〉, 《들풀》. →《루쉰 독본》: 〈행인〉

16 같은 글. →《루쉰 독본》: 같은 글.

17 루쉰, 〈문화 편향 발전론(文化偏至論)〉, 《무덤(墳)》.

18 루쉰, 〈악의 소리를 타파하라(破惡聲論)〉, 《집외집습유보편(集外集拾遺補編)》.

19 같은 글.

20 루쉰, 〈잡감(雜感)〉, 《화개집》. →《루쉰 독본》: 〈무엇을 사랑하든 독사처럼 칭칭

감겨들어라〉

21 맹자, 《고자장구 하(告子章句 下)》.

22 루쉰, 〈경험(經驗)〉, 《남강북조집(南腔北調集)》. →《루쉰 독본》: 〈경험〉

23 루쉰, 〈수감록 41(隨感錄四十一)〉, 《열풍》. →《루쉰 독본》: 〈얕은 못의 물이라도 바다를 본받을 수 있다〉

24 루쉰, 〈혁명시대의 문학(革命時代的文學)〉, 《이이집(而已集)》.

25 루쉰, 〈연(風箏)〉, 《들풀》. →《루쉰 독본》: 〈연〉

26 루쉰, 〈노라는 집을 나간 뒤 어떻게 되었는가(娜拉走後怎樣)〉, 《무덤》. →《루쉰 독본》: 〈노라는 집을 나간 뒤 어떻게 되었는가〉

27 루쉰, 〈아Q정전(阿Q正傳)〉, 《외침》. →《루쉰 독본》: 〈아Q정전〉

28 루쉰, 〈애도(傷逝)〉, 《방황(彷徨)》. →《루쉰 독본》: 〈애도〉

29 프리드리히 니체, 《선악의 저편·도덕의 계보》, 김정현 옮김, 책세상, 2002, 395~396쪽.

30 프리드리히 니체, 《차라투스트라는 이렇게 말했다》, 정동호 옮김, 책세상, 2000, 327쪽.

31 같은 책, 20쪽.

32 루쉰, 〈우리는 지금 어떻게 아버지 노릇을 할 것인가(我們現在怎樣做父親)〉, 《무덤》. →《루쉰 독본》: 〈우리는 지금 어떻게 아버지 노릇을 할 것인가〉

33 루쉰, 〈광인일기(狂人日記)〉, 《외침》. →《루쉰 독본》: 〈광인일기〉

34 같은 글. →《루쉰 독본》: 같은 글.

35 루쉰, 〈《무덤》 뒤에 쓰다(寫在《墳》後面)〉, 《무덤》.

36 같은 글. →《루쉰 독본》: 〈중간물의 선택〉

37 루쉰, 〈수감록 49(隨感錄四十九)〉, 《열풍》.

38 루쉰, 〈수감록 25(隨感錄二十五)〉, 《열풍》. →《루쉰 독본》: 〈자식의 아버지, 인간의 아버지〉

39 루쉰, 〈우리는 지금 어떻게 아버지 노릇을 할 것인가〉, 《무덤》. →《루쉰 독본》: 〈우리는 지금 어떻게 아버지 노릇을 할 것인가〉

40 같은 글. →《루쉰 독본》: 같은 글.

41 맹자, 《고자장구 상(告子章句 上)》.

42 루쉰, 〈우리는 지금 어떻게 아버지 노릇을 할 것인가〉, 《무덤》. →《루쉰 독본》: 〈우리는 지금 어떻게 아버지 노릇을 할 것인가〉

43 같은 글. →《루쉰 독본》: 같은 글.

44 같은 글. →《루쉰 독본》: 같은 글.

45 루쉰, 〈수감록 63 – '아이들에게'(隨感錄六十三 – "與幼者")〉, 《열풍》. →《루쉰 독본》: 〈아이들에게〉

46 민화의 내용과 민화를 악에 대한 단호한 응징으로 해석하는 관점은 신동흔, 《스토리텔링 원론: 옛이야기로 보는 진짜 스토리의 코드》, 아카넷, 2018, 213~216쪽에서 인용하였다.

47 심경호, 《심경호 교수의 동양 고전 강의: 논어 1》, 민음사, 2013, 125쪽. 문장은 일부 수정하였다.

48 공자, 《논어: 인생을 위한 고전》(개정판), 김원중 옮김, 휴머니스트, 2019, 114쪽.

49 루쉰, 〈'페어플레이'는 아직 이르다(論"費厄潑賴"應該緩行)〉, 《무덤》. →《루쉰 독본》: 〈'페어플레이'는 아직 이르다〉

50 루쉰, 〈잡다한 추억 3(雜憶 三)〉, 《무덤》.

51 같은 글.

52 루쉰, 〈검을 만들다(鑄劍)〉, 《새로 쓴 옛날이야기(故事新編)》. →《루쉰 독본》: 〈검을 만들다〉

2부 세상을 바꾸는 사유의 힘

1 미우라 아츠시, 《격차고정: 이제 계층 상승은 없다》, 노경아 옮김, 세종연구원, 2016.

2 자라 바겐크네히트, 《풍요의 조건: 자본주의로부터 우리를 구하는 법》, 장수한 옮김, 제르미날, 2018.

3 권영미, ""자본주의가 나라 망친다"…美 엘리트들 '자각과 반성'", 《뉴스1》, 2019.

04. 22.

4 토마 피케티, 《21세기 자본》, 장경덕 외 옮김, 이강국 감수, 글항아리, 2014.

5 가이 스탠딩, 《불로소득 자본주의: 부패한 자본은 어떻게 민주주의를 파괴하는가》, 김병순 옮김, 여문책, 2019.

6 루쉰, 〈기어가기와 부딪치기(爬和撞)〉, 《풍월이야기(准風月談)》. →《루쉰 독본》: 〈기어가기와 부딪치기〉

7 루쉰, 〈'벽에 부딪힌' 뒤("碰壁"之后)〉, 《화개집》.

8 루쉰, 〈기어가기와 부딪치기〉, 《풍월이야기》. →《루쉰 독본》: 〈기어가기와 부딪치기〉

9 라오서, 《낙타샹즈》, 심규호 · 유소영 옮김, 황소자리, 2008.

10 〈곡례(曲禮)〉, 《예기(禮記)》.

11 루쉰, 〈등불 아래서 쓰다(燈下漫筆)〉, 《무덤》. →《루쉰 독본》: 〈등불 아래서 쓰다〉

12 같은 글. →《루쉰 독본》: 같은 글.

13 같은 글. →《루쉰 독본》: 같은 글.

14 같은 글. →《루쉰 독본》: 같은 글.

15 루쉰, 〈상하이 문예계를 보며(上海文藝之一瞥)〉, 《이심집(二心集)》.

16 루쉰, 〈아Q정전〉, 《외침》. →《루쉰 독본》: 〈아Q정전〉

17 같은 글. →《루쉰 독본》: 같은 글.

18 같은 글. →《루쉰 독본》: 같은 글.

19 같은 글. →《루쉰 독본》: 같은 글.

20 루쉰, 〈좌익작가연맹에 대한 의견(對於左翼作家聯盟的意見)〉, 《이심집(二心集)》.

21 루쉰, 〈아Q정전〉, 《외침》. →《루쉰 독본》: 〈아Q정전〉

22 같은 글. →《루쉰 독본》: 같은 글.

23 같은 글. →《루쉰 독본》: 같은 글.

24 같은 글. →《루쉰 독본》: 같은 글.

25 루쉰, 〈아Q정전을 쓴 이유(《阿Q正傳》的成因)〉, 《화개집속편》.

26 프리드리히 니체, 《아침놀》, 박찬국 옮김, 책세상, 2004, 422쪽.

27 루쉰, 〈광인일기〉, 《외침》. →《루쉰 독본》: 〈광인일기〉

28 유발 하라리, 《사피엔스: 유인원에서 사이보그까지, 인간 역사의 대담하고 위대한 질문》, 조현욱 옮김, 이태수 감수, 김영사, 2015.

29 루이 알튀세르, 〈이데올로기와 이데올로기적 국가기구〉, 《레닌과 철학》, 이진수 옮김, 백의, 1991.

30 루쉰, 〈광인일기〉, 《외침》. →《루쉰 독본》: 〈광인일기〉

31 한나 아렌트, 《예루살렘의 아이히만: 악의 평범성에 대한 보고서》, 김선욱 옮김, 한길사, 2006.

32 루쉰, 〈광인일기〉, 《외침》. →《루쉰 독본》: 〈광인일기〉

33 루쉰, 〈고향〉, 《외침》. →《루쉰 독본》: 〈고향〉

34 같은 글. →《루쉰 독본》: 같은 글.

35 같은 글. →《루쉰 독본》: 같은 글.

36 같은 글. →《루쉰 독본》: 같은 글.

37 같은 글. →《루쉰 독본》: 같은 글.

38 같은 글. →《루쉰 독본》: 같은 글.

39 루쉰, 〈짧은 잡감(小雜感)〉, 《이이집》.

40 루쉰, 〈우치야마 간조의 《생생한 중국의 모습》 서문(內山完造作《活中國的姿態》序)〉, 《차개정잡문 2집(且介亭雜文二集)》.

41 루쉰, 〈〈아Q정전〉 러시아어 번역본 서문 및 자전 소략(俄文譯本〈阿Q正傳〉序及著者自敍傳略)〉, 《집외집(集外集)》.

42 공자, 《논어: 인생을 위한 고전》(개정판), 김원중 옮김, 휴머니스트, 2019, 315쪽.

43 같은 책, 395쪽.

44 헨리크 입센, 《인형의 집》, 안미란 옮김, 민음사, 2010.

45 루쉰, 〈노라는 집을 나간 뒤 어떻게 되었는가〉, 《무덤》. →《루쉰 독본》: 〈노라는 집을 나간 뒤 어떻게 되었는가〉

46 같은 글. →《루쉰 독본》: 같은 글.

47 같은 글. →《루쉰 독본》: 같은 글.

48 헨리크 입센, 《인형의 집》, 안미란 옮김, 민음사, 2010, 134쪽.

49 주희, 〈시중(時中)〉, 《중용(中庸)》.

50 루쉰, 〈'사람 말이 무섭다'를 논함(論"人言可畏")〉, 《차개정잡문 2집》.

51 루쉰, 〈과학사 교재(科學史教篇)〉, 《무덤》.

52 루쉰, 〈문화 편향 발전론〉, 《무덤》.

53 같은 글. →《루쉰 독본》: 〈물질과 다수를 배격하라〉

54 같은 글.

55 같은 글.

56 루쉰, 〈악의 소리를 타파하라〉, 《집외집습유보편》. →《루쉰 독본》: 〈국민과 세계인〉

57 루쉰, 〈문화 편향 발전론〉, 《무덤》.

58 같은 글.

59 같은 글.

60 같은 글.

61 루쉰, 〈과학사 교재〉, 《무덤》.

62 루쉰, 〈문화 편향 발전론〉, 《무덤》.

3부 루쉰은 누구인가

1 루쉰, 〈서문(自序)〉, 《외침》. →《루쉰 독본》: 〈철의 방에서 외치다〉

2 같은 글. →《루쉰 독본》: 같은 글.

3 루쉰, 〈문예와 혁명(文藝與革命)〉, 《삼한집(三閑集)》.

4 루쉰, 〈문학과 정치의 차이(文藝與政治的岐路)〉, 《집외집》.

5 같은 글.

6 김광균, 〈노신〉, 《황혼가》, 산호장, 1957.

도판 출처

(게재순)

Photo by Daniel Chen on Unsplash

Photo by Barari Catalin on Unsplash

Photo by Margaux Ansel on Unsplash

Photo by Samuel on Unsplash

Photo by Bob Jansen on Unsplash

Photo by Zbysiu Rodak on Unsplash

Photo by Omar Flores on Unsplash

Photo by Egor Lyfar on Unsplash

Photo by Kon Karampelas on Unsplash

Photo by Joshua Ness on Unsplash

Photo by Elyssa Fahndrich on Unsplash

Photo by Reid Zura on Unsplash

Photo by Andy Li on Unsplash

Photo by Andras Vas on Unsplash

루쉰 읽는 밤, 나를 읽는 시간

그냥 나이만 먹을까 두려울 때 읽는 루쉰의 말과 글

1판 1쇄 발행일 2020년 3월 30일
1판 3쇄 발행일 2023년 5월 1일

지은이 이욱연

발행인 김학원
발행처 (주)휴머니스트출판그룹
출판등록 제313-2007-000007호(2007년 1월 5일)
주소 (03991) 서울시 마포구 동교로23길 76(연남동)
전화 02-335-4422 **팩스** 02-334-3427
저자·독자 서비스 humanist@humanistbooks.com
홈페이지 www.humanistbooks.com
유튜브 youtube.com/user/humanistma **포스트** post.naver.com/hmcv
페이스북 facebook.com/hmcv2001 **인스타그램** @humanist_insta

편집주간 황서현 **기획** 김주원 **편집** 임미영 **디자인** 박인규
조판 이희수.com **용지** 화인페이퍼 **인쇄** 청아디앤피 **제본** 민성사

ISBN 979-11-6080-379-2 03800